AM ENDE
DUNKLER
TAGE

WEITERE TITEL VON MARION KUMMEROW

IN DEUTSCHER SPRACHE

Nicht ohne meine Schwester

MARGARETES WEG

Ein Licht der Hoffnung

Am Ende dunkler Tage

IN ENGLISCHER SPRACHE

The Orphan's Mother

Not Without My Sister

MARGARETE'S JOURNEY

A Light in the Window

From the Dark We Rise

The Girl in the Shadows

Daughter of the Dawn

MARION KUMMEROW

AM ENDE DUNKLER TAGE

bookouture

Die Originalausgabe erschien 2021 unter dem Titel
„From the Dark We Rise"
bei Storyfire Ltd. trading as Bookouture.

Deutsche Erstausgabe herausgegeben von Bookouture, 2023
1. Auflage Januar 2023

Ein Imprint von Storyfire Ltd.
Carmelite House
50 Victoria Embankment
London EC4Y 0DZ

www.bookouture.com

ISBN: 978-1-80314-592-1
eBook ISBN: 978-1-80314-589-1

1

____

Plau am See, Spätsommer 1942

Margarete saß neben Horst Richter, dem Leiter der Gestapo Leipzig, und bewunderte die schöne Landschaft nördlich von Berlin.

»Du wirst das Landhaus als willkommene Abwechslung empfinden«, sagte er freundlich, während seine schwarze Limousine aus einem Waldstück herausfuhr und eine kleine Stadt vor ihnen auftauchte.

»Es ist schon eine Weile her, dass ich hier war.« Trotz des freundschaftlichen Verhältnisses zu dem Mann, der zu einer Art Mentor und Vaterfigur geworden war, stand Margarete der kalte Schweiß auf der Stirn.

Horst, wie sie ihn inzwischen nannte, hatte maßgeblich daran mitgewirkt, dass sie das riesige Huber-Vermögen geerbt hatte. Er behandelte sie wie ein liebevoller Vater, da er glaubte, dass ihr diese familiäre Unterstützung fehlte, seit ihre Eltern –

und einige Monate später auch ihre beiden Brüder – bei einem Bombenangriff ums Leben gekommen waren.

Es gab nur einen Haken an der Sache: Er würde sie ohne Zögern, in die Folterkeller der Gestapo schicken, wenn er auch nur den leisesten Verdacht hegte, dass sie nicht Annegret Huber, die Tochter seines verstorbenen Freundes, SS-Standartenführer Wolfgang Huber, sei, sondern Margarete Rosenbaum, das ehemalige Dienstmädchen der Hubers – und eine Jüdin.

Eine Hochstaplerin, die Annegrets Identität angenommen hatte, nachdem ein verheerender britischer Luftangriff die Villa der Hubers in Schutt und Asche gelegt und Margarete als einzige Überlebende zurückgelassen hatte. Es war eine überstürzte Entscheidung gewesen, die Kennkarte der nur zwei Jahre jüngeren Annegret an sich zu nehmen und sich als Tochter des hochrangigen Nazis auszugeben, um so dem Schicksal zu entgehen, das Hitler für die Juden vorgesehen hatte.

Die Erinnerung daran ließ sie erschaudern, nicht nur wegen ihres folgenreichen Entschlusses, sondern auch aufgrund der grauenvollen Explosion, die ihr auch Monate später noch in den Knochen saß. Wenn sie die Augen schloss, konnte sie immer noch das tiefe Grollen der näher kommenden Bombeneinschläge spüren, das ohrenbetäubende Kreischen des Aufpralls hören, sowie das markerschütternde Rumpeln, als das Gebäude in sich zusammenfiel wie ein Kartenhaus. Etwas hatte sie am Kopf getroffen und sie hatte das Bewusstsein verloren.

Als sie damals wieder zu sich gekommen war, konnte sie zunächst nichts sehen, weil die Luft mit Staub und Dreck gefüllt war. Hustend und prustend erkannte sie schließlich den glücklichen Umstand, der ihr das Leben gerettet hatte: Die Treppe war in zwei Teile zerbrochen und hatte eine dachähnliche Konstruktion gebildet, unter der sie vor den einstürzenden Mauern um sie herum geschützt war.

Sobald sie wieder einigermaßen sehen und atmen konnte, war sie aus ihrer Höhle gekrochen, wobei sich ihr der beißende Geruch von kokelndem Holz und versengtem Fleisch in die Nase setzte. Dann sah sie einige Meter entfernt Annegret Huber mit verdrehten Gliedern liegen, die leblosen Augen starr nach oben gerichtet. Zu ihren Lebzeiten hätte niemand die beiden Mädchen miteinander verwechselt: die hochmütige, elegante, reiche, selbstbewusste Tochter eines hochrangigen Nazis und das unterdrückte, langweilige, arme, verängstigte, jüdische Dienstmädchen.

Aber frisch aus einem zu Schutt und Asche gebombten Haus gekrochen, sahen die Mädchen ähnlichen Alters, beide mit braunem, schulterlangem Haar und haselnussbraunen Augen, für jeden Fremden zum Verwechseln ähnlich. Zumindest war das Margaretes Hoffnung gewesen, als sie die unbedachte Entscheidung getroffen hatte, sich Annegrets Kennkarte auszuleihen, oder besser gesagt, zu stehlen.

Und es hatte geklappt. Sogar viel besser als geplant. Denn sie hatte niemals damit gerechnet, Annegrets Identität länger zu behalten als nötig war, um aus Berlin zu fliehen und schon gar nicht hätte sie geglaubt, dass sie einen Großteil des Vermögens der Hubers erben würde.

Dieser Tag schien eine Ewigkeit her zu sein, denn seitdem war unheimlich viel passiert. Heute würde sie sich ein weiteres Mal häuten wie eine Schlange und in ihre neue Rolle als Herrin des idyllischen Guts Plaun schlüpfen, das am Rande des malerischen Städtchens Plau am See lag, etwa eineinhalb Autostunden nördlich von Berlin.

Margarete war noch nie hier gewesen, hatte den Ort nur auf Bildern und Fotografien gesehen. In Wirklichkeit war die Landschaft noch viel schöner. Die dunklen Wälder, die friedlichen Straßen, alles war so anders als im kriegszerstörten Berlin. Hier schien es fast so, als hätte Hitler Deutschland nicht bereits vor Jahren in einen unheilvollen Krieg gestürzt, sowohl gegen die Nachbarländer als auch gegen unwillkommene Teile der eigenen Bevölkerung.

»So ein hübsches verschlafenes Städtchen«, sagte Margarete bewundernd, während sie die Straßen, die von Häusern aus hellem Mauerwerk mit orange-roten Ziegeldächern, rot gerahmten Fenstern und roten Türen gesäumt waren, betrachtete. Als Horst ihr einen verdutzten Blick zuwarf, fügte sie schnell hinzu: »Das klingt nicht sehr nach mir, oder? Ich war immer der Meinung, auf dem Land sei es langweilig, und seit über zehn Jahren bin ich nicht mehr mit meinen Eltern hergekommen, weil ich es so sehr gehasst habe.« Sie kicherte in Annegrets hoher Tonlage, die sie durch wochenlanges Üben vor dem Spiegel perfektioniert hatte. »Nach den schrecklichen Erfahrungen des letzten Jahres sehe ich das allerdings anders. Im Moment brauche ich vor allem Ruhe und Frieden.«

»Dein Vater kam genau deshalb so gerne hierher, weil er hier die Muße hatte, die er im hektischen Berlin nicht finden konnte«, sagte Horst.

Kein Wunder, schließlich hat Hitler uns in diesen unsäglichen Krieg geführt.

Margarete nickte und wandte den Kopf wieder der Landschaft zu. Sie hatten die Stadt hinter sich gelassen und fuhren durch saftig-grüne Wiesen, die auf der einen Seite von dunkelgrünen Bäumen gesäumt wurden, auf der anderen Seite vom blauen Wasser des riesigen Plauer Sees.

Sie war nicht unvorbereitet gekommen, sondern hatte unzählige Stunden in der Deutschen Nationalbibliothek in Leipzig verbracht, wo sie sich über die Geschichte von Plau am See informiert hatte, einer mittelalterlichen Stadt, die sich rund um das alte Schloss und die gotische Marienkirche erstreckte und einige der schönsten alten Fachwerkhäuser beherbergte. Im letzten Jahrhundert war das Dorf dank der Tuchfabrik und der Eisengießerei, die 1845 den ersten Raddampfer des Landes produziert hatte, aufgeblüht. Später vervollständigte eine Ziegelei die Industrialisierung des Ortes.

Auch wenn die Gegend heute vor allem für ihre Lage an einem der bezaubernden Seen der Mecklenburgischen Seenplatte bekannt war, gab es hier einiges an Industrie –

hauptsächlich Rüstungsfabriken, die weitab der Großstädte und der Bedrohung durch feindliche Luftangriffe relativ sicher versteckt waren.

»Wir sind da«, verkündete Horst etwa zehn Minuten später, als er durch das Tor fuhr und vor einem prächtigen Gutshaus parkte, dessen Mauern mit Efeu bewachsen waren. Es war ein herrlicher Anblick, und Margarete rang unwillkürlich nach Luft, als sie sich ins Gedächtnis rief, dass diese beeindruckende Villa nun ihr gehörte.

»Es sieht kleiner aus, als ich es in Erinnerung habe«, sagte sie, nur um irgendetwas zu sagen. In Wirklichkeit war es viel größer, als es auf den Fotografien ausgesehen hatte.

Horst lachte gutmütig. »Weil du noch ein Kind warst, als du das letzte Mal hier warst.«

»Natürlich.«

Kaum war er aus dem Mercedes ausgestiegen, um ihr die Beifahrertür aufzuhalten, öffnete sich auch schon die Eingangstür des Anwesens und ein Mann trat heraus, um das Gepäck aus dem Kofferraum zu wuchten. Margarete musste sich zwingen, ihm nicht zur Hand zu gehen. Diese tief verwurzelten Gewohnheiten ließen sich trotz ihrer besten Absichten nicht ganz unterdrücken und drohten, ihre wahre Identität zu verraten.

Du bist die Herrin des Hauses. Vergiss das nie. Sie setzte eine freundliche Miene auf und wandte sich der Freitreppe zu, auf der eine Frau in den Fünfzigern erschienen war. Sie trug die Uniform einer Hausangestellten, die aus einem blau-beigen Kleid mit weißem Kragen und Manschetten sowie einer makellos weißen Schürze bestand, und strahlte eine beinahe schon angsteinflößende Autorität aus. Margarete hatte sie auf einem Bild gesehen, aber auch so, erkannte sie sofort, dass dies Frau Mertens, die Haushälterin, sein musste.

»Herzlich willkommen, Fräulein Annegret. Herr Reichskriminaldirektor«, begrüßte Frau Mertens die beiden mit einem servilen Kopfnicken, während sie gleichzeitig dem Hausdiener mit einer Handbewegung bedeutete, das Gepäck hineinzutragen. »Bitte verzeihen Sie, Fräulein Annegret, man hat mich nicht über Ihre Wünsche informiert, deshalb habe ich Ihr altes Zimmer für Sie herrichten lassen. Wenn Sie allerdings lieber in den Gemächern Ihrer Eltern residieren wollen, werde ich mich sofort darum kümmern.«

»Vorerst bleibe ich in meinem Zimmer, Frau Mertens«, antwortete Margarete und kämpfte gegen den Drang an, den Kopf zu senken, so wie Frau Mertens es kurz vorher getan hatte.

»Vielen Dank, Frau Mertens«, sagte Horst.

»Ich habe im kleinen Salon Erfrischungen vorbereitet. Da wir Ihre genaue Ankunftszeit nicht kannten, wird das Mittagessen noch etwa eine halbe Stunde dauern.« Frau Mertens ließ es wie eine Entschuldigung klingen.

»Sehr gut. Dann können wir uns vor dem Essen etwas frisch machen«, antwortete Horst und wandte sich dann an Margarete. »Hast du Lust auf einen Spaziergang durch die Gärten? Ich weiß nicht, wie es dir geht, aber ich muss mir dringend die Beine vertreten.«

»Das klingt gut«, stimmte Margarete bereitwillig zu.

»Hervorragend. Sagen wir, in zehn Minuten?«

»Wunderbar.« Margarete sah zu Frau Mertens und überlegte, wie sie sich nach dem Weg zu ihrem Zimmer erkundigen konnte, ohne sich zu verraten. »Ich nehme an, im Gutshaus ist alles in Ordnung?«, fragte sie, um Zeit zu gewinnen.

»Alles ist in einwandfreiem Zustand, Fräulein Annegret. Möchten Sie etwas Besonderes zum Abendessen haben? Wir haben nicht unsere üblichen Vorräte, aber ich kann es versuchen ...«

Margarete schüttelte den Kopf. »Was immer Sie geplant haben, ist in Ordnung. Ich bin nicht wählerisch.«

Daraufhin hob Frau Mertens eine Augenbraue. »Das ist mir neu, Fräulein Annegret. Schon als kleines Kind hatten Sie sehr ausgeprägte Vorlieben und Abneigungen.«

Margarete biss sich auf die Zunge. Seit knapp einem Jahr gab sie vor, Annegret zu sein, und trotzdem unterliefen ihr immer wieder solch unnötige Ausrutscher. Nach einer Schrecksekunde entschied sie, diese Gelegenheit für einen Neuanfang zu nutzen und ihre Version von Annegret sympathischer zu machen, als es die echte gewesen war. »Ich lasse mich nicht gerne damit vergleichen, wie ich als Kind war. Der Krieg hat uns alle verändert, und ich bin stolz darauf, dass ich über mein früheres egoistisches und selbstsüchtiges Verhalten hinausgewachsen bin.«

»Nun, das ist auf jeden Fall positiv.« Frau Mertens stockte einen Moment, warf einen Seitenblick auf Richter und schien zu überlegen, was sie als Nächstes sagen sollte. »Mein aufrichtiges Beileid zum Tod Ihrer Brüder. Es hat uns alle zutiefst verstört, als wir gehört haben, auf welch abscheuliche Weise sie von der schändlichen französischen Résistance umgebracht wurden. Dennoch sind wir zuversichtlich, dass unsere großartige Regierung bereits Schritte unternommen hat, um ihren Tod zu rächen.«

Richters Blick wurde kalt und distanziert, als er antwortete: »Die abscheulichen Verbrecher, die für den Bombenanschlag auf das Restaurant in Paris verantwortlich sind, wurden bereits gefasst. Zweifellos werden sie hingerichtet, nachdem wir alle wichtigen Informationen aus ihnen herausgeholt haben.«

Das war Margarete neu. Seine Worte pressten ihr die Luft aus den Lungen und sie brauchte all ihre Willensstärke, um aufrecht stehen zu bleiben. Mit einer gespielt gleichgültigen

Miene sagte sie: »Es beruhigt mich ungemein zu wissen, dass diese Bestien für das Leid, das sie nicht nur mir, sondern auch den anderen Familien zugefügt haben, bezahlen werden.« Insgesamt vier deutsche Offiziere, darunter die beiden Huber-Brüder Reiner und Wilhelm, waren bei dem Bombenattentat ums Leben gekommen.

Als Horst keine weiteren Erklärungen abgab, entschied sie, auf eine günstigere Gelegenheit zu warten, um ihn nach der Identität der verhafteten Widerständler zu fragen. Hoffentlich war ihre gute Freundin Paulette nicht unter den Gefangenen.

Erinnerungen überfluteten sie. Wieder einmal war sie die einzige Überlebende einer schrecklichen Explosion gewesen und wie ein Phönix aus der Asche der Zerstörung aufgestiegen. Ihr Magen zog sich bei dem Geruch von verbranntem Holz und versengtem Fleisch zusammen. Ein Gestank, der sich ihr einge-prägt hatte und sie nachts schweißgebadet aufwachen und würgen ließ.

Es war das Richtige gewesen – wenn es überhaupt richtig sein konnte, jemanden zu töten – und trotzdem litt sie noch Monate später unter Albträumen. Denn sie hatte die Explosion inszeniert, hatte die vier Männer in eine Falle gelockt und hatte sie eingesperrt, sodass keiner von ihnen der Katastrophe entkommen konnte.

Wenn sie daran dachte, verursachte ihr schlechtes Gewissen ihr immer noch ein mulmiges Gefühl. Dieser letzte Moment, als Wilhelm, der sie als seine Schwester ausgegeben hatte, sie mit unendlich viel Liebe angesehen hatte, bevor er sich selbst opferte, um sie zu retten. Sie stieß einen tiefen Seufzer aus.

»Geht es Ihnen nicht gut, Fräulein Annegret?«, fragte Frau Mertens.

»Ich musste nur an meine Brüder denken. Ich kann immer noch nicht fassen, dass es sie nicht mehr gibt.«

Frau Mertens nickte. »Sie Ärmste. Lassen Sie uns reingehen.« Die Haushälterin drehte sich um, und ging ins Haus, wo sie einem zierlichen Mädchen zuwinkte, das nicht viel älter als achtzehn sein konnte. »Komm her, Dora.«

Dora trug eine ähnliche Uniform wie die Haushälterin, ein schwarzes Kleid mit einem steifen Kragen. Sie hatte ein hübsches Gesicht mit großen braunen Augen und hohen Wangenknochen. Ihr schwarzes Haar war zu einem langen Zopf geflochten, der ihr bis zur Hüfte reichte. Sie näherte sich mit gesenktem Blick, blieb einige Meter von Margarete entfernt stehen und machte einen Knicks. »Fräulein Annegret. Herr Reichskriminaldirektor.«

Herr Richter hob eine Augenbraue als er ihren starken Akzent hörte, und das Mädchen verkrampfte sich sichtlich unter seinem prüfenden Blick.

Frau Mertens beeilte sich zu erklären: »Dora ist Ukrainerin. Sie wurde uns vom Arbeitsamt zugewiesen.«

Alle im Raum entspannten sich. Die Ukraine war ein Verbündeter Deutschlands, und Ukrainerinnen waren trotz ihres slawischen Ursprungs als Hausangestellte willkommen. Margarete hatte es schon lange aufgegeben, in diesen Entscheidungen einen Sinn zu sehen. Was unterschied das ukrainische Volk von den Russen oder Weißrussen? Das zeigte einmal mehr, dass die ganze Rassentheorie willkürlich war und mehr mit Politik als mit Wissenschaft zu tun hatte.

»Fräulein Annegret, abgesehen von ihren anderen Aufgaben im Haushalt wird Dora Ihre persönliche Zofe sein, solange Sie auf Gut Plaun weilen«, erklärte Frau Mertens.

Das war der Rettungsanker, nach dem Margarete gesucht hatte. Erleichtert sagte sie zu Dora: »Ich wollte mich gerade frisch machen. Geh schon vor, dann kannst du gleich meine Kleider aufhängen und ich sage dir, was für das Abendessen geplättet werden muss.«

Dora machte noch einen Knicks und nickte mehrmals, bevor sie die Treppe hinaufging. Margarete schaute Horst an.

»Wirst du den Weg finden? Oder soll ich Dora für dich zurückschicken?«

Frau Mertens schaltete sich ein. »Das wird nicht nötig sein. Ich werde den Reichskriminaldirektor persönlich auf sein Zimmer bringen.« Sie machte eine kurze Pause, bevor sie hinzufügte: »Es tut mir leid, aber wir haben nicht mehr so viel Personal wie früher.«

»Sie brauchen sich nicht zu entschuldigen, der Krieg verlangt von uns allen Opfer«, unterbrach Margarete sie und erreichte das obere Ende der Treppe gerade noch rechtzeitig, um zu sehen, wie Dora das letzte Zimmer auf der rechten Seite des linken Flügels betrat. Sie zwang sich, gemäßigten Schrittes den Flur entlang zu gehen, damit jeder, der sie beobachtete, keinen Zweifel daran hatte, dass sie sich im Feriendomizil ihrer Familie wohl fühlte.

2

Margarete erschauderte unwillkürlich als sie den Raum betrat. Natürlich hatte sie gewusst, dass weder Annegret noch ihre Brüder seit fast einem Jahrzehnt auf Gut Plaun gewesen waren, doch der Anblick dieses Zimmers verschlug ihr den Atem. Auf keinen Fall würde die mondäne, lebenshungrige, verwöhnte Zwanzigjährige, die Margarete in Berlin kennengelernt hatte, in so einem Kleinmädchen-Traum wohnen.

Dora wuselte herum, öffnete Margaretes Koffer, hängte die Kleider auf und stellte die Schuhe in den Schrank. »Soll ich das ins Bad hängen?«, fragte Dora und hielt einen Bademantel hoch.

»Ja, bitte.« Scheinbar gleichgültig beobachtete sie das Dienstmädchen. Allerdings achtete sie mit Argusaugen darauf, sich mit der neuen Umgebung vertraut zu machen. Dora öffnete eine versteckte Tür in der Wand, die zu einem privaten Badezimmer führte.

Der Luxus im Gutshaus war überwältigend, selbst die ausgebombte Villa der Hubers in Berlin konnte sich damit nicht messen. Wieder einmal schüttelte sie innerlich den Kopf über die dramatische Wendung, die ihr Leben genommen hatte: vom ausgebeuteten, jüdischen Dienstmädchen, das kurz vor der Deportation in ein Arbeitslager stand, zur Erbin des Huber-Anwesens und Herrin über Dutzende von Angestellten.

Margarete ging zum Fenster und blickte über die Felder, die gepflegten Gärten, die Stallungen und den nahen Wald. Sie hatte noch keine Ahnung, was genau sie mit ihrem Vermögen anfangen sollte, aber sie war fest entschlossen, Wilhelms letzten Wunsch zu erfüllen, der sie gedrängt hatte, Gutes damit zu tun.

Ihr Herz füllte sich mit Sehnsucht. Die Beziehung zu Wilhelm war kompliziert gewesen. Er, der SS-Offizier, und sie, die Jüdin. Als er sie gezwungen hatte, als seine Schwester bei ihm in Paris zu leben, war das zunächst ein finsterer Plan gewesen, um an Annegrets Treuhandvermögen zu kommen. Sie hatte ihn gefürchtet. Aber er war ihr gegenüber unerwartet freundlich gewesen und trotz ihrer besten Vorsätze hatte sie sich mit jedem Tag ein wenig mehr in ihn verliebt.

Eines Tages hatte er sie in den Bois de Boulogne zu einem Konzert mitgenommen, das die deutsche Verwaltung zu Ehren von irgendwem veranstaltet hatte; sie erinnerte sich nicht an den Anlass, sondern nur an die wunderbare Zeit, die sie mit Wilhelm verbracht hatte. Er hatte einen Picknickkorb besorgt, komplett mit Decke, Geschirr, Baguette, Käse, Gänseleberpastete und anderen Köstlichkeiten. Sogar eine Flasche teuren Bordeaux und zwei Gläser hatte er besorgt. Noch lange nach dem Konzert saßen sie inmitten von Rosenstöcken, aßen, tranken und redeten. Dort hatte er ihr von seinem Wunschtraum erzählt.

»Ich wollte immer mit Kunst arbeiten. Ein Kurator für ein Museum, ein Professor der Kunstgeschichte oder ein reicher Philanthrop sein«, sagte Wilhelm mit einem verträumten Ausdruck in den Augen.

Sie stieß ihn mit dem Ellbogen an. »Wöchentliche Treffen mit Künstlern. Vor allem mit den jungen und schönen Frauen.«

Er grinste sie an. »Ich denke, das würde ich hinbekommen. Obwohl du weißt, wem mein Herz gehört. In meiner perfekten Welt gäbe es keine Hindernisse zwischen uns, und du könntest die Gastgeberin meiner wöchentlichen Zirkel sein, intelligente Gespräche führen und über das Leben philosophieren.«

»Ich weiß nichts über Kunst oder Philosophie«, protestierte sie, um nicht daran zu denken, dass es unmöglich war ihn zu heiraten und für immer miteinander glücklich zu sein. Es war nicht nur unmöglich, es war illegal und ein Verrat an ihrem Volk, das so sehr unter den Nazis litt.

»Ich würde es dir beibringen.« Er reichte ihr ein weiteres Stück Käse, das sie mit Rotwein herunterspülte.

»Wo hast du soviel darüber gelernt?«

»Auf dem Sommersitz meiner Familie, Gut Plaun. Reiner und ich hatten früher einen Privatlehrer, eigentlich mehrere. Während Reiner sich eher für die Jagd, das Reiten und alle Arten von körperlicher Betätigung interessierte, fand ich Gefallen an den feineren Künsten. Als unser Lehrer bemerkte, wie sehr ich mich dafür interessierte, öffnete er mir das Tor zu einem ganzen Universum von unglaublich interessanten Themen. Einmal nahm er mich mit nach Plau am See, um die gotische Marienkirche zu besichtigen. Es war unglaublich! Dieses majestätische Gebäude ist über siebenhundert Jahre alt, und du kannst dir nicht vorstellen, wie beeindruckt ich war. Was mir für immer in Erinnerung geblieben ist, war das Taufbecken aus dem Jahr 1570 mit einer Inschrift, die sich auf die Reformation Martin Luthers bezieht.«

Wilhelm schaute sie voller Begeisterung an, bevor er fortfuhr: »Eines Tages möchte ich es dir zeigen und dir all die Details erklären, die oberflächliche Betrachter übersehen, wie beispielsweise die wunderbare Verbindung der traditionellen Marienfrömmigkeit mit der modernen lutherischen Lehre.« Er hörte auf zu sprechen, schüttelte den Kopf und sah auf einmal völlig niedergeschlagen aus. Dann legte er eine Hand auf ihre und sagte: »Nun, es war dieser Besuch, der meine Liebe zu Antiquitäten geweckt hat, sowie meine Neugierde, herauszufinden, was hinter jedem Kunstwerk steckt. Was hat sich der Künstler dabei gedacht? Warum hat er dieses Motiv einem anderen vorgezogen? Was wollte er dem Betrachter vermitteln?«

Nach diesem Gespräch hatte Margarete ihre Meinung über Wilhelm geändert. Er war nicht der hirnlose Nazi, für den sie ihn gehalten hatte, und wenn der Lauf der Welt anders gewesen wäre, hätte eine Beziehung zwischen ihnen vielleicht sogar eine Chance gehabt.

Trotzdem kämpfte sie mit allen Mitteln gegen ihre Anziehung zu ihm, denn trotz seines guten Kerns war er immer noch ein Rädchen in der Nazi-Maschinerie, die darauf aus war, jedes Mitglied des jüdischen Volkes vom Angesicht der Erde zu tilgen. Solange er sich nicht von Hitler abwandte, konnte zwischen ihm und ihr nie etwas sein.

Margarete stieß einen Seufzer aus. Wilhelm war der Grund, warum sie nach Gut Plaun gekommen war. Kurz bevor er sein Leben für das ihre geopfert hatte, hatte er sie angefleht, mit dem Reichtum seiner Familie Gutes zu tun. Hier war er am glücklichsten gewesen, hier hatte er seine Liebe zur Kunst entdeckt. Hier hoffte sie, ihm nahe zu sein und Inspiration zu finden.

Denn sie musste über ihre nächsten Schritte nachdenken und darüber, wie sie das ganze Geld am besten verwenden sollte. Die französische Résistance hatte sie gebeten, Waffen, Dynamit und andere Dinge zu finanzieren, um die Deutschen zu sabotieren. Doch Margarete verabscheute die Vorstellung, so indirekt zur Mörderin zu werden, selbst wenn die Opfer Nazis waren. Das war der Hauptgrund, warum sie das Angebot, in Paris zu bleiben und für die Résistance zu arbeiten, nicht angenommen hatte. Noch immer hoffte sie, einen Weg zu finden, die Kriegsanstrengungen – allerdings nicht die deutschen –

auf gewaltlose Art zu unterstützen. Sie hatte sich selbst eine Frist von zwei Monaten gesetzt. Wenn sich bis dahin keine Gelegenheit ergab, würde sie nach Paris zurückkehren und dort den Widerstand unterstützen.

Einige Minuten später war Dora mit dem Auspacken der Koffer fertig und fragte: »Soll ich auch Ihre Reisetasche auspacken, Fräulein Annegret?«

»Nein, warte.«

»Ja, Fräulein Annegret.« Doras Gesichtsausdruck spiegelte pure Besorgnis.

»Wie viele Leute arbeiten auf dem Gut?«

»Das wissen Sie nicht?«

Margarete legte den Kopf schief. »Ich war noch ein Kind, als ich das letzte Mal hier war.«

»Im Haus sind wir vier: Frau Mertens, Gustav Fischer, der Gutsverwalter, Nils, unser Faktotum, der Ihren Koffer hochgetragen hat, und ich. In den Stallungen haben Sie Oliver, ich meine, Herrn Gundelmann, und vielleicht zwanzig Stallknechte, und dann sind da noch die Saisonarbeiter für die Felder und den Wald.«

»Danke.« Margarete war erstaunt, wie viele Leute für sie arbeiteten. Ihr richtiger Vater, ein wohlhabender Kurzwarenbesitzer, hatte lediglich zwei Leute beschäftigt – bevor die Nazis an die Macht kamen und der Familie das Leben unmöglich machten.

»Soll ich Ihre anderen Koffer auspacken?«

»Nicht jetzt. Das kannst du tun, wenn ich mich frisch gemacht habe.«

»Wie Sie wünschen, Fräulein Annegret.« Dora knickste erneut und verließ eilig das Zimmer.

Die ganze Knickserei ging Margarete auf die Nerven, sie hielt es jedoch für besser, erstmal abzuwarten, bis sie die Abläufe auf dem Gutshof besser kannte. Für den Moment würde sie die schüchterne Magd als Hauptinformationsquelle nutzen. Denn, wenn sie ehrlich war, hatte sie Angst vor Frau Mertens, die Annegret offenbar von klein auf kannte und ihr Schauspiel durchschauen könnte.

Dora hingegen war neu auf dem Gutshof und musste sich mit ihren Arbeitgebern gut stellen, weil Frau Mertens sie einfach wegschicken konnte, um ein geeigneteres Mädchen anzufordern. Und wer wusste schon, was mit Dora passierte, wenn sie mit einer mittelmäßigen Referenz entlassen wurde. Als Ukrainerin musste sie zwar keine Deportation in ein Arbeitslager fürchten, dennoch gab es sicher unangenehmere Anstellungen als den Dienst auf Gut Plaun.

Sobald sich die Tür hinter Dora geschlossen hatte, eilte Margarete zu ihrer Reisetasche und kramte nach ihrem Amulett. *Es war töricht, es mitzunehmen*, schalt sie sich selbst, während ihre Finger über den schönen runden Anhänger an einer Silberkette strichen. Er zeigte einen Lebensbaum mit Zweigen aus Silberfäden, auf einem blau-grün schimmernden, opalartigen Hintergrund. Es war ihre einzige Erinnerung an ihre Eltern, die ihr das Amulett vor vielen Jahren zu ihrer Bat Mitzwa geschenkt hatten. Damals hatte zwar die Warnung schon an der Wand gestanden, aber niemand hatte sich vorstellen können, wie schlimm es werden würde.

Sie suchte das Zimmer mit den dunkelrosa Wänden und den hellrosa Vorhängen nach einem geeigneten Versteck ab, fand aber nichts Passendes. Das Himmelbett wurde von zwei Nachttischen flankiert, auf dem einen stand eine Lampe, auf dem anderen mehrere kostbare Porzellanpuppen. Auf der gegenüberliegenden Seite des Zimmers standen ein Kleiderschrank und eine Kommode, auf der Fensterbank saßen mehrere Kuscheltiere in Reih und Glied. Nirgends gab es ein Versteck für ein Amulett, nicht einmal einen gepolsterten Sessel.

Vermutlich war es am unverdächtigsten, das Schmuckstück nicht zu verstecken. Nachdem sie die Gravur *Mazel Tov* abgefeilt hatte, deutete nichts auf den jüdischen Ursprung hin. Dora würde es sowieso niemals wagen, ihre neue Herrin in Frage zu stellen.

Also steckte sie die Kette wieder in ihre Reisetasche, zusammen mit einem antiken goldenen Armband, das Wilhelm ihr geschenkt hatte. Dann ging sie in das angrenzende Badezimmer, um sich frisch zu machen, bevor sie sich mit Horst traf, der bereits im Foyer auf sie wartete.

»Ist dein Zimmer zu deiner Zufriedenheit?«, fragte sie ihn.

»Ja, sehr. Wie ich sehe, nimmst du bereits die Rolle der Gutsherrin an. Deine Mutter wäre stolz auf dich.«

»Ich hoffe, sie würde gutheißen, was ich tue.« Margarete war sich ziemlich sicher, dass weder Annegrets noch ihre eigene Mutter die Scharade, die sie spielte, gutheißen würden. Ihre Mutter hatte ihr immer eingebläut, dass Ehrlichkeit und Loyalität die wichtigsten Charaktereigenschaften eines Menschen waren. Und Frau Huber ... es war nicht auszudenken, was sie mit der Hochstaplerin machen würde, die anstelle ihrer Tochter die Gutsherrin spielte.

Horst hielt ihr die Tür auf und sie gingen in gemächlichem Tempo auf die Ecke des Hauses zu. Die Gärten standen in voller Blüte, und Margarete musste ihren Drang beherrschen, die verschiedenen Blumen und Farben zu loben, denn das war etwas, das Annegret nie bemerken, geschweige denn kommentieren würde. Horst wusste das vermutlich nicht, dennoch war es besser, Annegrets Charakter so treu wie möglich zu bleiben.

Während sie darüber nachdachte, wie sie Horst mehr Informationen über Gut Plaun und die Umgebung entlocken konnte, kam er selbst auf das Thema zu sprechen.

»Ich denke, wir sollten zusammen in die Stadt gehen, damit ich dich allen wichtigen Leuten vorstellen kann.« Er blieb stehen und sah sie an. »Es ist höchst ungewöhnlich, dass eine Frau ein Gut dieser Größe erbt, und manche könnten es unziemlich finden, dass du geschäftliche Entscheidungen triffst.«

Nachdem sie nun schon seit einigen Monaten mit ihm zu tun hatte, wusste sie genau, wie sie ihn zufrieden stellen konnte. Und das tat sie auch, denn sie brauchte seine Unterstützung, um ihren Plan, notleidenden Menschen zu helfen, in die Tat umzusetzen. Sie wandelte auf einem schmalen Grat, denn es war unabdingbar, dass er ihr wohlgesonnen blieb. »Das ist genau der Grund, warum du mir dabei behilflich sein sollst, das Anwesen zu verwalten. Niemand wird es wagen, dir zu widersprechen.«

Wie sie erwartet hatte, freute er sich über die Schmeichelei. »In der Tat, deshalb bin ich hier, auch wenn ich in Leipzig dringend gebraucht werde.«

»Ich weiß, und ich bin dir außerordentlich dankbar, dass du mir mit Rat und Tat zur Seite stehst.« Das war sie wirklich. Einen hochrangigen Gestapobeamten als Mentor zu haben, war das Beste, was jemandem in ihrer Lage passieren konnte.

Dennoch ermahnte sie sich selbst, vorsichtig zu sein und keine echte Zuneigung für ihn zu entwickeln, da er ein Feind ihres Volkes war, selbst wenn er zu ihr persönlich stets freundlich war.

Die Ironie der Situation war ihr sehr wohl bewusst und sie musste ein Grinsen unterdrücken, als sie sich seine Miene vorstellte, falls er jemals herausfand, wem er all die Monate geholfen hatte. Obschon sie natürlich hoffte, dass dies nie passieren würde.

»Ich hatte ganz vergessen, wie groß dieses Anwesen ist«, murmelte Margarete, während sie zu den Stallungen gingen.

»Nun, das ist kein Wunder. Gut Plaun ist in den letzten Jahren, vor allem seit Kriegsbeginn, stark gewachsen.«

Sie gingen eine Weile schweigend nebeneinander und bewunderten die malerische Landschaft, während Margarete zum wiederholten Mal über ihre Beziehung zu Horst Richter nachdachte. Sie brauchte ihn, wahrscheinlich mehr als ihr bewusst war. Er hatte ihr nicht nur alle Formalitäten abgenommen, die das Erbe des Huber-Vermögen mit sich brachte, sondern er war auch in der Position, alle zukünftigen Probleme zu beseitigen.

Wenn sie ihren neuen Reichtum nutzen wollte, um den Verfolgten zu helfen, brauchte sie mächtige Verbündete. Und wer wäre besser geeignet, ihr den Weg durch mögliche Fallstricke und bürokratische Hindernisse zu weisen, als einer der obersten Gestapochefs selbst, dessen Freundlichkeit ihr gegenüber unübertroffen war?

Andererseits wusste sie, dass es falsch war, Gutes über ihn zu denken, denn er war genau das: ein Gestapochef. Er war einer der Männer, die ihr Volk unbarmherzig verfolgten und in den Tod schickten. Die ganze Sache war, gelinde gesagt, verwirrend. Seine verabscheuungswürdigen politischen Ansichten, sein Judenhass und die berüchtigte Grausamkeit der Männer, die er befehligte, standen in krassem Gegensatz zu der Herzlichkeit, die er ihr, Annegret, auf persönlicher Ebene entgegenbrachte.

Sie schwor sich, niemals zu vergessen, wer er wirklich war, und sich stets vor Augen zu halten, dass die Güte gegenüber einer Person nicht bedeutete, dass er ein guter Mensch war. Unwillkürlich seufzte sie.

»Warum so betrübt?«, fragte er.

»Eigentlich nichts.« Sie ergriff die Gelegenheit, um ein paar Antworten von ihm zu bekommen. »Es ist nur ... Ehrlich gesagt, frage ich mich, wie jemand wie du, ein gutherziger Mann, einen so unbarmherzigen Beruf ausüben kann.«

Er hielt an und wandte sich ihr zu. »Meine Frau hat mir die gleiche Frage gestellt, damals, als ich zur Gestapo gewechselt bin. In meinem Beruf erfülle ich meine Pflicht für Führer und Vaterland. Nicht mehr und nicht weniger.«

Sie nickte.

»Ich weiß, dass die Gestapo einen schlechten Ruf hat, und zum Teil ist das auch beabsichtigt. Du musst bedenken, dass diejenigen, die wir verhaften, keine Unschuldigen sind. Sie verdienen das alles und noch mehr für die Verbrechen, die sie gegen unsere Volksgemeinschaft begangen haben. Nimm zum Beispiel die Juden: Sie haben sich seit Jahrzehnten gegen Deutschland verschworen und haben versucht, unsere Nation zu ruinieren. Ich wage sogar zu behaupten, dass es ihnen fast gelungen wäre. Wenn Hitler nicht gewesen wäre, hätten sie schon längst die Macht übernommen, die arische Rasse versklavt und die Wirtschaft in den Ruin getrieben.«

»Ich verstehe.« In Wirklichkeit klang das genau wie das, was Hitler, der angebliche Retter, mit Deutschland getan hatte.

»Es ist normal, Mitleid zu haben, besonders weil du eine Frau bist. Aber deine Herzensgüte ist fehl am Platz, wenn sie sich an Verbrecher, Verräter und Arbeitsscheue richtet. Wir können und dürfen nicht zulassen, dass unsere Herzen denen gegenüber weich werden, deren einziges Ziel es ist, unser Land zu zerstören. Deshalb hat unser Führer die Juden so viele Jahre lang aufgefordert, Deutschland zu verlassen. Doch leider haben sie sich hartnäckig geweigert, weil sie sich wie Parasiten an ihren Wirt klammern, bis sie ihn vernichtet haben. Daher mussten drastischere Maßnahmen ergriffen werden. Glaub mir, es macht mir keine Freude, dieses Gesindel in Arbeitslager zu stecken, aber ich tröste mich mit der Tatsache, dass es nur Untermenschen sind. Du würdest doch auch keine Träne für eine Ratte vergießen, die zugrunde geht, weil du ihr nicht erlaubst, dein Essen zu stehlen, oder?«

»Natürlich nicht.«

»Mit den Juden ist es dasselbe.«

Margarete schauderte. Seine Antwort hatte ihr eines klar gemacht: So nett er auch zu ihr persönlich war, durfte sie nie vergessen, wie er über ihr Volk dachte. Sie würde ihn für ihre

Zwecke benutzen, aber sich nicht von seiner Freundlichkeit täuschen lassen.

Kurz bevor sie die Ställe erreichten, holte er seine Taschenuhr heraus und sagte: »Wir sollten besser zurückkehren, sonst wird unser Mittagessen kalt.«

»Wir wollen schließlich Frau Mertens nicht erzürnen indem wir zu spät kommen.«

Daraufhin sah er sie mit einem Blick an, den sie nicht deuten konnte. »Sie ist deine Hausangestellte. Sie wird ganz sicher nicht wütend auf dich sein.«

Wieder war sie aus ihrer Rolle gefallen. So vorteilhaft es auch gewesen war, Horst Richter die Formalien erledigen zu lassen, um das Huber-Vermögen zu erben, durfte sie keine Fehler mehr machen, sonst würde er misstrauisch werden. »Es tut mir leid, Horst. Das ist alles neu für mich, denn meine Mutter hat sich um die Angestellten gekümmert. Und um ehrlich zu sein, Frau Mertens war sehr furchteinflößend, als wir Kinder waren.«

Horsts Gesichtsausdruck wurde weicher und er tätschelte ihre Hand. »Du bist kein Kind mehr und wirst in deine Rolle hineinwachsen, kein Zweifel. Aber ... du darfst den Bediensteten niemals zeigen, dass du Angst vor ihnen hast oder gar ihre Meinung schätzt, sonst werden sie bald das Zepter übernehmen und sich selbst zum Oberhaupt des Guts aufschwingen.«

»Du hast wie immer recht.«

»Ich denke, dass Frau Mertens vielleicht ein wenig zu ... wie soll ich sagen ... selbstverständlich das Gut führt?«

Margarete überlegte einen Moment, was seine Bemerkung bedeuten könnte, denn es konnte nicht schlecht sein, dass Frau Mertens das Haus so effizient führte, wie sie es zu tun schien. »Meinst du, ich sollte mich mit ihr zusammensetzen und ihr sagen, dass sie alle wichtigen Entscheidungen ab sofort mit mir besprechen muss?«

»Genau!« Er strahlte vor Stolz, als wäre Margarete eine

Schülerin, die endlich ein schwieriges Konzept begriffen hatte. »Dienstboten muss man an der kurzen Leine halten, sonst stürzen sie einen ins Verderben. Auch wenn ich dich ermutige, alle Entscheidungen bezüglich des Haushalts selbst zu treffen, so wie es deine Mutter getan hat, würde ich dir davon abraten, dich in Männerangelegenheiten einzumischen.«

»Männerangelegenheiten?«

»Die Ställe, das Ackerland und alles andere.« Für einen Moment fragte sie sich, was diese anderen Dinge sein könnten, aber er ließ ihr keine Zeit zum Überlegen und fuhr fort: »Alles was nicht das Herrenhaus direkt betrifft, kannst du getrost dem Gutsverwalter Gustav Fischer überlassen.«

»Ich verstehe.«

»Er arbeitet schon seit einigen Jahren auf Gut Plaun und dein Vater hat ihm voll und ganz vertraut. Ich habe ihn kürzlich erst überprüft und festgestellt, dass er ein vorzügliches Parteimitglied ist, immer bereit, sich für Führer und Vaterland einzusetzen.«

»Das macht ihn natürlich vertrauenswürdig.« Margarete setzte eine zufriedene Miene auf, obwohl sie nahe daran war sich zu übergeben. Sie würde ihre Zeit lieber mit einem ukrainischen Dienstmädchen als mit einem überzeugten Nazi verbringen. Dennoch war diese Information Gold wert, weil sie ihr verriet, was für ein Mensch Herr Fischer war. Loyal zu Führer und Vaterland bis in den Tod. In seiner Gegenwart musste sie besonders vorsichtig sein und immer vorgeben, von Hitler und seinen Thesen begeistert zu sein.

Bald darauf erreichten sie das Herrenhaus, wo Dora bereits auf der Treppe auf sie wartete.

»Ich habe mir erlaubt, für heute Nachmittag ein Treffen mit Herrn Fischer und den anderen Angestellten zu arrangieren«, sagte Horst.

»Was würde ich nur ohne dich tun?«, schmeichelte ihm Margarete.

»Ich bin sicher, du würdest auch alleine gut zurechtkommen, aber ich helfe dir gerne beim Einleben. Ursprünglich fühlte ich mich verpflichtet, den Nachlass meines verstorbenen Freundes in geordnete Bahnen zu lenken, aber um ehrlich zu sein, bist du inzwischen zu der Tochter geworden, die ich nie hatte.«

3

———

»Oliver?«, rief eine Stimme durch den Stall.

»Letzte Box auf der linken Seite.« Oliver bückte sich, um
den Huf eines schwarzen Oldenburger Pferdes zu untersuchen.
Augenblicke später hörte er schwere Stiefelschritte auf dem
harten Stallboden und drehte sich um. Der Gutsverwalter
Gustav Fischer schaute über die Boxentür, was eher ungewöhnlich war.

»Gibt es ein Problem?« Seit Oliver vor etwa einem Jahr zum
Gestütsleiter ernannt worden war, hatte er Gustav noch nie
einen Fuß in den Pferdestall setzen sehen.

»Fräulein Annegret hat uns alle in einer Stunde zu einer
Versammlung im Herrenhaus bestellt. Du solltest dich besser in
einen vorzeigbaren Zustand bringen«, sagte Gustav mit einem
spitzen Blick auf Olivers verschmierte Arbeitshose.

Oliver ließ den Huf los, tätschelte der Stute den Hals und
verließ die Box, um sich zu Gustav zu gesellen, der in seinem
braunen Nadelstreifenanzug, dem weiß karierten Hemd und
der Krawatte wie immer tadellos aussah. Seine Hosenbeine
steckten in den passenden braunen Stiefeln und darüber trug er
lässig einen kurzen Mantel. Das weiße Haar war zurückge-

kämmt, und keine einzige Strähne tanzte aus der Reihe, ganz im Gegensatz zu Olivers zerzaustem dunkelblondem Haarschopf, der immer so aussah, als wäre er gerade aufgestanden. Nicht, dass es ihm etwas ausmachte. Und den Pferden auch nicht.

»Was will sie denn?«

»Ihre Angestellten kennenlernen, vermute ich.«

Oliver runzelte die Stirn und wischte sich die Hände an der Hose ab. »Ich dachte, sie bliebe höchstens ein paar Wochen hier.«

»Das dachten wir alle, aber nach der Menge an Gepäck zu urteilen, die sie mitgebracht hat, richtet sie sich hier häuslich ein.«

»Aha.« Oliver wollte dem anderen Mann nicht sagen, wie sehr er Annegret Huber verabscheute seit sie sieben oder acht Jahre alt war. Wenn sie und ihre Brüder auf dem Gut ankamen, wuselten die Dienstboten herum, um ihnen alle Wünsche von den Augen abzulesen und dafür zu sorgen, dass sie sich ausreichend amüsierten, um ihre Eltern nicht zu stören.

Oliver, der Sohn eines Stallknechts auf dem Gut, war nur vier Jahre älter als Annegret. Vermutlich deshalb hatte sie ihn zu ihrem persönlichen Dienstboten auserkoren und sich sofort bei ihrem Vater beschwert, wenn er nicht nach ihrer Pfeife tanzte. Er hatte sie seit über zehn Jahren nicht mehr gesehen, konnte sich jedoch lebhaft ausmalen, wie viel anspruchsvoller die junge Huber-Erbin im Laufe der Jahre geworden sein musste.

Die Strapazen des Krieges schienen die Menschen in zwei Gruppen gespalten zu haben: diejenigen, die Mitgefühl für ihre Mitmenschen entwickelten und sich bemühten, anderen zu helfen, und diejenigen, die der Naziideologie eifrig folgten und sich an der Macht ergötzten, die sie ihnen gab.

Bei Annegret war mit Sicherheit letzteres der Fall. Gerüchte über ihr schändliches Verhalten gegenüber jedem den sie als minderwertig betrachtete – und das war jeder außerhalb der Nazihierarchie – hatten ihren Weg zurück nach Gut Plaun gefunden. Es bestand kein Zweifel daran, dass sie immer noch das verwöhnte Mädchen war, das gewohnt war, seinen Willen durchzusetzen.

»Sieh zu, dass du pünktlich im Gutshaus bist – gewaschen, rasiert und anständig gekleidet.« Mit diesen Worten drehte sich Gustav um und verließ den Stall.

Oliver strich auf dem Weg nach draußen jedem Pferd über den Hals. Er liebte seine Arbeit. Gut Plaun war jahrzehntelang ein kleines Gestüt gewesen, aber mit der Aufrüstung in den dreißiger Jahren und dem Kriegsbeginn war der Bedarf an zuverlässigen Zugpferden für die Wehrmacht beträchtlich angestiegen, und man konnte nicht schnell genug züchten und ausbilden. Heute zählte das Gestüt etwa zweihundert Pferde, und Oliver beaufsichtigte zwanzig Knechte, die mit den Tieren arbeiteten.

Seine Lieblingsstute Sabrina stupste gegen seinen Kopf, und er nahm sich ein paar Sekunden Zeit, um mit ihr zu schmusen. »Braves Mädchen. Aber ich habe jetzt keine Zeit. Fräulein Annegret ist wieder da, und anscheinend muss ich mich erst rasieren, bevor sie mich zu Gesicht bekommen darf. Du ahnst es nicht, aber dieses Mädchen bedeutet Riesenärger.«

Sabrina wieherte zustimmend, was ihm ein Lächeln auf die Lippen zauberte. Pferde waren so viel loyaler als Menschen, sie täuschten oder misshandelten niemanden.

»Ich habe ohnehin schon genug zu tun, da habe ich wirklich weder Zeit noch Lust, mich um Annegrets Launen zu kümmern. Warum in aller Welt ist sie überhaupt hergekommen? Letztens hat sie sich noch in Paris amüsiert, ist Tanzen und ins Theater gegangen … alles Dinge, die wir hier nicht haben.«

Er klopfte Sabrina auf den Hals und humpelte den Gang hinunter, während er in Gedanken die Pferde auf dem Gestüt durchging. Die meisten waren dafür vorgesehen, als Zugpferde bei der Wehrmacht eingesetzt zu werden, aber er hatte auch einige, die als Reitpferde taugten. So wenig er Annegret ausstehen konnte, sie war die neue Gutsherrin und er sollte besser ein Pferd für sie bereithalten, denn als begeisterte Reiterin wollte sie zweifellos jeden Tag ausreiten, wenn das Wetter es erlaubte.

Eine gescheckte Schimmelstute mit schneeweißer Mähne und Schweif erregte seine Aufmerksamkeit.

»Na, Schneeflocke, wie gehts meinem Mädchen?«, fragte er leise und griff in seiner Tasche nach einem Stück Karotte. Die Stute nahm es ihm sanft aus der Hand und prustete leise als Reaktion auf seine Berührung.

»Annegret ist hier. Und du bist genau das richtige Pferd für sie. Wirst du dich von deiner besten Seite zeigen?«

Schneeflocke stupste ihn an, um mehr Karotten zu bekommen, doch er gluckste und strich mit seiner Hand über ihre Schulter. »Tut mir leid, aber es gibt keine Leckereien mehr. Nach deinem Ausritt mit Annegret kannst du noch eine haben. Ich wette, sie kommt später am Nachmittag oder gleich morgen früh vorbei. Sei nett zu ihr.« Er streichelte das Pferd ein letztes Mal und verließ den Stall, um draußen einen der Stallburschen zu suchen.

»Piet«, rief er, »sorge dafür, dass Schneeflocke jederzeit für Fräulein Annegret bereitsteht, solange sie auf dem Gut weilt.«

»Klar doch.« Piet war kein Mann vieler Worte, aber Oliver wusste, dass er sich auf ihn verlassen konnte, aufgetragene Aufgaben richtig und auf Anhieb zu erledigen.

Dann humpelte er zum Gärtnerhäuschen, in dem er wohnte, nur ein paar hundert Meter vom Gutshaus entfernt. Eine russische Kugel hatte ihm den linken Unterschenkel zerschmettert, und nachdem die Ärzte den Knochen wieder zusammengeflickt hatten, war das Bein etwa drei Zentimeter kürzer als das rechte. Er hasste die Tatsache, dass das kürzere Bein ihn hinken ließ, andererseits war er dankbar dafür, denn deshalb hatte man ihn aus der Wehrmacht entlassen und nun konnte er wieder mit seinen geliebten Pferden arbeiten.

An seinem Haus angelangt, das nie abgeschlossen war, öffnete er die Tür und grinste breit, als er den Apfel sah, den Dora für ihn hingelegt hatte. Er schätzte ihre kleinen Aufmerksamkeiten sehr, obwohl er sie warnen sollte, dass sie vorsichtiger sein musste. Frau Mertens durfte keinesfalls von der Beziehung zwischen Oliver und Dora wissen, denn sie wachte strengstens über die Moral der ledigen Mägde.

Er ging ins angrenzende Badezimmer, zog seine Arbeitshose aus, wusch und rasierte sich, bevor er die Treppe ins Schlafzimmer hinaufstieg und seinen Sonntagsanzug aus dem Schrank holte. Wenn Gustav und Annegret so viel Wert auf Äußerlichkeiten legten, musste er sich wohl fügen.

Auf dem Weg nach draußen schnappte er sich den Apfel und biss herzhaft hinein. Er war wirklich ein Glückspilz, denn er liebte seine Arbeit mit den Pferden, hatte ein Dach über dem Kopf, eine Freundin, die er liebte und immer genug zu essen. Das Essen auf dem Gut war ausgezeichnet, denn Frau Mertens hatte die Gabe, aus den einfachsten Zutaten köstliche Mahlzeiten zu zaubern. Außerdem achtete die gute Frau stets darauf, dass genug für die hart arbeitenden Stallknechte und sogar für die Fremdarbeiter auf dem Gut vorhanden war.

4

Beim Verzehr eines deftigen Hirschgulaschs mit Kartoffeln, Möhren und Rotkohl bedankte sich Margarete bei Frau Mertens für das köstliche Mahl. »So gut habe ich schon lange nicht mehr gegessen.«

Die Haushälterin war sichtlich stolz und sagte: »Alles vom eigenen Land. Es ist gerade Jagdzeit für Wild, außerdem bauen wir unser eigenes Gemüse an.«

»Das ist der Vorteil des Landlebens, es gibt ausreichend gesunde Nahrung. Was übrigens der Grund ist, warum die NS-Volkswohlfahrt die Kinderlandverschickung ins Leben gerufen hat«, meinte Horst, nachdem er um eine zweite Portion gebeten hatte.

Margarete kannte das Programm zur Evakuierung von Kindern unter zehn Jahren aus den stark bombardierten Städten in die sichereren, ländlichen Gebiete des Reiches. Aber sie wusste auch, dass die meisten Eltern es ablehnten, ihre Kinder zu Fremden zu schicken, zumal es so aussah, als würde der Endsieg nicht so schnell kommen, wie alle gehofft hatten.

Vielleicht war das eine Richtung, die sie einschlagen

konnte? Könnte sie unter dem Deckmantel der Kinderlandverschickung jüdische Kinder zwischen den anderen verstecken?

»Ja, Herr Reichskriminaldirektor, als der Standartenführer noch lebte, hat er Gut Plaun für das Programm zur Aufnahme von Müttern mit Kleinkindern angemeldet, aber der Bedarf war nicht groß genug, deshalb kam nie jemand zu uns«, sagte Frau Mertens und machte damit Margaretes Hoffnungen zunichte.

»Es ist wirklich schade, denn die Stadtkinder würden davon profitieren, eine Weile auf dem Land zu leben, wo sie die Wiege der deutschen Kultur und Tradition kennenlernen können.« Horst trank seinen Wein aus, von dem Margarete annahm, dass er aus gut ausgestatteten Kellern kam, und klatschte in die Hände. »Zeit, die Angestellten kennenzulernen.«

Margarete faltete ihre Serviette zusammen und folgte ihm in den imposanten Salon mit Wandteppichen und alten Meistern an den Wänden, wo bereits fünf Personen, darunter Frau Mertens, auf sie warteten. Diese Frau musste übernatürliche Fähigkeiten besitzen, denn sie stand mit dem Rest der Angestellten in einer Reihe und wartete geduldig, als hätte sie Margarete und Horst nicht gerade in einem anderen Raum das Mittagessen serviert.

Horst übernahm die Vorstellung. »Das ist die neue Gutsherrin, Fräulein Annegret. Sie wird für eine Weile hier wohnen und sich um alle Belange des Haushalts kümmern, zusammen mit Frau Mertens, die weiterhin die Haushälterin und Leiterin des Haushaltspersonals sein wird.«

Margarete nickte der älteren Frau zu. »Soweit ich das bisher beurteilen kann, ist der Haushalt in einem hervorragenden Zustand. Danke, dass Sie sich so gut um alles gekümmert haben.«

Frau Mertens war sichtlich überrascht über das Kompliment, und Margarete erkannte zu spät, dass Annegret niemals ein Lob ausgesprochen hätte, schon gar nicht einer Person, die einen niedrigeren gesellschaftlichen Status hatte. In Gedanken trat sie sich selbst in den Allerwertesten und nahm sich vor, den Fauxpas zum Anlass zu nehmen ihren Angestellten klarzumachen, dass Annegret Huber durch die Schicksalsschläge, die sie im vergangenen Jahr ereilt hatten, einen dramatischen Sinneswandel vollzogen hatte.

»Danke sehr, Fräulein Annegret.« Frau Mertens trat vor und stellte die nächste Person vor. »Dora haben Sie bereits kennengelernt, sie wird Ihre persönliche Magd sein, zusätzlich zu ihren üblichen Aufgaben im Haus und in der Küche.«

Margarete nickte dem dünnen Mädchen bedächtig zu und überlegte, unter welchem Vorwand sie sie später um eine Führung durch das Haus bitten könnte.

»Sie erinnern sich sicher an Nils ...«, fuhr Frau Mertens fort, während ein glatzköpfiger Mann in den Fünfzigern mit einem wettergegerbten Gesicht vortrat. »Er ist unser Faktotum. Nils kann alles im Haus, in den Ställen und im Garten reparieren. Er arbeitet schon seit fast dreißig Jahren für die Familie Huber.«

Angst kroch Margaretes Wirbelsäule hinauf, weil eine weitere Person auftauchte, die Annegret von früher kannte. »Schön, dich wiederzusehen, Nils.«

»Wenn Sie etwas brauchen, Fräulein Annegret, wissen Sie, wo Sie mich finden«, sagte Nils mit sonorer Stimme.

Sie nickte, obwohl sie nicht die geringste Ahnung hatte, wo sie ihn finden konnte. Daraufhin stellte er sich zurück in die Reihe.

Horst klatschte in die Hände und warf einen Blick auf Frau Mertens, die hastig sagte: »Dora und ich werden in der Küche gebraucht. Würden Sie uns bitte entschuldigen, Fräulein Annegret?«

»Gewiss doch.« Margarete sah den beiden Frauen nach und fühlte sich plötzlich allein gelassen mit den im Raum verbliebenen Männern. Nach einem weiteren Blick von Horst entschuldigte sich auch Nils und es waren nur noch zwei ihrer Angestellten im Salon. Beide trugen einen Anzug, kombiniert mit Lederstiefeln, was darauf hindeutete, dass sie wichtiger waren als die anderen.

»Diese beiden Männer arbeiten nicht direkt im Herrenhaus«, sagte Horst. »Gustav Fischer ist, wie ich dir bereits sagte, der Gutsverwalter.«

»Herr Fischer.« Sie beugte leicht den Kopf.

»Ich möchte Ihnen und dem Reichskriminaldirektor gerne in meinem Büro einen Überblick über die Angelegenheiten des Anwesens geben, wenn wir mit der Vorstellung fertig sind, Fräulein Annegret«, sagte Herr Fischer und reichte ihr die Hand. An der Art, wie er sprach, war deutlich zu erkennen, dass er sich für die wichtigste Person auf dem Gut hielt, was erfrischend war, denn normalerweise machten alle einen Kotau vor Horst.

»Das wäre hervorragend.« Gustav Fischer gefiel ihr auf Anhieb, weil er sogar bereit war, ihr die Funktionsweise ihres Anwesens zu erklären. Sie wagte es fast nicht zu hoffen, doch sein freundliches Auftreten ermutigte sie zu der Annahme, dass er womöglich nur auf dem Papier ein Nazi war und offen für ihr Vorhaben sein könnte, den von Hitler Verfolgten zu helfen.

»Und das ist der Gestütsleiter Oliver Gundelmann, der seit etwa einem Jahr wieder bei uns ist.« Fischers Stimme war schneidend und vermittelte Margarete den Eindruck, dass die beiden Männer sich nicht sonderlich mochten, was sie dazu veranlasste, Gundelmann ebenfalls argwöhnisch zu betrachten.

»Willkommen zurück, Annegret«, sagte Gundelmann, reichte ihr aber nicht die Hand. Er musste Ende Zwanzig sein, und obwohl er rasiert und gekämmt war, wirkte er deplatziert in seinem Anzug.

Etwas an seinem Blick war äußerst beunruhigend. Noch beunruhigender war allerdings die Tatsache, dass er Annegret zu kennen schien und sie duzte. Bevor Margarete entscheiden konnte, wie sie reagieren sollte, mischte sich Fischer ein. »Zeig etwas Respekt, und nenne sie Fräulein Annegret.«

»Wir haben uns schon gekannt, als sie nicht viel größer war als so.« Oliver Gundelmann hielt die Hand in die Höhe seiner Hüfte. »Aber wenn Sie darauf bestehen, werde ich Sie natürlich mit Fräulein Annegret ansprechen.« Dabei reckte er sein Kinn vor, als wolle er sie herausfordern, ihm zu widersprechen.

Dieser Oliver machte sie äußerst nervös, weil sie seine unterschwellige Abneigung spürte. Irgendetwas musste zwischen ihm und Annegret vorgefallen sein, als sie noch Kinder waren. Wie sie Annegret kannte, war es ganz sicher nichts Gutes gewesen. Da ein Feind auf Gut Plaun sie in große Gefahr bringen konnte, schenkte sie ihm ein versöhnliches Lächeln. »Keine Sorge, Oliver, die Dinge haben sich nicht geändert.«

Seine Augen funkelten wütend, und sie ahnte, dass sie schon wieder das Falsche gesagt hatte. Annegret und er hatten also tatsächlich eine Leiche im Keller.

»Mein Beileid zum Verlust deiner Familie. Ich habe immer gerne mit deinen Brüdern gespielt, wenn sie hier waren.«

»Vielen Dank. Das ist sehr freundlich von dir.« Unsicher, ob sie noch etwas sagen sollte, wartete sie auf seine Antwort.

»Ich dachte, du möchtest bestimmt einen Ausritt machen, sobald es die Zeit und das Wetter erlauben? Deshalb habe ich bereits ein Reitpferd für dich ausgesucht«, fügte Oliver nach einer kurzen Pause hinzu.

Plötzlich fiel ihr das Atmen schwer, und sie konnte nur hoffen, dass ihr Gesicht nicht die Panik verriet, die von ihr Besitz nahm. *Ein Pferd? Ich habe noch nie auf einem Pferd gesessen. Wenn ich sein Angebot annehme, werde ich mich zum Narren machen und jeder wird wissen, dass ich nicht Annegret bin.*

Sie senkte den Kopf, um ihre Angst zu verbergen, und gab vor husten zu müssen. Horst kam ihr sofort zu Hilfe, klopfte ihr auf den Rücken und fragte: »Geht es dir gut, meine Liebe? Möchtest du etwas zu trinken? Ein Wasser vielleicht?«

»Ja, bitte«, krächzte sie.

»Wann kann ich dich in den Stallungen erwarten?« Olivers Stimme ließ sie erstarren.

Margarete räusperte sich und sah ihn an, wobei ihr der Funke der Feindseligkeit, der in seinen Augen lauerte, gar nicht gefiel. Als junge Frau war Annegret anspruchsvoll und gehässig gewesen, aber dem Haushaltsklatsch und ihrem eigenen Bruder Wilhelm zufolge war sie als Kind geradezu unausstehlich gewesen. Margarete konnte sich ausmalen, wie sehr Oliver unter ihren Beleidigungen gelitten haben musste.

»Ich bin sicher, dass Annegret ausreiten wird, sobald sie sich eingelebt hat«, versicherte Horst Richter und erkundigte sich dann wie ein guter Gestapoagent nach Olivers Vergangenheit. »Wie kommt es, dass ein junger und kräftiger Mann wie Sie nicht in der Wehrmacht ist und für das Reich kämpft?«

Olivers Augen verdunkelten sich noch mehr, aber seine Stimme zeigte keine Emotion, als er antwortete: »Ich war in der Wehrmacht, Herr Reichskriminaldirektor, kämpfte in Polen und später in Russland, wurde aber 1941 entlassen, weil eine Kugel meinen Unterschenkel zerschmettert hat.«

»Ich verstehe. Stimmt es, dass Ihr Vater früher im Gestüt von Gut Plaun gearbeitet hat?«

»Ja, er hat sich bis zum Gestütsleiter hochgearbeitet, bevor er sich vor einigen Jahren zur Ruhe setzen musste, nachdem er sich bei einem Reitunfall am Rücken verletzt hatte und die schwere Arbeit nicht mehr machen konnte. Er arbeitet jetzt als Hausmeister in der Schule, aber sein Herz gehört den Pferden. Er hat mir alles beigebracht, was ich weiß.«

Gustav Fischer hatte das Gespräch mit Argusaugen verfolgt, und Margarete hatte den Eindruck, dass ihm der Verlauf der Diskussion nicht gefiel. Nur wenige Sekunden später wurde ihr Verdacht bestätigt, als er das Gespräch unterbrach. »Ich fürchte, Herr Gundelmann muss sich wieder um die Stallungen kümmern.«

»Gewiss doch.« Horst nickte leicht. »Sollen wir jetzt in Ihr Büro gehen? Sie müssen ein vielbeschäftigter Mann sein, und wir nehmen schon genug von Ihrer Zeit in Anspruch.«

»Ganz und gar nicht. Ich bin hocherfreut, die neue Besitzerin zu empfangen und ihr von meiner Arbeit zu berichten, denn ich habe nichts zu verbergen. Bitte, folgen Sie mir«, sagte Fischer.

Oliver nutzte die Gelegenheit, um lautlos zu verschwinden, wobei er Margarete den Eindruck vermittelte, dass er am glücklichsten bei den Pferden war. Ihrerseits hätte sie nichts dagegen, wenn er unten im Stall bliebe, damit sie ihm nie wieder über den Weg laufen musste.

Sie und Horst folgten Fischer durch einen langen Flur, bis er vor der letzten Tür auf der linken Seite stehen blieb und sie öffnete. Im Raum stand ein großer Schreibtisch aus dunklem Holz, der dem, den Herr Huber in seinem Haus in Berlin benutzt hatte, sehr ähnlich sah.

Fischer ließ sich hinter dem Schreibtisch nieder und wies auf zwei Stühle davor. »Bitte nehmen Sie Platz.« Es folgte ein langer, aber oberflächlicher Bericht über die verschiedenen Bereiche des Anwesens, vor allem über das Gestüt und den landwirtschaftlichen Betrieb. Er erwähnte auch industrielle Aktivitäten, ging aber nicht ins Detail.

Schließlich schob er ein Blatt Papier über den Schreibtisch. »Ich habe mir erlaubt, den gesamten Betrieb in diesen Eckdaten zusammenzufassen. Sie zeigen, welche Beträge auf den Konten des Gutes sind, was noch bezahlt werden muss und was wir in den nächsten Monaten einnehmen werden.«

Margarete sah sich die Zahlen an und rückte leicht zur Seite, als Horst sich nach vorne beugte und das Blatt in die Hand nahm. »Diese Zahlen sehen sehr gut aus«, kommentierte er.

»Gut Plaun hat sich sehr gut geschlagen, wenn man bedenkt, wie die Welt momentan aussieht.« Der Stolz in Fischers Stimme war deutlich zu hören.

»Es scheint alles in bester Ordnung zu sein«, sagte Margarete. Tatsächlich hatte sie das Meiste von dem, was er erklärt hatte, nicht verstanden. Gut Plaun war ein so großes Anwesen mit so vielen verschiedenen Betrieben, das war nicht zu vergleichen mit der einfachen Buchhaltung, bei der sie ihrem Vater in seiner Kurzwarenhandlung geholfen hatte. Doch das wollte sie Fischer gegenüber nicht zugeben, weil er glauben sollte, dass sie seinen Erläuterungen folgen konnte.

»Sie können mir vertrauen, Fräulein Annegret, ich mache das schon lange. Sowohl Ihr Herr Vater als auch Ihr Bruder Reiner, während seiner tragisch kurzen Zeit als Familienoberhaupt, haben mir immer freie Hand gelassen, so zu entscheiden, wie ich es für richtig halte. So habe ich ihnen beiden den Rücken freigehalten, um unserem Vaterland militärisch zu dienen.«

»Ich weiß es sehr zu schätzen, dass Sie so gütig waren, mir die Vorgänge zu erklären. Ich würde es niemals wagen, Ihre Entscheidungen in Frage zu stellen, denn Sie scheinen sich außerordentlich gut um das Gut gekümmert zu haben. Wenn Sie allerdings demnächst ein Stündchen Zeit haben, würde ich gerne etwas mehr verstehen und würde mich freuen, wenn Sie mich in die Materie einweisen.«

Seine Lippen verzogen sich leicht. »Das ist sehr lobenswert Fräulein Annegret, und ich stehe Ihnen für alle Fragen jederzeit zur Verfügung. Allerdings, und da wird mir Reichskriminaldirektor Richter sicher zustimmen, ist es für eine reizende junge Frau wie Sie ziemlicher, Ihre Aktivitäten auf das Gutshaus zu beschränken, wie es Ihre Mutter tat. Meine Frau freut sich bereits darauf, Sie kennenzulernen und Sie allen wichtigen Damen der Stadt vorzustellen.« Er gluckste. »Ich weiß aus zuverlässiger Quelle, dass meine Frau Sie anwerben möchte, wohltätige Zwecke zu unterstützen. Vermutlich werden Sie schon bald keine Zeit mehr für langweilige Dinge wie den Verkauf von Feldfrüchten haben.«

Gustav Fischer war ein stattlicher Mann mit seinem weißen Haar, dem gepflegten Bart und seiner angenehmen, aber geradlinigen Art. Seine Worte gaben ihr das Gefühl, dass sie ihm vertrauen konnte. »Ich danke Ihnen. Reichskriminaldirektor Richter hat mir bereits geraten, alles Geschäftliche Ihnen zu überlassen, was ich voll und ganz unterstütze, seit ich gesehen habe, wie hervorragend Sie Gut Plaun in Abwesenheit meiner Familie geführt haben.«

»Und ich werde auch weiterhin für das Wohl aller Menschen auf Gut Plaun arbeiten. Darüber brauchen Sie sich keine Sorgen zu machen. Sie haben im vergangenen Jahr einige Schicksalsschläge erlitten, und mein Wunsch ist es, dass Sie den Aufenthalt hier sorgenfrei genießen und sich den erfreulichen Dingen des Lebens widmen können.«

Richter schloss sich seinem Vorschlag an. »Ich stimme Herrn Fischer zu, es ist das Beste, die Dinge so weiterlaufen zu lassen wie bisher, unter der Bedingung, dass er dich, sagen wir, monatlich über den Stand der Geschäfte informiert?«

»Monatliche Berichte sind absolut machbar«, stimmte Fischer zu.

Margarete nickte und war froh, die Dinge laufen lassen zu können, denn sie hatte nicht die geringste Ahnung, wie man einen Bauernhof oder ein Herrenhaus führte, geschweige denn, wie man die Ernte, die Tiere und so viele Angestellte organisierte. »Ich bin froh, dass ich jemanden wie Sie habe, der sich um alles kümmert.«

Fürs Erste wollte sie unauffällig abwarten, während sie einen Weg suchte, anderen Menschen zu helfen den Krieg zu überleben. Das war es, was Wilhelm gewollt hatte, und deshalb war sie hergekommen. Sie wollte herausfinden wie sie ihr neues Vermögen für das Gute einsetzen konnte, was bedeutete, dass

Gut Plaun weiterhin Gewinne produzieren musste. Und wer wäre dafür besser geeignet als derselbe Mann, der den Betrieb schon seit Jahren leitete?

Das Klingeln des Telefons unterbrach das Gespräch. Fischer nahm den Hörer ab, um ihn dann an Richter weiterzureichen. »Für Sie, Herr Reichskriminaldirektor, aus Ihrem Büro in Leipzig.«

Horst sprach ein paar Sätze mit der Person am anderen Ende der Leitung, legte auf und sagte: »Es tut mir furchtbar leid, aber es hat sich etwas äußerst Wichtiges ergeben, das meine Rückkehr nach Leipzig erfordert.«

Margarete nickte. »Mach dir keine Sorgen um mich, ich bin hier gut aufgehoben und Gut Plaun befindet sich in den kompetenten Händen von Herrn Fischer.«

»Hervorragend.« Horst stand auf und reichte Fischer die Hand. »Ich werde morgen bei Tagesanbruch abreisen, also verabschiede ich mich jetzt schon von Ihnen.«

Fischer klappte die Bücher zu, legte sie in eine der Schreibtischschubladen, schloss diese ab und steckte den Schlüssel ein. »Ich wünsche Ihnen eine gute Heimreise. Fräulein Annegret, meine Frau und ich wohnen in der Stadt, aber ich bin in der Regel ab acht Uhr morgens hier, falls Sie etwas benötigen.«

»Einen schönen Nachmittag«, wünschte Margarete ihm. Sie verdeckte ein Gähnen mit ihrer Hand und sagte: »Ich bin erschöpfter, als ich dachte.«

»Warum ruhst du dich nicht vor dem Abendessen ein wenig aus?«, schlug Horst vor.

»Das ist eine gute Idee.« Margarete verbarg ein weiteres Gähnen, als sie das Büro verließ und auf ihr Zimmer ging. Dort angekommen lag sie auf dem Bett, müde, aber nicht schläfrig. Ihr Verstand wollte einfach nicht abschalten, zu viele Eindrücke wirbelten darin herum. *Ein Tag nach dem anderen. Das ist alles, was du tun kannst. Nimm einen Tag, sogar eine Minute nach der anderen.*

5

Dora war gerade mit dem Schnippeln von Gemüse beschäftigt, als eine Glocke ertönte. Da sie diesen Ton noch nie gehört hatte, blickte sie überrascht auf und schaute zu Frau Mertens, die ihr den Rücken zugewandt hatte und Fleisch würzte.

Als die Glocke ein zweites Mal läutete, drehte sich Frau Mertens um. »Worauf wartest du noch? Geh schon!«

Normalerweise öffnete Frau Mertens selbst die Tür, wenn es klingelte, daher kam diese Aufforderung ziemlich überraschend.

»Die Tür?«, fragte Dora.

»Sei nicht dumm. Das ist die Klingel im Zimmer von Fräulein Annegret.«

»Es tut mir furchtbar leid, Frau Mertens, ich wusste nicht ...«

»Jetzt weißt du es. Trödel nicht und lauf nach oben, um zu fragen, was das Fräulein wünscht.«

»Bin schon unterwegs.« Dora legte ihr Messer weg, wusch sich die Hände und rannte die Treppe hinauf. Sie wusste, dass sie mit dieser Anstellung großes Glück gehabt hatte. Obwohl Frau Mertens sehr streng war, war sie auch korrekt und schlug oder trat sie nie, was einige der ukrainischen Dienstmädchen, die sie manchmal in der Stadt traf, von ihren Arbeitgebern nicht sagen konnten. Manche erlebten sogar noch schlimmeres als das.

Dora erreichte das Obergeschoss mit seinen sechs Schlafzimmern, die alle über ein eigenes Bad verfügten – ein Luxus, den sonst kaum jemand besaß – und klopfte zögernd an die Tür von Fräulein Annegret. Sie hatte sich die neue Hausherrin ganz anders vorgestellt. Viel älter zum einen, denn Annegret war nur ein paar Jahre älter als Dora selbst. Eleganter, ja, und sicherlich reifer, aber auch … wie sollte Dora das erklären? Annegret wirkte oft schüchtern, ja sogar ängstlich. Es war, als ob sie sich ständig zu etwas ermahnen müsste. Es ergab keinen Sinn, dennoch hatte Dora das Gefühl, dass die andere Frau nicht sie selbst war. Sie zuckte mit den Schultern, das arme Ding stand vermutlich noch unter Schock, nachdem sie ihre gesamte Familie bei zwei Bombenanschlägen verloren hatte, während sie selbst beide Male unversehrt davongekommen war. Jeder wäre nach so schrecklichen Erlebnissen verängstigt.

»Herein!«

»Sie haben geklingelt, Fräulein Annegret?«, sagte sie mit einem Knicks.

»Ja. Hast du gerade etwas Zeit?«

»Aber natürlich. Frau Mertens hat deutlich gemacht, dass meine Pflichten bei Ihnen Vorrang vor allem anderen haben.« Vorsichtshalber knickst sie noch einmal.

»Kannst du bitte mit dieser Knickserei aufhören?«, zischte ihre Herrin.

»Aber Frau Mertens hat gesagt …«

Annegret lächelte reumütig und antwortete in einem viel sanfteren Ton: »Könntest du wenigstens damit aufhören, wenn wir allein sind? Ich bin doch nicht irgendeine Prinzessin.«

»Wie Sie wünschen, Fräulein Annegret.« Dora wartete auf Anweisungen, aber es kam nichts. Die Situation war höchst merkwürdig, und sie hatte den Eindruck, dass ihre Herrin nach Worten rang.

»Würdest du ...«, Annegret zögerte. »Würdest du mir eine Führung durch das Haus geben?«

Doras Augen weiteten sich, da dies eine so unerwartete Bitte war.

»Es ist nur ... ich war schon so lange nicht mehr hier und würde mich gerne über die Veränderungen informieren, die es möglicherweise gegeben hat.«

Dora hielt sich in letzter Sekunde davon ab, einen Knicks zu machen. »Ich weiß nichts von Veränderungen, Fräulein Annegret, denn ich arbeite noch nicht einmal ein Jahr hier. Da fragen Sie besser Frau Mertens ...«

Annegret schüttelte den Kopf und senkte ihre Stimme. »Um ehrlich zu sein, Frau Mertens macht mir ein bisschen Angst. Sie ist so streng ...«

Auf dieses Geständnis hin hatte Dora Mühe, nicht laut zu kichern. Es war erfrischend zu wissen, dass die neue Hausherrin genauso viel Respekt vor Frau Mertens hatte wie sie selbst. »Sie kann in der Tat sehr angsteinflößend sein. Ich führe Sie gerne herum, aber vermutlich kann ich nicht alle Ihre Fragen beantworten.«

»Das macht nichts, ich will mich nur wieder mit allem vertraut machen und, ehrlich gesagt, ein geeigneteres Zimmer finden als diesen...«, sie machte eine große Geste durch den Raum, »Kleinmädchentraum.«

Wieder empfand Dora Mitleid mit Fräulein Annegret, die sich so sehr bemühte, alles richtig zu machen. Oliver hatte sie gewarnt, dass die neue Gutsherrin eine selbstsüchtige, unausstehliche und geradezu gehässige Person sei, aber seine Beschreibung passte nicht im Geringsten auf die Frau vor ihr. »Wann sollen wir anfangen?«

»Jetzt gleich!« Annegret sprang auf und stürmte voller Elan durch die Tür. »Links oder rechts?«

»Fangen wir mit dem Zimmer gegenüber dem Ihrem an.« Dora folgte ihrer Herrin in den Flur und öffnete die Tür auf der anderen Seite. »Hier wurde nichts verändert, soweit ich weiß. Es gehörte einem Ihrer Brüder, aber ich weiß nicht, welchem.« Sie sah Annegret erwartungsvoll an, die sich hektisch im Zimmer umsah, als würde sie etwas suchen.

Als Annegrets Blick auf die zierliche antike Nachttischlampe neben dem Bett fiel, schien sie sich zu entspannen und sagte: »Ich weiß noch, wie Wilm diese Lampe bei einem Trödler gefunden und tagelang mit unserem Vater gestritten hat, bis er dieses ›Stück Schrott‹ kaufen durfte. Wie sich herausstellte, war sie ziemlich wertvoll.« Ihr Gesicht nahm einen verträumten Ausdruck an.

Eine Welle des Mitgefühls überkam Dora und sie kämpfte gegen den Drang an, ihrer Herrin den Arm zu tätscheln. »Sie müssen Ihre Familie so sehr vermissen.«

»Meine Familie?« Einen Moment lang schaute Fräulein Annegret verwirrt, aber dann fing sie sich wieder. »Das tue ich. Ich stelle mir oft vor, dass sie noch am Leben sind.«

Sie gingen weiter durch alle Zimmer im Obergeschoss, aber als Dora anbot, die Besichtigung im Erdgeschoss fortzusetzen, lehnte Annegret höflich ab. »Ich möchte nicht zu viel von deiner Zeit in Anspruch nehmen, du hast sicher noch andere Aufgaben zu erledigen.«

Dora nickte, denn das hatte sie in der Tat. Frau Mertens hatte sie schon vor Fräulein Annegrets Ankunft auf Trab gehalten. Für mehrere Dutzend Landarbeiter und Stallburschen zu kochen, war keine Aufgabe, die man nebenbei erledigte. Wenigstens war Horst Richter heute früh abgereist, so dass kein formelles Abendessen zubereitet wurde, aber sie musste trotzdem den großen Speisesaal abstauben und fegen, damit Fräulein Annegret später dort essen konnte.

»Wegen des Abendessens ...«

»Ja, Fräulein Annegret?«

»Wenn ich allein bin, werde ich meine Mahlzeiten im kleinen Wohnzimmer einnehmen.«

»Sind Sie sicher? Der Speisesaal ist so schön ...«

»Aber zu groß für eine einzelne Person, findest du nicht auch?«

»Wie Sie wünschen. Wenn das alles ist, sollte ich jetzt wieder in die Küche gehen.«

»Ja, das wäre dann alles.«

Dora eilte die Treppe hinunter, wo sie eine sehr mürrisch dreinblickende Frau Mertens in der Küche vorfand. »Wo um Himmels willen warst du denn die ganze Zeit? Die Arbeit macht sich nicht von selbst!«

»Es tut mir sehr leid, Frau Mertens, aber Fräulein Annegret hat mich aufgehalten.« Sie überlegte, ob sie der Haushälterin von dem Rundgang erzählen sollte, entschied aber, dass das nicht nötig war. »Sie hat alle möglichen Fragen über den Haushalt gestellt.«

»Da hätte sie mich fragen sollen«, erwiderte Frau Mertens ärgerlich.

»Das habe ich ihr auch gesagt, aber sie hat darauf bestanden, dass Sie viel zu beschäftigt sind, um sich um solch niedere Aufgaben zu kümmern.«

Die Schmeichelei zeigte ihre Wirkung und Frau Mertens' Miene wurde freundlicher. »Damit hat sie natürlich recht, obwohl ich sie nicht als rücksichtsvoll in Erinnerung habe.«

»War sie nicht noch ein Kind, als Sie sie das letzte Mal gesehen haben? Inzwischen ist sie erwachsen und die Schicksalsschläge, die ihr widerfahren sind, müssen sie verändert haben.« Dora konnte nicht verstehen, warum alle immer auf Fräulein Annegret herumhackten, obwohl sie doch seit ihrer Ankunft auf Gut Plaun ausschließlich nett gewesen war. »Oh ... das hätte ich fast vergessen. Fräulein Annegret möchte ihre Mahlzeiten lieber in der kleinen Stube als im Speisesaal einnehmen.«

Frau Mertens' Augenbrauen schossen in die Höhe. »Ist das so?«

Dora nickte und machte sich wieder ans Gemüseschneiden. Sie konnte es kaum erwarten, Oliver zu erzählen, was sich heute ereignet hatte. Nachdem Dora ganz allein nach Gut Plaun gekommen war, Tausende von Kilometern von ihrer Heimat entfernt, hatte sie in Oliver eine freundliche Seele gefunden, jemanden, mit dem sie reden konnte und der sie tröstete, wenn sie Heimweh hatte und sich nach ihrer Familie sehnte.

Die beiden gingen schon seit einigen Monaten miteinander aus, wobei sie peinlichst darauf achteten, ihre Gefühle füreinander zu verbergen, denn Frau Mertens würde es nicht gutheißen, wenn Dora sich mit einem Mann einließ. In dieser Hinsicht war die Haushälterin sehr traditionell und hütete Doras Ehre, als wäre sie ihre eigene Tochter.

6

»Eine Lieferung.« Ein junger Bursche klopfte an die Tür der Annahmestelle, die sich auf der Rückseite der Garage neben dem Herrenhaus befand.

»Komm rein.« Gustav Fischer winkte ihn heran. »Was hast du dabei?«

Der Bursche überreichte zwei Zettel, einen für eine Kartoffellieferung von einem benachbarten Bauernhof, den zweiten für Mehl aus der Mühle. Gustav holte sein Wareneingangsbuch aus der Schublade und notierte deutlich lesbar beide Lieferungen, das Datum, die Uhrzeit sowie die eingehende Menge. Er kritzelte seine Unterschrift auf die beiden Zettel und gab sie zurück.

»Hat Frau Mertens die Ware kontrolliert?«, fragte Gustav.

»Das hat sie, Herr Fischer. Ich war zuerst bei ihr, bevor ich Ihnen die Papiere gebracht habe.«

»Gut gemacht. Du musst nur noch das Hauptbuch gegenzeichnen, genau hier.« Gustav deutete auf die Spalte neben den beiden Eintragungen, die er vorgenommen hatte. Nachdem der Bursche unterschrieben hatte, sagte Gustav: »Danke. Richte deinem Chef aus, dass ich mich melden werde.«

»Das wird ihn freuen. Es ist immer ein Vergnügen, mit Ihnen Geschäfte zu machen. Nicht jeder zahlt so pünktlich wie Sie.«

Gustav strahlte ob des Kompliments. Er rühmte sich, mit allen wichtigen Kaufleuten der Region auf bestem Fuß zu stehen. Das war auch der Grund, warum die Arbeiter auf Gut Plaun – ehrenwerte deutsche Männer und Frauen, die ihren Kriegsbeitrag leisteten – trotz der knapper werdenden Vorräte immer genug zu essen hatten. Zusammen mit seinem Ruf als strenger, aber gerechter Gutsverwalter sorgte das dafür, dass es ihm nie an Arbeitskräften fehlte.

Das Gestüt hatte sehr lukrative Verträge mit der Wehrmacht und konnte es sich leisten, nur die besten Ausbilder zu beschäftigen, was wiederum dazu beitrug, mehr Pferde schneller einzufahren und sie mit einem schönen Gewinn zu verkaufen.

Ja, Gustav hatte ein Händchen für Geschäfte, und unter seiner Führung war Gut Plaun zu einer Geldmaschine geworden. Seine beste Idee war es gewesen, eine Rüstungsfabrik zu bauen, gut versteckt in den dichten Wäldern um den See und doch nahe genug an der Autobahn sowie der Eisenbahnstrecke, um die Logistik sicherzustellen.

Herr Huber war sofort Feuer und Flamme gewesen, als Gustav ihm kurz nach Kriegsbeginn davon erzählt hatte. Inzwischen war die Fabrik zur Haupteinnahmequelle von Gut Plaun geworden.

Da Fräulein Annegret nur eine Frau war, hatte er mit Reichskriminaldirektor Richter vereinbart, sie nicht mit Details über die Fabrik zu verstören. Frauen konnten so emotional sein, besonders wenn sie von den Zwangsarbeitern erfuhren, die für die harte und gefährliche Arbeit eingesetzt wurden.

Selbst seine Frau Beate hatte früher Bedenken und sogar Mitleid mit den Gefangenen gehabt. Es hatte ihn nächtelange Diskussionen gekostet, um ihr klarzumachen, dass diese abscheulichen Subjekte nicht wirklich Menschen waren. Kriminelle, Arbeitsscheue, Homosexuelle, Prostituierte, sie alle hatten sich dazu entschieden, aus der schützenden deutschen Volksgemeinschaft auszutreten und in die Hand zu beißen, die sie fütterte. Sympathie für diese Subjekte war völlig fehl am Platz.

Zumindest in der Judenfrage waren Beate und er stets einer Meinung gewesen. Sogar seine gutherzige Frau verstand, dass die Juden ein Übel waren, das vom Angesicht der Erde getilgt werden musste, so wie sie das Unkraut in ihrem Garten jätete. Wenn man sie erst einmal als das erkannte, was sie wirklich waren, war man vor unangebrachtem Mitleid gefeit.

Nach dem, was er über Fräulein Annegret gehört hatte, neigte sie nicht zu falschem Mitleid. Dennoch stimmte er mit Herrn Richter überein, dass es für alle Beteiligten am besten war, wenn sie sich nur um das Gutshaus sowie die Stadtfrauenschaft kümmerte, während er die geschäftliche Seite am Laufen hielt.

Natürlich würde er Fräulein Annegret den Respekt zollen, der ihr gebührte, und ihr seinen Rat und seine väterliche Freundschaft anbieten, obwohl sein wahrer Chef ihr de facto Vormund, Horst Richter, war. Gustav hatte die Absicht, stets ein gutes Verhältnis zu ihm zu pflegen, denn ehrlich gesagt, hatte er Angst vor dem mächtigen Gestapomann.

Nach monatelangen Telefonaten war er ihm kürzlich zum ersten Mal begegnet, und seinen wachsamen Augen nach zu urteilen, denen nie das kleinste Detail entging, wäre er ein sehr unangenehmer Gegner.

Nein, Gustav würde hart daran arbeiten, dass das Gut nicht nur für Annegret Huber und das Reich Reichtümer produzierte, sondern er würde auch sein Bestes tun, um den Reichskriminaldirektor stets zufrieden zu stellen.

Er schloss sein Hauptbuch und verstaute es in einer Schublade. Die Wehrmacht konnte jederzeit eine Prüfung der Bücher verlangen, weshalb Gustav immer alles sofort und einwandfrei eintrug. Nichts würde sein profitables Geschäft schneller zum Scheitern bringen als ein schlampiger Eintrag.

Er trat aus seinem Büro und beobachtete, wie der Lieferwagen durch das Haupttor wegfuhr, bevor er zum Entladebereich ging, wo er einen der Knechte anwies, das Mehl und die Kartoffelsäcke in zwei Haufen zu trennen.

»Bring den einen Teil in den Vorratskeller hinunter und vergiss nicht, vorher Frau Mertens zu fragen, wie viel sie in der Speisekammer für den sofortigen Verzehr benötigt«, sagte er. Kaum war der Knecht mit einem schweren Sack Kartoffeln auf den Schultern verschwunden, kehrte Gustav in sein Büro zurück und rief den Leiter der Rüstungsfabrik an.

»Hallo Heinz, die Lebensmittel sind gerade angekommen. Komm hoch und hol sie ab.« Während Gustav auf Heinz wartete, teilte er den für die Fabrik bestimmten Haufen in zwei Hälften.

»Wir sind so schnell gekommen, wie wir konnten.« Heinz, ein stämmiger Mann, stieg von einem pferdegezogenen Wagen herunter und schüttelte Gustav die Hand. Kurz darauf sprangen zwei Männer in gestreiften Uniformen von der Ladefläche. »In der Fabrik gibt es viel zu tun, nie genug Gefangene und die, die wir haben, sind faul. Sie verdienen nicht einmal das Essen, das wir ihnen geben.«

»So eine Schande. Sieht so aus, als gäbe es wieder einmal nicht genug für die faulen Schweine.«

Heinz gluckste und fragte mit Blick auf die Kartoffel- und Mehlsäcke: »Das ist alles?«

»Ja.«

»Ladet die Säcke auf den Wagen, und zwar schnell. Und die beiden Teile sauber getrennt stapeln!«, rief Heinz den beiden abgemagerten Männern zu. Er zündete sich eine Zigarette an, bevor er auch Gustav eine anbot. Dann ging er ein paar

Schritte von den Gefangenen weg. »Derselbe Käufer wie immer?«

»Ja. Du bekommst deinen Anteil, wenn alles zur Zufriedenheit des Kunden geliefert wurde.« Gustav inhalierte den Rauch seiner Zigarette und beobachtete die beiden Gefangenen beim Beladen des Wagens, während er im Kopf seinen Gewinn ausrechnete.

»Ist das Huber-Mädel schon angekommen?«, fragte Heinz, wobei er kunstvolle Rauchkringel in die Luft pustete.

»Vorgestern.«

»Und? Ist sie ein Problem?«

»Kein Grund zur Sorge. Sie ist jung und unerfahren und überlässt den geschäftlichen Teil gerne mir. Ich rechne damit, dass sie bald sehr beschäftigt sein wird, die Zimmer im Herrenhaus neu zu dekorieren und an den Kaffeekränzchen der Damen in Plau am See teilzunehmen. Beate kann es kaum erwarten, sie unter ihre Fittiche zu nehmen.«

»Wenn du das sagst.«

»Sie scheint ein gutes Herz zu haben, aber ich glaube kaum, dass sie etwas für Juden übrig hat. Selbst wenn sie etwas herausfände, hätte sie bestimmt nichts dagegen. Womöglich will sie dann einen Anteil haben.« Gustav stieß ein kurzes, bellendes Lachen aus.

»Ich hoffe, ihre Anwesenheit beeinträchtigt die Profitabilität unseres Geschäfts nicht.«

Gustav nahm einen weiteren Zug von seiner Zigarette und blies genüsslich den Rauch aus, bevor er antwortete: »Mach dir keine Sorgen. Habe ich dich jemals im Stich gelassen?«

»Nein ...«

»Und ich werde garantiert nicht jetzt damit anfangen. Die Bücher sind in tadellosem Zustand. Und die Einzigen, die sich darüber beschweren könnten, dass sie nicht genug Lebensmittel erhalten, sind die dreckigen Juden, aber wer hört denen schon zu?

Obwohl ...« Gustav schaute auf die beiden Gefangenen, die gerade dabei waren, die letzten Säcke auf den Wagen zu laden, »... du solltest die beiden loswerden. Es ist besser, keine Zeugen zu haben.«

»Wirklich? Sie haben sich als äußerst nützlich erwiesen, außerdem kosten sie mich praktisch nichts.« Heinz runzelte die Stirn.

»Glaub mir, Vorsicht ist besser als Nachsicht. Werd sie heute Abend noch los.«

»Wird gemacht.« Heinz nahm seinen Hut, winkte den Gefangenen und rief: »In den Wagen mit euch, wir fahren zurück.«

Gustav grinste zufrieden, als sie wegfuhren. Gut Plaun war in der Tat eine Geldmaschine. Herr Huber war zu sehr an seiner militärischen Karriere interessiert gewesen, um sich um die Bewirtschaftung des Gutes zu kümmern. In dieser Situation hatte Gustav, scharfsinnig wie er war, den perfekten Weg gefunden, sich selbst zu bereichern. Er achtete sehr darauf, dass er weder seinen Arbeitgeber noch das Reich bestahl, sondern nur die Zwangsarbeiter. Das war nicht einmal strafbar, denn kein Richter, der bei Verstand war, würde ihn dafür verurteilen, dass er Juden bestohlen hatte. Er schmunzelte über die Lächerlichkeit des Gedankens.

Eigentlich tat er dem Reich sogar einen Gefallen, denn wenn das Ungeziefer schneller verhungerte als erwartet, musste er neue bestellen, welche die SS gerne bereit war, ihm zu »verleihen«, natürlich zu völlig überhöhten Preisen. Es gab einen schier unerschöpflichen Vorrat an billigen Arbeitskräften, zumindest bis Hitler es endlich geschafft hatte, auch den letzten Juden Europas auszurotten, aber bis dahin ... hatte Gustav schon lange sein finanzielles Polster aufgebaut und könnte wie ein König leben.

7

Margarete wachte auf, weil jemand ihr Schlafzimmer betrat. Sie kniff die Augen zusammen, als dieselbe Person ihr ein fröhliches »Guten Morgen« zurief und gleichzeitig die Vorhänge weit aufzog.

Dann riss sie die Augen auf und starrte finster auf Dora. »Warum weckst du mich so früh und machst so viel Lärm?«

»Es tut mir sehr leid, Fräulein Annegret, heute ist doch Sonntag. Wenn Sie nicht aufstehen und sich fertig machen, kommen Sie zu spät zum Gottesdienst.«

Gottesdienst? Margarete schloss schnell wieder die Augen und zog sich die Decke über den Kopf. Herr und Frau Huber waren in Berlin immer in die Kirche gegangen und hatten sogar Annegret gezwungen, sie zu begleiten. Eine fromme protestantische Familie, die nie die Sonntagsmesse versäumte. Wahrscheinlich, um ihre Seelen von den abscheulichen Sünden reinzuwaschen, die sie während der Woche begangen hatten. Margarete als Haussklavin zu halten, war da noch das harmloseste ihrer Vergehen.

Sie gab einen erschrockenen Laut von sich als sie erkannte, dass in dieser kleinen Stadt die Anwesenheit der neuen Herrin von Gut Plaun beim Gottesdienst erwartet wurde. Ihre Abwesenheit würden die Einheimischen als Beleidigung empfinden und sich das Maul zerreißen. Aufmerksamkeit zu erwecken, oder noch schlimmer, Zweifel zu säen, war eindeutig das Letzte, was sie brauchte.

Obwohl sie sicher war, dass sie die Sache so oder so vermasseln und die Aufmerksamkeit auf sich ziehen würde, schließlich hatte sie noch nie einem protestantischen Gottesdienst beigewohnt und wusste nicht was dort von ihr erwartet wurde. Ihre Eltern waren zwar nicht besonders religiös, hatten jedoch darauf bestanden, dass Juden keine christliche Kirche betreten durften.

Sie könnte sich dafür ohrfeigen, dass sie Tante Heidi nicht über die christlichen Sitten und Gebräuche befragt hatte, als sie einige Zeit unter Annegrets Namen bei ihr in Leipzig gelebt hatte. Aber wer hätte vorhersehen können, dass sie eines Tages als arische Gutsherrin einen Gottesdienst besuchen musste?

Ihre Tante Heidi war Arierin und hatte Ernst Rosenbaum, den jüngeren Bruder von Margaretes Vater, geheiratet, lange bevor die Judenverfolgung ernsthaft begann und gemischtrassige Ehen verboten wurden. Dennoch mussten die beiden viele Hindernisse überwinden, denn Heidis Familie war dagegen gewesen, dass sie einen Juden heiratete, selbst einen assimilierten. Margarete war damals zu jung, um das zu verstehen, aber offenbar war es ein ziemlicher Skandal gewesen, als Heidi sich über die Konventionen hinweggesetzt und Ernst gegen den Willen ihrer Familie geehelicht hatte.

Sie erinnerte sich noch an die Hochzeit mit der wunderschönen Braut, die bald ihre Lieblingstante wurde, sowie an ihr eigenes Prinzessinnenkleid, als sie auf dem Weg zum Altar Blumen für das Brautpaar streute. Ernst und Heidi waren stets glücklich miteinander gewesen, trotz des Spottes und der Ausgrenzung, die sie aufgrund des zunehmenden Antisemitismus ertragen mussten. Sehr zu ihrem Leidwesen hatten sie keine eigenen Kinder bekommen, und so wurden Margarete und ihre Geschwister zu ihren »Ersatzkindern«, die jede Sommerferien zu Besuch kamen und unbeschwerte Wochen in Leipzig verbrachten.

Doch eines Tages war die Gestapo gekommen, um Ernst abzuholen. Heidi war mit gebrochenem Herzen zurückgeblieben. Nachdem sie verzweifelt versucht hatte, ihn zu finden, hatte sie schließlich erfahren, dass er in ein Arbeitslager verschleppt worden war. Daraufhin hatte sie wieder ihren Mädchennamen Berger angenommen, um wenigstens die ständigen Schikanen, die sein Nachname ihr bereitete, zu beenden.

»Was wollen Sie anziehen, Fräulein Annegret?«, unterbrach Doras Stimme ihre Gedanken.

Margarete schob die Decke zurück, setzte sich auf und betrachtete Dora, die vor dem offenen Kleiderschrank stand und sie erwartungsvoll ansah.

Richtig, was soll ich anziehen? Sie überlegte angestrengt, was Frau Huber und Annegret normalerweise in die Kirche getragen hatten. Etwas Schickes, natürlich, aber es musste auch dezent sein. Vielleicht konnte Dora bei der Auswahl helfen.

»Gehst du auch mit?«

»Ja, Fräulein Annegret. Frau Mertens besteht darauf, dass alle Bediensteten gemeinsam in den Gottesdienst gehen.«

Das war gut. »Vielleicht kannst du mir einen Rat geben, was ich anziehen soll? Ich möchte die einheimischen Frauen nicht ausstechen.«

Dora schaute überrascht, drehte sich aber pflichtbewusst zum Schrank, um die Auswahl an Kleidern zu begutachten. »Wie wäre es mit diesem grauen Musselinkostüm? Es hat einen kleinen Hut mit Schleier und passende Handschuhe. Da die Sonne scheint, brauchen Sie keinen Mantel.«

»Klingt perfekt.«

»Die Leute werden sich freuen, wenn Sie kommen, Fräulein Annegret. Die Familienbank in der Kirche steht schon so lange leer.

Na toll! Die Familienbank! Kalte Angst kroch ihr den Rücken hinauf, denn Doras Worte hatten ihre Hoffnung zunichte gemacht, unbemerkt in die Kirche hinein- und wieder hinauszuschleichen. Wie sie die Hubers kannte, stand diese Bank in der ersten Reihe, so dass alle Augen während des Gottesdiensts auf sie gerichtet sein würden.

Der Schein hatte in dieser Familie schon immer Vorrang vor der tatsächlichen Frömmigkeit gehabt, denn wie sonst wäre es zu erklären, dass Herr Huber sonntags mit gesenktem Kopf und gefalteten Händen vor Gott kniete, um dann montags in sein Büro zu gehen und mit einem Federstreich derselben Hände Tausende von Juden in die Lager – und damit in den Tod – zu schicken.

Ein weiterer beängstigender Gedanke erschreckte sie, denn sie konnte es sich nicht leisten, die falsche Bank zu wählen. »Werde ich allein in der Familienbank sitzen müssen?«

»Wie kommen Sie denn darauf?«, fragte Dora mit großen Augen.

»Nun ja ...«, *weil ich keine Ahnung von dieser Religion habe*, »... weil meine Familie ...« Sie brach ab und setzte eine traurige Miene auf.

»Oh. Fräulein Annegret, Sie müssen so erschüttert über Ihren Verlust sein.«

»Das bin ich.«

»Sie werden nicht alleine dort sitzen. Gustav Fischer und seine Frau werden mit Ihnen in der Bank sein, er hat die ganze Zeit über die Familie vertreten.«

Eine schwere Last fiel von Margaretes Schultern. Herr Fischer war so freundlich und fürsorglich gewesen. An seiner Seite würde sie sich sicher fühlen, außerdem konnte sie ihn einfach nachahmen.

Margarete kleidete sich an und frisierte ihr Haar, bevor ein

Tumult draußen ihre Aufmerksamkeit erregte. Sie ging zum Fenster und spähte hinunter. Ein unwillkürliches Schnaufen entfuhr ihr, als sie sah, was dort geschah: Es hatten sich nicht nur alle Angestellten, die auf Gut Plaun wohnten, für den Gang zur Kirche versammelt, sondern es war auch eine Pferdekutsche aufgetaucht, auf deren Kutschbock Nils saß.

Offensichtlich war er gekommen, um sie abzuholen sowie sie zweifellos den Stadtbewohnern vorzustellen. Sie fragte sich, ob man von ihr erwartete, von der Kutsche aus zu winken, wie Hitler es immer tat. Bei dem Gedanken zog sich ihr Magen schmerzhaft zusammen. Sie hatte geglaubt, auf dem Landsitz fernab von Berlin zurückgezogen und unauffällig leben zu können. Tatsächlich hatte sie seit der Annahme ihrer neuen Identität keinen Fuß mehr in die Hauptstadt gesetzt, aus Angst, einen Bekannten von sich oder Annegret zu treffen, der sie entlarven könnte.

Nicht zuletzt natürlich Erika, Reiner Hubers Witwe. Erika war mehr als nur ein wenig verärgert darüber gewesen, dass laut der testamentarischen Verfügung seines Vaters nicht sie das Huber-Vermögen geerbt hatte, sondern dass alles –

abgesehen von Reiners Privatvermögen und einem Treuhandfonds von hunderttausend Reichsmark – an Annegret gegangen war.

Horst Richter hatte vorgeschlagen, dass Margarete es tunlichst vermeiden sollte, nach Berlin zu reisen, solange Erika noch dort lebte, damit es nicht zu einer unangenehmen Szene zwischen den beiden trauernden Frauen kam. Auch er sorgte sich hauptsächlich darum, dass der Schein gewahrt wurde, doch diesmal war sie sehr dankbar dafür. Selbst für die Formalitäten mit dem Anwalt der Familie hatte Margarete eine Krankheit vorgetäuscht und an ihrer statt Horst Richter mit einer Vollmacht geschickt.

Um ihr schlechtes Gewissen zu beruhigen, hatte sie Erika später ein Kondolenzschreiben und eine Geldanweisung von einer Viertelmillion Reichsmark geschickt, um sie und ihre drei Töchter zu unterstützen. Sie hatte nie eine Antwort erhalten, nicht einmal ein Dankeschön, doch ein paar Monate später hatte Horst ihr die Nachricht überbracht, dass Erika das Haus in Berlin verkauft hatte und zu ihren Eltern nach Mitteldeutschland gezogen war.

Margarete seufzte. In der Kirche wäre sie wie ein Goldfisch in einem Glas, durch das die Stadtbewohner jede ihrer Bewegungen beobachteten. Es dämmerte ihr, dass es womöglich doch keine so brillante Idee gewesen war, nach Gut Plaun zu kommen, und dass sie stattdessen in Paris hätte bleiben sollen, um dort mit der französischen Résistance zusammenzuarbeiten.

Doch dafür war es zu spät. Sie straffte ihr Rückgrat, zog ihre Augenbrauen nach, wie Annegret es immer getan hatte, und hoffte auf das Beste. Keiner dieser Stadtbewohner hatte Annegret seit über einem Jahrzehnt gesehen, und niemand würde vermuten, dass die Frau, die nach Gut Plaun zurückgekehrt war, nicht dieselbe Person war wie das dürre Mädchen, das sie einst gekannt hatten.

Margarete nahm den Hut, setzte ihn sorgfältig auf ihr Haar und ließ den kurzen Schleier über ihr Gesicht fallen. Der zarte, hauchdünne Stoff reichte ihr bis zum Kinn und verdeckte gerade genug, um ihre Gesichtszüge zu verschleiern und die Angst in ihren Augen zu verbergen.

Sie betrachtete sich in dem großen Standspiegel in der Ecke. Ihr Spiegelbild gab ihr neues Selbstvertrauen. Diese Frau, die die neueste Pariser Mode und Frisur trug, sah genauso aus wie die hochmütige Erbin, die sie vorgab zu sein. Niemand würde etwas bemerken. Sie zog die passenden Handschuhe an, atmete ein letztes Mal tief durch und verließ ihr Zimmer, um sich dem zu stellen, was das Schicksal für sie bereithielt.

Fürs Erste war das Frau Mertens, die ungeduldig in dem kleinen Esszimmer mit Margaretes Frühstück wartete.

»Sie sehen reizend aus, Fräulein Annegret. Sobald Sie

gefrühstückt haben, können wir losfahren; die Kutsche wartet bereits draußen.«

Der Knoten in ihrem Magen zog sich stärker zusammen und ihr Hunger war mit einem Mal wie weggeblasen. Aber es wäre nicht klug, Anzeichen von Nervosität zu zeigen, also setzte sie sich an den Tisch, aß eine Scheibe Brot mit Butter und trank eine Tasse Ersatzkaffee, bevor sie aufstand und verkündete: »Ich bin bereit zur Abfahrt.«

In dem Moment, als sie aus der Vordertür trat, sprang Nils vom Kutschbock herunter und reichte ihr die Hand, um ihr hinauf zu helfen. Frau Mertens und Dora setzten sich hinten auf die Ladefläche, und schon fuhren sie los.

Margarete hatte die Marienkirche mit ihrem hohen Kirchturm schon von weitem gesehen, als sie vor ein paar Tagen mit Horsts Limousine auf Gut Plaun angekommen war, aber als die Kutsche auf dem Vorplatz hielt, wirkte die Kirche noch beeindruckender, ja sogar bedrückend. Margarete war zwar nicht der Meinung, dass Juden keine christlichen Kirchen betreten durften, wie einige der orthodoxeren Gläubigen, aber dennoch beschlich sie ein unheimliches Gefühl. Heute würde sie zum ersten Mal einen Gottesdienst besuchen, und das fühlte sich völlig falsch an.

Um sich nicht anmerken zu lassen, wie verloren sie sich fühlte, lächelte sie den Leuten links und rechts im Kirchenschiff zu und wartete unbewusst darauf, dass etwas Ungeheuerliches passierte. Sie bildete sich ein, dass hundert Augenpaare auf sie gerichtet waren und auf den kleinsten Fehltritt warteten. Die Anspannung machte sie kurzatmig. Mit einem erleichterten Seufzer entdeckte sie Gustav Fischers Hinterkopf in der ersten Reihe rechts, neben einer elegant gekleideten Frau. Seine Anwesenheit gab ihr neuen Mut.

Sie wollte schon neben ihm Platz nehmen, als der Priester, gekleidet in einem schwarzen Talar mit weißen Beffchen, von der erhöhten Plattform herabstieg, um sie zu begrüßen.

»Fräulein Annegret, wie schön, dass Sie wieder in Plau am See sind.« Er nahm ihre beiden Hände in seine und beugte kurz den Kopf. »Wir waren zutiefst betroffen, als wir vom Tod Ihrer Eltern hörten, und noch einmal, als die Nachricht vom heroischen Ende Ihrer Brüder kam. Wir danken Gott, dass er Sie verschont hat und noch mehr, dass er Sie zu uns geschickt hat. Möge sich Ihre Seele bald von dem Kummer erholen.«

»Danke«, murmelte sie und spürte, wie die Gemeinde hinter ihr die Plätze einnahm. Sie schaute zu ihrer Rechten, wo Herr Fischer saß, um sich seiner tröstlichen Anwesenheit zu vergewissern. Obwohl der Priester freundlich und ihr offensichtlich wohlgesinnt war, machte er sie doch nervös, da sie keine Ahnung hatte, wie man sich im Umgang mit einem Geistlichen verhielt.

Der Priester folgte ihrem Blick und sagte: »Bitte nehmen Sie Platz, wir können uns nach dem Gottesdienst noch etwas unterhalten.«

Margarete neigte den Kopf und ging zur Bank. Kaum hatte sie sie erreicht, sprang Herr Fischer auf und reichte ihr die Hand. »Fräulein Annegret, Sie sehen heute Morgen äußerst elegant aus. Darf ich Sie mit meiner Frau Beate bekannt machen?«

Beate lächelte freundlich und schüttelte ihr die Hand. »Mein herzliches Beileid.«

»Vielen Dank, Frau Fischer.«

»Wenn Sie etwas brauchen, zögern Sie nicht zu fragen. Mein Mann und ich helfen gerne. Ihre verstorbene Mutter und ich waren gut befreundet.«

»Das ist sehr freundlich von Ihnen.« Margarete wunderte sich, dass sie Frau Fischers Namen im Hause Huber noch nie gehört hatte, wenn die beiden Frauen so gut befreundet gewesen waren. Wollte sie sich womöglich einschmeicheln?

Margarete setzte sich und schalt sich selbst dafür, paranoid zu sein und jeden zu verdächtigen, Hintergedanken zu haben.

Einige Minuten später trat der Priester auf die Kanzel. Alle, Margarete eingeschlossen, erhoben sich, wobei sie aus den Augenwinkeln die Fischers beobachtete und deren Verhalten nachahmte. Dennoch wurde sie wenig später unangenehm überrascht, als die Gemeinde auf die Worte des Pfarrers antwortete. Natürlich verstand sie die gemurmelten Verse nicht, also bewegte sie die Lippen und summte dabei »Rote Beete« im gleichen Rhythmus wie alle anderen, während sie sich den Kopf darüber zerbrach, wo sie später die Gebete nachschlagen und auswendig lernen konnte.

Am Ende des Gottesdienstes holten der Pfarrer und die Ministranten einen Becher und einen Teller mit kleinen Oblaten. Er forderte die Gemeindemitglieder auf, nach vorne zu kommen und das Abendmahl zu empfangen, woraufhin die meisten aufstanden, um nach vorne zu gehen. Als Margarete keine Anstalten machte, die Kirchenbank zu verlassen, stupste Frau Fischer sie an.

»Ich brauche noch ein paar Sekunden der Stille«, flüsterte Margarete und ließ die andere passieren, während sie sich wieder hinsetzte und den Kopf senkte, um so zu tun, als ob sie inbrünstig betete. In Wirklichkeit haderte sie mit sich, ob sie einen solchen Frevel begehen sollte. Selbst sie wusste, dass nur Gläubige, die das Sakrament der Konfirmation empfangen hatten, den Leib Christi essen und den Wein trinken durften, der sein Blut symbolisierte.

Dann zuckte sie mit den Schultern. Was kümmerten sie die heiligen Traditionen der Protestanten, wenn diese sogenannten Christen das jüdische Volk Tag für Tag zu Tausenden ermordeten? Trotzig stellte sie sich in die Reihe und beobachtete genau, wie sich die vor ihr Stehenden verhielten.

Doch je näher sie dem Priester kam, desto mehr schwand ihre Zuversicht. Als sie vor ihm stand, fühlte sie sich wie eine Todsünderin, öffnete aber dennoch den Mund und erlaubte ihm, ihr eine der Oblaten auf die Zunge zu legen mit den Worten »Der Leib Christi«.

»Amen«, antwortete sie, genau wie es die anderen vor ihr getan hatten, und wiederholte dasselbe, als er ihr anbot, aus dem Kelch zu trinken. Dann trat sie zur Seite und hoffte, ihren Gott nicht so sehr verärgert zu haben, dass er sie unverzüglich mit einem Blitz erschlagen würde.

Voller Schuldgefühle und Trotz zugleich verfolgte sie den Rest des Gottesdienstes kaum noch und seufzte erleichtert, als er endlich zu Ende war. Sie stürzte aus der Kirche, um schnellstmöglich in die Kutsche zu steigen und zurück zum Herrenhaus zu fahren, wo sie sich für den Rest ihres Lebens verkriechen wollte. Doch dieses Vorhaben wurde von einem Mann durchkreuzt, der neben der Kutsche stand und dem Pferd den Hals tätschelte.

»Oliver, was für eine Freude, dich zu sehen«, sagte sie.

Er blickte auf und starrte sie feindselig an. Was auch immer vor all den Jahren zwischen ihm und Annegret vorgefallen war, es hatte offensichtlich eine dauerhafte Abneigung in ihm hinterlassen. Sie öffnete den Mund, um sich über seine Manieren zu beschweren, doch er gab ihr keine Gelegenheit dazu.

»Wann kann ich dich in den Stallungen erwarten? Dort wartet jederzeit eine Stute auf dich.«

»Ähm … danke … ich war so damit beschäftigt, all die Dinge auf dem Gut zu regeln … da war noch keine Zeit für Vergnügen.«

Er hob eine Augenbraue, da er offensichtlich nicht glaubte, dass Annegret tatsächlich arbeitete. »Nun, wenn du zwischendurch etwas Zeit findest, kannst du Schneeflocke zu einem Ausritt mitnehmen.«

»Das ist sehr nett von dir, aber ich werde wohl in nächster Zeit nicht reiten können.«

»Warum denn nicht?«, fragte er verblüfft.

Weil ich keine Ahnung habe, wie man ein Pferd reitet, ja sogar noch nie in der Nähe eines Pferdes gewesen bin. Da sie ihm nicht die Wahrheit sagen konnte, suchte sie hastig nach einer glaubwürdigen Ausrede. »Es ist nur ... ich habe mir bei der Explosion den Rücken verletzt.«

»Oh, das wusste ich nicht.« Sein Blick hatte etwas Beunruhigendes, als würde er sie sezieren und versuchen, hinter ihr hübsches Gesicht zu sehen, um das dunkle Geheimnis zu ergründen, das sie verbarg. Natürlich war das nur ihre Einbildung, denn er konnte unmöglich davon wissen.

»Ich wollte es nicht herausposaunen und undankbar erscheinen, schließlich habe ich großes Glück noch am Leben zu sein.« Zu spät erkannte Margarete, dass die echte Annegret großes Aufhebens um ihr Leiden gemacht und die allgemeine Anteilnahme genossen hätte. Glücklicherweise hatte Oliver den Anstand, das nicht zu erwähnen, obwohl er eine Augenbraue hob.

»Hoffentlich geht es dir bald wieder besser. Wie gesagt, wann immer du es wünschst, wird ein Reitpferd bereitstehen.«

»Ich kann es kaum erwarten, wieder in den Sattel zu steigen, aber der Arzt hat mir geraten, es langsam anzugehen.« Mit diesen Worten neigte sie den Kopf und wandte sich Frau Fischer zu, die ihr zuwinkte, um sie einigen Frauen aus der Stadt vorzustellen. Obwohl Margarete die Aussicht nervös machte, war es im Moment definitiv einem längeren Gespräch mit Oliver vorzuziehen, der ihre Tarnung zu durchschauen schien.

8

Oliver beobachtete die beiden Pferde, die sich im Gleichschritt um den Korral bewegten. Seine linke Hand lag auf der Leine des inneren Tieres, in der anderen hielt er eine Peitsche. Die Pferde waren zwei von einem Dutzend, das die Wehrmacht in den nächsten Wochen abholen wollte, um sie als Zugpferde an der Front einzusetzen, vor allem bei der Eroberung Russlands.

Insgeheim war er der Meinung, dass Hitler einen Fehler begangen hatte, als er sich gegen seinen ehemaligen Verbündeten Stalin wandte, aber wer war er schon, um eine Meinung zu äußern?

Nach den katastrophalen Erfahrungen in der Schlacht um Moskau, wo Väterchen Frost die Automobile unbrauchbar gemacht hatte, setzte die Wehrmacht inzwischen verstärkt auf Pferde. Die Tiere entsprachen zwar nicht dem neuesten Stand der Technik, hatten dafür andere Vorteile, unter anderem, dass sie bei extrem niedrigen Temperaturen arbeiten konnten, wenn der Treibstoff längst einfror. Außerdem boten sie den Soldaten in der Nacht Wärme und – Oliver presste die Lippen zusammen – sie konnten, wenn es hart auf hart kam, gegessen werden.

Es erfüllte ihn mit Traurigkeit, an das Schicksal seiner geliebten Schützlinge zu denken, aber in einer Zeit, in der Menschen kein Mitgefühl für andere Menschen aufbrachten, was konnte man da für Tiere erwarten?

Die Zucht und Ausbildung von Zugpferden für die Wehrmacht bot ihm und Dutzenden von Stallburschen eine Lebensgrundlage. Außerdem hoffte er immer, dass seine Schützlinge gut gerüstet waren, um den Kriegseinsatz zu überleben, auch wenn die Statistiken das Gegenteil besagten.

Normalerweise dauerte es etwa ein Jahr, um ein Pferd so auszubilden, dass es den Geräuschen und Gerüchen auf dem Schlachtfeld gewachsen war, doch da der Bedarf an Pferden immer größer wurde, drängte ihn die Wehrmacht ständig, mehr Tiere in kürzerer Zeit zu produzieren. Als ob er sie auf wundersame Weise in ein paar Monaten ausbilden könnte.

Während Oliver in diesem Punkt mit der Wehrmacht diskutierte und verhandelte, fiel ihm Gustav Fischer ständig in den Rücken. Diesem kaltherzigen Mann waren die Tiere völlig egal, denn seine einzige Sorge galt dem Geld. Vermutlich erhielt Gustav für jedes verkaufte Pferd eine Provision. Zumindest könnte das erklären, warum er den Forderungen der Wehrmacht wider besseren Wissens bereitwillig nachgab. Vielleicht musste er das als Gutsverwalter tun, aber es ärgerte Oliver, der den Ruf hatte, sich mehr um Pferde als um Menschen zu sorgen.

Er unterbrach seine Überlegungen, als er sah wie Piet Schneeflocke sattelte, und rief ihm zu: »He, Piet? Hat Fräulein Annegret endlich beschlossen, uns mit ihrer Anwesenheit zu beehren?«

»Nein, Chef, aber die Stute braucht dringend Bewegung. Ich dachte, ich reite sie selbst und schaue mir die Zäune der Koppel am Waldrand an.«

»Willst du, dass ich mitkomme?« Oliver brauchte dringend

Ablenkung von der deprimierenden Aussicht, seine Schützlinge demnächst an die Front zu schicken.

»Klar, Chef. Du kannst das auch selber machen. Ich habe hier mehr als genug zu tun.« Piet reichte ihm die Zügel.

»Danke. Ich bin dir was schuldig.« Oliver stieg auf Schneeflocke und brachte sie in einen leichten Trab, woraufhin er sich sofort besser fühlte. Er war stolz darauf, mit den Stallknechten ein freundschaftliches Verhältnis zu haben, denn er glaubte, dass Menschen, die ernst genommen und freundlich behandelt wurden, viel härter arbeiteten als solche, die Angst vor ihren Chefs hatten. Damit war er das genaue Gegenteil von Herrn Huber, Gustav und Annegret. Sie verlangten absoluten Gehorsam von ihren Mitarbeitern, und keiner von ihnen hatte jemals Mitgefühl für Untergebene gezeigt.

Schneeflocke wieherte vor Freude über den Ausritt, und er ließ sie zum Rand des Anwesens galoppieren, obwohl seine Gedanken bei der Frau blieben, die er so sehr ob ihrer Grausamkeit hasste.

Dennoch konnte er nicht umhin, ein winziges bisschen Mitleid mit ihr zu haben, denn sie hatte völlig fehl am Platz gewirkt, als er sie am Vortag vor der Kirche getroffen hatte. Sie schien sogar Angst vor dem Reiten zu haben, was für eine Frau, die den größten Teil ihrer Kindheit in Ställen und auf dem Rücken von Pferden verbracht hatte, eine merkwürdige Reaktion war. Wenn er es nicht besser wüsste, hätte Oliver schwören können, dass die Person, die nach Gut Plaun zurückgekommen war, gar nicht Annegret war. Er schüttelte den Kopf über diesen absurden Gedanken. Menschen konnten sich ändern, nicht wahr?

Nicht sie, flüsterte eine Stimme in seinem Kopf. *Sie ist eine Teufelin durch und durch.* Er erinnerte sich an eine Gelegenheit, als sie es gewagt hatte, den Hengst ihres Vaters zu reiten, obwohl er es ihr strikt verboten hatte. Herr Huber war fuchsteufelswild gewesen und hatte seinen Gürtel zur Hand genommen, aber Annegret hatte ihn davon überzeugt, dass Oliver sie dazu gezwungen hatte, und so hatte er an ihrer Stelle die Prügel kassiert. Er hatte eine ganze Woche lang nicht sitzen können.

Er drückte Schneeflocke seine Fersen in den Bauch, damit sie schneller galoppierte, in der Hoffnung, den verstörenden Erinnerungen zu entkommen. Er zuckte mit den Schultern, um die Vergangenheit abzuschütteln, aber es gelang ihm nicht. Seltsamerweise hatte er ein schlechtes Gewissen, weil er behauptete, Annegret hätte sich nicht verändert, obwohl sie sich in Wirklichkeit sehr verändert hatte. Das verwöhnte, boshafte Mädchen war verschwunden, und an ihre Stelle war eine Frau getreten, die zu allen freundlich war und sich vor Pferden zu fürchten schien. Es musste etwas Schreckliches geschehen sein, das ihr diese Angst eingeflößt hatte.

Als er das Ende der Koppel erreichte, sprang er ab und ließ die Stute grasen, während er die Zaunpfosten inspizierte. Die frische Luft roch bereits nach der bevorstehenden kälteren Jahreszeit. Er nahm einen tiefen Atemzug und nahm sich vor, Annegret so gut wie möglich zu ignorieren. Sein Leben war bedeutend einfacher, solange sie sich von den Ställen fernhielt, und er würde sicher nicht zum Herrenhaus gehen, um sie aufzusuchen.

Schneeflocke schlich sich an ihn heran und er tätschelte ihren Hals. »Wir reiten besser wieder zurück, ich muss nach den Lieferungen sehen, und dann gibt es noch ein paar Zugpferde zu trainieren.

Das sensible Pferd stellte die Ohren auf, als ob es seine Worte tatsächlich verstanden hätte. Der Ritt nach Hause war eine reine Freude, frei von unangenehmen Gedanken an das abscheuliche Mädchen, das nach Gut Plaun zurückgekehrt war. Vor seinem Haus wartete eine angenehme Überraschung auf ihn.

»Hallo Dora, hat deine neue Herrin dich früher gehen lassen?«, neckte er sie.

»Sie ist kein schlechter Mensch. Ganz anders als du gesagt hast. Menschen werden erwachsen und verändern sich, weißt du?« Dora folgte ihm ins Haus. »Jedenfalls hat mich Frau Mertens hergeschickt, um deine Bettwäsche zu wechseln.«

Obwohl Oliver in seinem eigenen Haus wohnte, das nur ein paar hundert Meter vom Herrenhaus entfernt war, erhielt er dieselben Dienstleistungen wie die Männer, die im Dienstbotentrakt wohnten. Gustav bestand darauf, dass Oliver seine Zeit besser mit der Versorgung der Pferde verbrachte, als Mahlzeiten zu kochen und Wäsche zu waschen. Insgeheim glaubte Oliver, der wahre Grund lag darin, dass Gustav ihm nicht zutraute, für sich selbst zu sorgen, und sicherstellen wollte, dass er angemessen ernährt und gekleidet war. Auf jeden Fall genoss Oliver den Komfort und Doras häufige Besuche.

Gustav war ein sehr komplexer Mensch, und obwohl Oliver seine Art, Geschäfte zu machen, nicht mochte, musste er ihm zugutehalten, dass er zu denen, die er als Freunde betrachtete, sehr großzügig war.

Normalerweise neigte Oliver nicht dazu, sich Hals über Kopf zu verlieben, doch Dora hatte sein Herz vom ersten Tag an erobert, als sie auf Gut Plaun erschienen war. Mit ihren achtzehn Jahren sah sie so jung und unschuldig aus, aber gleichzeitig war sie so stark und widerstandsfähig. Er bewunderte sie dafür, dass sie den Mut hatte, ihre Heimat zu verlassen, um Tausende von Kilometern entfernt ganz allein in der Fremde ein besseres Leben zu führen. Er schätzte ihre Gelassenheit und ihre Intelligenz – obwohl sie keine traditionelle Schulbildung genossen hatte, hatte sie die deutsche Sprache erstaunlich schnell gelernt.

Aber was ihn vollkommen faszinierte, war ihr freundliches Wesen gegenüber Menschen und Tieren gleichermaßen. Sie konnte zwar nicht reiten, aber sie liebte es, in ihrer knappen Freizeit in die Stallungen zu kommen, um die Pferde zu streicheln und zu striegeln.

Drinnen angekommen, küsste er sie leidenschaftlich. Sie schmusten so lange, wie sie sich trauten, ohne bei Frau Mertens Verdacht zu erregen, bevor Dora die Falten aus ihrem Kleid strich. »Ich muss mich beeilen, Fräulein Annegret möchte ihr Zimmer wechseln, und Frau Mertens hat mich beauftragt, die Gemächer ihrer Eltern für sie herzurichten.«

»Ich kann mir vorstellen, dass sie nicht in diesem kitschigen Kleinmädchentraum bleiben möchte.« Oliver war einmal dort gewesen, als er Nils geholfen hatte, ein Fenster zu reparieren, und der Anblick ließ ihn immer noch erschaudern. Das Zimmer mochte für ein kleines Mädchen der Himmel auf Erden sein, aber für eine erwachsene Frau war es sicher nichts Erstrebenswertes.

»Stimmts? Es ist einfach schrecklich … obwohl ich mir so etwas als kleines Mädchen sicher auch gewünscht hätte.«

Doras Gesicht nahm einen verträumten Ausdruck an, und er fuhr mit dem Finger über ihre Wange, in der Absicht, sie zu küssen. Sie wich zurück und warf ihm einen koketten Blick zu. »Das große Apartment hat außer dem privaten Bad auch ein Ankleidezimmer und einen Salon, was für mich zwar mehr Arbeit bedeutet, um alles sauber zu halten, aber es hat auch seine Vorteile.«

»Ach ja?« Seine Gefühle für Dora wurden von Tag zu Tag stärker, und wenn gemischtrassige Ehen nicht verboten wären, würde er ihr im Handumdrehen einen Heiratsantrag machen.

»Ja.« Sie hüpfte vor Aufregung auf und ab. »Es gibt eine Außentreppe, die direkt in den Hinterhof führt, so dass ich ihr Zimmer verlassen und zu dir kommen kann, ohne unter Frau Mertens' neugieriger Nase vorbeischleichen zu müssen.«

»Das ist in der Tat ein Pluspunkt.« Er grinste, aber einen

Moment später wurde sein Gesicht wieder ernst. »Ich hasse es, dass wir unsere Liebe verstecken müssen. Wir tun schließlich nichts Schlimmes.«

Sie seufzte. »Hoffen wir, dass dieser Krieg bald vorbei ist und wir dann zusammenleben können.«

9

Ein leichtes Kribbeln kroch Margarete über den Rücken, als sie in den Wald hineinging. Es war das erste Mal, dass sie sich auf ihren täglichen Spaziergängen so weit hinauswagte, und als Stadtkind fand sie den Wald unheimlich.

Aber Frau Mertens hatte gesagt, dass man zu dieser Jahreszeit reife Brombeeren finden konnte, und Margarete wollte unbedingt welche pflücken, denn das war ein seltener Genuss im rationierten Alltag. Sie hielt inne, bevor sie weiterging, und bedauerte, dass sie Dora nicht gebeten hatte, sie zu begleiten, aber das arme Mädchen war mit Hausarbeiten überlastet.

Andererseits brauchte Margarete dringend eine Auszeit von den wachsamen Augen mit denen Frau Mertens und die anderen Angestellten sie musterten. Eine Pause, in der sie nicht ständig auf der Hut sein und jedes Wort auf die Goldwaage legen musste.

Ihr Leben auf Gut Plaun war anstrengend. In den neun Monaten, in denen sie bereits vorgab, Annegret zu sein, war sie noch nie mit solchen Argusaugen beobachtet worden. In Paris war Wilhelm Huber die einzige Person gewesen, die die echte Annegret kannte, und er war in die Scharade eingeweiht.

Keiner seiner Freunde oder Bekannten hatte Annegret zuvor getroffen und verglich daher nicht ständig ihr früheres Verhalten mit ihrem jetzigen, wie sie es auf dem Gut taten.

So wie Oliver. Sie hatte Frau Mertens und sogar Nils vorsichtig ausgehorcht, um herauszufinden, was zwischen ihm und Annegret in ihrer Kindheit vorgefallen war, aber außer ein paar harmlosen Anekdoten über Streitereien unter Kindern hatte sie keine Informationen erhalten und hatte aufgehört zu fragen, um keinen Verdacht zu erregen.

Tief in ihrem Innern wusste sie, dass es eine unbeglichene Rechnung zwischen Oliver und Annegret gab, vielleicht einen schlimmen Vorfall, den er ihr nie verziehen hatte und der zu der tief verwurzelten Antipathie geführt hatte, die er ihr gegenüber immer noch hegte. Es war eine gefährliche Situation, denn wenn sie mit ihrer Vermutung recht hatte, wäre er vermutlich nur allzu gern bereit, sich an Annegret zu rächen.

Das Kribbeln auf ihrem Rücken wurde stärker, ganz so als sei Oliver im Wald und würde sie beobachten. Vielleicht sollte sie ihm ihre wahre Identität beichten? Da er Annegret so sehr hasste, hegte er womöglich Sympathien für eine Hochstaplerin. Margarete verwarf den Gedanken schnell wieder. Er war bestenfalls lächerlich und schlimmstenfalls gefährlich.

Und dann war da noch die Sache mit Dora. Obwohl das Dienstmädchen versuchte, sich unbeteiligt zu geben, leuchteten ihre Augen auf, wann immer Oliver in der Nähe war. Wenn die beiden tatsächlich ein Paar waren, könnte er ihr das Geheimnis verraten ... und dann würden Frau Mertens und Herr Fischer Wind von der Wahrheit bekommen. Soviel stand fest: keiner der beiden wäre begeistert. Im Gegenteil, sie würden die falsche Annegret höchstwahrscheinlich an den Laternenpfahl neben dem Eingangstor hängen.

So nett Herr Fischer auch war, sie hatte seinen tiefsitzenden Antisemitismus gespürt. In dieser Hinsicht war er Horst Richter sehr ähnlich: freundlich zu denen, die er als ebenbürtig betrachtete, kaltherzig oder gar grausam zu denen, die er nicht mochte. Sie würde nie verstehen, wie solche Männer die Menschen in so strenge Kategorien einteilen konnten: lebenswert, lebensunwert … und Juden.

Juden waren eine Kategorie für sich, noch niedriger eingestuft als Behinderte, Schwachsinnige oder Kranke. Sie standen unter den Asozialen, Homosexuellen, Arbeitsscheuen und Verbrechern. Nach dem, was Wilhelm ihr aus dem Pariser Lager Drancy erzählt hatte, wurden Mörder und Vergewaltiger von den Aufsehern für ihre Brutalität geschätzt und in die höchsten Ränge der Lagerhierarchie erhoben. Das sollte sie dazu ermutigen, ihre Mitgefangenen für alle sichtbar zu quälen, um diese so bei der Stange zu halten und den Aufsehern die Arbeit zu erleichtern. In der Tat eine verkehrte Welt!

Tief in Gedanken versunken ging sie viel weiter in den Wald hinein als beabsichtigt und vergaß dabei, nach Brombeeren Ausschau zu halten. Als sie wieder aufblickte, war sie von Bäumen umgeben, deren Blätter- und Nadeldach die Umgebung in ein Dämmerlicht tauchte. Die seltenen Lichtstrahlen, die hindurchschienen, tanzten auf dem Waldboden hin und her. Margarete spürte, wie viel kühler die Luft hier drinnen war. Die Erde roch feucht und sie hörte das Scharren von kleinen Tieren, die sich vor ihr versteckten. Vögel zwitscherten in den Bäumen. Es war eine ungemein friedliche Atmosphäre, und dennoch nahm das unheimliche Gefühl zu.

Hinter einem moosbewachsenen, umgestürzten Baumstamm erhaschte sie eine Bewegung und hielt inne, in der Hoffnung, ein Kaninchen oder ein Eichhörnchen weghuschen zu sehen, während sie gleichzeitig befürchtete, es könnte ein Wildschwein oder gar ein Wolf sein, der sie angreifen wollte. Wie erstarrt wagte sie kaum zu atmen und verfluchte sich dafür, dass sie sich zu tief in den Wald gewagt hatte, ohne wenigstens einen dicken Stock mitzunehmen.

Hinter dem Baumstamm ertönte ein wimmerndes

Geräusch, und grässliche Angst packte sie, denn der Wald war voller wilder Tiere. Herr Fischer lud oft Freunde zur Jagd ein. Für die Männer war es ein vergnüglicher Zeitvertreib, und Frau Mertens freute sich über das erlegte Wild, um die mageren Fleischrationen aufzubessern. Sie hätte einen der Stallburschen bitten sollen, sie zu begleiten, am besten mit einem Gewehr in der Hand.

Erneut durchschnitt das klägliche Wimmern die Luft und ließ ihr das Blut in den Adern gefrieren. Was, wenn das Tier verletzt war? Vielleicht war eines der Pferde über den Zaun gesprungen? *Ein Pferd ist viel zu groß, um sich hinter diesem Baumstamm zu verstecken*, schimpfte sie mit sich selbst. Sie machte einen zögernden Schritt auf das Geräusch zu, und das dumpfe Wimmern verstummte, als ob das, was sich da versteckte, genauso verängstigt war wie sie selbst und keine Aufmerksamkeit auf sich ziehen wollte.

»Hallo?«, rief Margarete. »Ist da jemand?«

Es kam keine Antwort. Sie stand ganz still und lauschte mit angehaltenem Atem, hörte aber nichts, außer dem Pochen ihres eigenen Herzens. Ängstlich drehte sie sich um, um den Weg zurückzugehen, den sie gekommen war, als plötzlich ein Schrei durch die Luft schallte, gefolgt von einem Fluch. Das klang eindeutig nach einem Menschen.

Sie war hin- und hergerissen, ob sie selbst nachsehen oder zum Herrenhaus rennen und Hilfe holen sollte. Diese Person konnte alles sein: vom harmlosen Kind, das Brombeeren suchte, bis hin zu einem Mitglied des Widerstands. Margarete schüttelte den Kopf. Das war Deutschland, nicht Frankreich, und es gab keine Widerstandskämpfer, die sich im Wald versteckten. Höchstwahrscheinlich war die Person ein Wanderer, der sich verletzt hatte.

Sekunden später hörte sie ein weiteres herzzerreißendes Wimmern, woraufhin sie all ihren Mut zusammennahm, und in die Richtung ging, aus der das Geräusch kam. Vorsichtshalber hob sie auf dem Weg zum Baumstamm einen stabilen Stock auf.

»Bitte, haben Sie keine Angst, ich tue Ihnen nichts«, sagte sie, mehr um sich selbst zu beruhigen als die andere Person.

Die Geräusche verstummten und Margarete auch. Sie stand ganz still, ihre Augen starrten in die Schatten, um jede kleinste Bewegung wahrzunehmen. Ihre Geduld wurde belohnt, als sich eine schlanke Gestalt zögerlich von ihr wegbewegte. Sie war versucht, die Person ziehen zu lassen, doch dann bemerkte sie den torkelnden Gang. Wer auch immer das war, er war eindeutig verletzt, aber offenbar zu ängstlich, um sich von Margarete helfen zu lassen.

»Bitte, bleiben Sie stehen. Ich kann Ihnen helfen. Ich verspreche, dass ich Ihnen nichts tun werde«, rief sie noch einmal. Ihre Füße setzten sich in Bewegung, um dem Flüchtigen zu folgen, noch bevor sie wusste, was sie eigentlich tat.

Gerade war sie dabei ihn einzuholen, als er stolperte und zu Boden fiel. Sekunden später stand Margarete neben ihm und starrte fassungslos auf die ausgemergelte Person mit dem kahlgeschorenen Kopf und den eingefallenen Augen. Sie war barfuß und trug ein zerschlissenes, gestreiftes Kleid. Mit Entsetzen stellte sie fest, dass es sich bei der Person, die ihr zu Füßen lag, um eine Frau handelte, die mehr tot als lebendig war.

Obwohl Margarete noch nie einen leibhaftigen KZ-Häftling gesehen hatte, war ihr sofort klar, dass es sich bei der Frau um eine entflohene Gefangene handeln musste. Soweit sie wusste, gab es in der Nähe kein KZ, aber die Standorte dieser Lager wurden auch nicht gerade in den Zeitungen annonciert.

»Bitte, lassen Sie mich helfen. Ich werde Sie nicht verraten.« Es war töricht, einem entflohenen Häftling zu helfen, aber wie könnte Margarete anders handeln? Ohne die glückliche Fügung des Schicksals wäre sie vielleicht die Frau, die vor Angst zitternd auf dem Boden lag. Ein Hoffnungsschimmer trat in die Augen der Frau, der sofort von Misstrauen vertrieben wurde.

»Wie heißen Sie?«, fragte Margarete.

»Nein. Gehen Sie weg ...«, murmelte die Frau, wobei sie versuchte sich aufzurichten.

Margarete hockte sich vor sie hin. »Ich verspreche Ihnen, dass Sie bei mir sicher sind. Ich kenne Ihre Geschichte nicht, aber ich kann Ihnen helfen.«

»Nein, sie werden uns beide bestrafen ...«

»Außer mir ist niemand hier, und ich werde Sie bestimmt nicht zu demjenigen zurückschicken, der Sie so schwer misshandelt hat«, versicherte Margarete ihr. »Kommen Sie, ich helfe Ihnen aufzustehen, und dann suchen wir uns einen Platz wo wir uns hinsetzen und uns unterhalten können.«

Margarete griff nach ihrer Hand und konnte nicht umhin, die blauen Flecken zu bemerken, die ihre Arme, die Oberseite ihrer Schultern und sogar ihren Hals bedeckten. Diese Frau war schwer misshandelt worden, und Margaretes Herz füllte sich mit gerechtem Zorn auf denjenigen, der ihr das angetan hatte. Als sie der Ausreißerin half, zum Baumstamm zurückzukehren, dämmerte ihr, dass diese die Nacht im Wald nicht überleben würde. Die nächtlichen Temperaturen waren in der letzten Woche auf den Gefrierpunkt gefallen.

»Ich bin Annegret. Wie heißen Sie?« Sie hielt es für unverfänglicher, sich nur mit dem Vornamen vorzustellen.

»Lena.«

»Sie brauchen keine Angst vor mir zu haben.«

Lena schien nicht zu wissen, was sie sagen sollte, aber schließlich nickte sie. Der Arm, den sie die ganze Zeit abwehrend über ihre Brust gehalten hatte, rutschte leicht nach unten und der Rand von etwas Gelbem blitzte auf.

Margarete erkannte es augenblicklich. Der Schock durchzuckte ihren Körper.

Als Lena ihre Reaktion bemerkte, sackte sie in sich

zusammen und ihr Arm gab den Blick auf den gelben Stern frei, der auf das Gefängniskleid genäht war. »Jetzt wissen Sie es und können mich ausliefern.«

»Ich werde nichts dergleichen tun. Jüdisch oder nicht, ich werde Sie mit nach Hause nehmen und Ihre Wunden versorgen.«

»Nein ... das geht nicht ... es ist zu gefährlich ..., wenn er es herausfindet ... wird er mich umbringen. Und Sie auch.«

»Hier wird niemand getötet«, sagte Margarete, obwohl sie sich da nicht so sicher war. Sie überlegte fieberhaft, wie sie Lena ungesehen in ihre Zimmer schaffen konnte. Das Haupttor zu passieren, würde nicht allzu schwierig sein, und sobald sie den hinteren Innenhof erreicht hatten, konnte sie Lena über die normalerweise unbenutzte, private Treppe nach oben bringen. Die Schwierigkeit bestand darin, vom Haupttor zum hinteren Innenhof zu gelangen, ohne gesehen zu werden.

Sie würden warten müssen, bis die Landarbeiter zum Abendessen in der Küche waren – und Lena konnte auf keinen Fall ihre Häftlingskleidung tragen.

»Sie müssen dieses Kleid ausziehen«, sagte Margarete.

Lena starrte sie mit großen Augen an.

»Wenn Sie jemand in dieser gestreiften Uniform sieht, weiß er sofort Bescheid.« Margarete überlegte kurz. »Ich gebe Ihnen meinen Mantel und wir vergraben das Kleid.« Sie zog ihren Mantel aus und reichte ihn Lena, die immer noch regungslos dastand und sie mit ausdruckslosen Augen anstarrte.

»Warum tun Sie das?«, fragte Lena.

Margarete biss sich auf die Zunge, damit sie nicht in Versuchung geriet, Lena die Wahrheit zu erzählen. Wenn – Gott bewahre – sie erwischt würden, konnte das nur ins Unheil führen. »Sagen wir einfach, ich sehe es nicht gerne, wenn Frauen misshandelt werden.«

Der misstrauische Ausdruck in Lenas Augen blieb, aber immerhin nickte sie und nahm offenbar an, dass es zu ihrem

Besten war, ihr Schicksal in Margaretes Hände zu legen. Sie wandte ihr den Rücken zu, um sich auszuziehen. Margaretes Hand flog an ihren Mund, als sie die hässlichen roten Narben und Verbrennungen auf ihrem Rücken sah. Welche Bestie hatte Lena das angetan?

Als sie das Haupttor des Anwesens erreichten, erklärte Margarete: »Ich gehe vor. Sie beobachten mich genau, warten etwa eine Minute und nehmen dann denselben Weg. Ich treffe Sie um die Ecke am Fuß der Treppe. Die Arbeiter sollten alle beim Abendessen in der Küche sein, aber wenn Ihnen trotzdem jemand über den Weg läuft, wird er annehmen, dass ich es bin.«

Sie trat zurück, nahm ihren Hut ab und setzte ihn auf Lenas kahlen Kopf, wobei sie ihn keck auf die Seite drückte. »Sprechen Sie mit niemandem. Wenn man Sie erwischt, kann ich Ihnen nicht helfen und muss so tun, als hätten Sie meine Sachen gestohlen.«

Lena nickte. »Verstanden.«

Mit hämmerndem Herzen ging Margarete mit gemessenen Schritten davon und versuchte, so auszusehen, als sei sie gerade von einem ereignislosen Spaziergang zurückgekehrt und wäre nicht drauf und dran eine entflohene jüdische Gefangene in ihren Zimmern zu verstecken. Erst als sie den hinteren Hof erreichte, atmete sie auf und hielt sich am Treppengeländer fest.

Jetzt kam der entscheidende Teil. Wenn Lena entdeckt wurde, konnte Margarete sich immer noch auf Unwissenheit berufen, aber wenn jemand sie zusammen auf der Treppe sah, war jede Verteidigung sinnlos.

Kaum in der Lage zu atmen, wartete sie auf Lena. Die Sekunden zogen sich zu Minuten und der Knoten in ihrem Magen schmerzte immer stärker. Lena war immer noch nicht aufgetaucht. Sie spitzte die Ohren, hörte aber nichts, außer dem Zwitschern der Vögel. Hatte Lena die Nerven verloren und war weggelaufen, um ihr Glück anderswo zu versuchen?

Unschlüssig, ob sie in ihre Zimmer hinaufgehen oder in den Innenhof zurückkehren sollte, um herauszufinden, was passiert war, stand sie eine gefühlte Ewigkeit regungslos da und hörte nichts außer dem Rauschen des Blutes in ihren Ohren. Ein Kieselstein rollte auf sie zu. Und dann ... kam Lena um die Ecke. Margarete hätte am liebsten vor Erleichterung geweint.

»Beeilung.« Sie packte die andere an den Schultern und schob sie die Treppe hinauf. Oben angekommen, öffnete sie vorsichtig die Tür zu ihrem Zimmer und spähte hinein, um sich zu vergewissern, dass Dora nicht zum Putzen dort war. Als sie den Raum leer vorfand, schob sie Lena hinein, verschloss die Treppentür und führte sie schnurstracks ins Badezimmer.

»Ich säubere Ihre Wunden und suche dann nach einem Nachthemd.« Margarete befeuchtete einen Waschlappen unter dem Wasserhahn, doch als sie sich umdrehte, lehnte Lena mit geschlossenen Augen an der Wand.

»Schlafen Sie?«

»Nein«, flüsterte Lena. Sie schien ihre ganze Energie verbraucht zu haben und zuckte nicht einmal, als Margarete ihr aus dem Mantel half und begann, ihre Glieder auf und ab zu bewegen, um ihre Wunden sanft zu betupfen. Jedes Mal, wenn sie das Tuch auswrang, kam dunkles, schlammiges Wasser heraus, das mit getrocknetem Blut rotbraun gefärbt war.

»Fertig«, sagte Margarete schließlich, aber Lena bewegte sich nicht. Sie hatte die Augen geschlossen und schien im Stehen eingeschlafen zu sein. Seufzend holte Margarete ein Nachthemd aus ihrer Schublade und zog es Lena über Kopf und Arme, bevor sie die Frau ins Bett brachte und zudeckte.

»Bitte ... Sie werden mich nicht der Gestapo ausliefern? Die bringen mich bestimmt um und ...«

Als Margarete die zum Skelett abgemagerte Gestalt mit dem geschorenen Kopf betrachtete, schämte sie sich. Hier lebte

sie ein privilegiertes Leben als Gutsherrin, während so viele
Juden schikaniert, misshandelt und sogar getötet wurden. Sie
schwor sich, nicht länger zu zögern, sondern sich ernsthaft auf
die Suche nach Möglichkeiten zu machen, wie sie den von den
Nazis Verfolgten helfen konnte. Es mochte in Deutschland
keinen organisierten Widerstand geben wie in Frankreich, aber
es musste doch Menschen geben, die sich dem Regime wider-
setzten und den Juden halfen. Und wenn nicht, würde sie ihre
eigene Bewegung gründen, und Lena wäre die erste Person, die
sie aus den Fängen der Nazis befreite. So wahr ihr Gott helfe!

Ein Klopfen an der Tür kündigte Doras Ankunft an, und
Margarete eilte in den angrenzenden Salon, um zu verhindern,
dass das Dienstmädchen in ihr Schlafzimmer kam.

»Hallo, Dora.« Sie stellte sich ihr direkt in den Weg.

»Fräulein Annegret, Frau Mertens hat gefragt, wann Sie
zum Abendessen herunterkommen möchten.«

Verdammt! Über die Aufregung mit Lena hatte sie die
Mahlzeit völlig vergessen. Schnell ersann sie eine Ausrede und
antwortete mit schwacher Stimme: »Ich wollte mich gerade
hinlegen, weil ich schreckliche Kopfschmerzen habe, so
schlimm, dass mir davon übel ist.«

»Kann ich Ihnen etwas bringen?«

»Nein, nein … obwohl, ich werde mein Abendessen hier
einnehmen. Wärst du so freundlich, es hoch zu bringen?«

»Gewiss. Soll ich es Ihnen im Bett servieren?«

»Nein!«, schnauzte Margarete, bevor sie ihre Stimme
wieder in der Gewalt hatte und in sanftem Tonfall hinzufügte:
»Das wird nicht nötig sein. Mir wäre es viel lieber, du würdest
es auf den Tisch im Salon stellen.«

Dora verschwand, und Margarete wartete im Salon, um
sicherzustellen, dass das Dienstmädchen keinen Fuß in ihr
Schlafzimmer setzte.

Nachdem Dora das Abendessen serviert hatte, sagte sie zu

ihr: »Ich werde mich nach dem Essen zurückziehen und möchte unter keinen Umständen gestört werden.«

»Ja, Fräulein Annegret.«

»Wecke mich auf keinen Fall morgen früh, auch nicht zum Frühstück.«

»Ja, Fräulein Annegret.«

Als Dora die Tür hinter sich schloss, stieß Margarete einen tiefen Seufzer aus. Sie kehrte in ihr Schlafzimmer zurück, wo Lena wie eine verängstigte Maus auf die Tür starrte.

»Kein Grund zur Sorge, das war nur mein Dienstmädchen. Haben Sie Hunger?«

»Wie ein Bär. Ich bin vor vier Tagen davongelaufen und habe seitdem nicht viel gegessen.«

Dass sie so lange ohne Nahrung überlebt hatte, obwohl ihr Körper bereits ausgemergelt war, zeugte von ihrem unbedingten Lebenswillen. Margarete überlegte, ob sie Lena vorschlagen sollte, am Tisch im Salon zu essen, entschied sich aber dagegen. Dora oder, noch schlimmer, Frau Mertens könnten zurückkommen, um das Geschirr wegzutragen, aber sie würden es niemals wagen, gegen Annegrets ausdrücklichen Wunsch ihr Schlafzimmer zu betreten. »Ich bringe Ihnen etwas.«

Sie huschte zurück in den Salon, wo sie sich eine Scheibe Brot und ein Messer griff. Doch gerade als sie das Brot mit Leberwurst bestreichen wollte, hielt ihre Hand auf halbem Weg inne. Seit sie sich als Annegret ausgab, hatte sie sich alle Verhaltensweisen abgewöhnt, die sie als Jüdin verraten könnten, am offensichtlichsten koscheres Essen.

Aber das bedeutete nicht, dass sie Lena zwingen musste, das Gleiche zu tun. Also wischte sie die Leberwurst vom Messer und bestrich stattdessen das Brot mit Butter. Ihr Blick fiel auf die Fettaugen in der Suppe. Sie wusste, dass Kartoffeln, Karotten und Fleischstücke drin waren, aber hatte nie darüber nachgedacht, von welchem Tier das Fleisch stammte. Die

Sache mit dem Verstecken einer Jüdin war komplizierter, als sie erwartet hatte.

Sie nahm das belegte Brot und betrat das Schlafzimmer. »Hier, bitte.«

Lena biss gierig ab und verschlang das Brot in wenigen Sekunden. Es brach Margarete das Herz, sie so ausgehungert zu sehen. Deshalb nahm sie ihren ganzen Mut zusammen und sagte: »Es gibt Suppe ... aber ich bin mir ziemlich sicher, dass sie nicht koscher ist.«

»Du bist die erste Christin, die das erwähnt«, sagte Lena erstaunt.

Das liegt wohl daran, dass ich keine Christin bin. »Wir hatten früher jüdische Nachbarn«, erklärte sie.

Zum ersten Mal, seit Margarete sie gefunden hatte, lächelte Lena. »Danke der Nachfrage, aber mittlerweile habe ich schon alles gegessen, von Baumrinde bis zu Regenwürmern. Eine nicht-koschere Suppe mit richtigem Fleisch wäre mir also durchaus willkommen.«

Margarete starrte sie mit offenem Mund an, denn die Diskrepanz zwischen Lenas heruntergekommenem Aussehen und ihrer kultivierten Art zu sprechen, hätte nicht größer sein können. Sie brauchte einige Sekunden, um sich von dem Schock zu erholen, und holte dann einen Teller Suppe.

Sie drehte den Sessel so, dass er dem Bett zugewandt war, und ließ sich darauf nieder, um Lena beim Essen zu beobachten. Die andere Frau war derart abgemagert, dass die Knochen sich scharf durch die pergamentartige Haut abzeichneten, und doch hatte sie schöne Gesichtszüge.

»Vielen Dank für Ihre Gastfreundschaft.« Lena wischte sich den Mund ab, nachdem sie die Suppe gegessen hatte. »Aber jetzt muss ich gehen.«

»Auf keinen Fall. Wo wollen Sie denn hin?«

»Zurück in den Wald, ich halte mich in einem Erdloch versteckt.«

»Es wird nachts viel zu kalt. Sie werden erfrieren. Und was wollen Sie essen?«

»Ich habe gerade gegessen. Das sollte für ein paar Tage ausreichen.«

»Seien Sie nicht albern.« Margarete wurde langsam ungeduldig mit der Frau, die anscheinend unbedingt die Sicherheit des Herrenhauses verlassen wollte. »Sie sind schwer verletzt und unterernährt. Keiner weiß, dass Sie hier sind. Bleiben Sie wenigstens, bis die Wunden verheilt sind.«

»Er wird mich finden. Ganz bestimmt.«

»Wer ist er?«

Lenas Augen trübten sich vor Entsetzen. »Er ist ein mächtiger Mann. Eine Bestie. Wir müssen ihn Meister nennen.«

»Er kann Sie hier nicht finden.« Margarete legte ihre Handfläche auf Lenas Arm und zuckte kaum merklich, als sie nichts als Knochen spürte. »Ich hole Ihnen ein Aspirin gegen die Schmerzen, damit Sie schlafen können.«

»Seit ich geflohen bin, hatte ich viel zu viel Angst, um zu schlafen.«

»Nun, ich werde über Sie wachen, also machen Sie sich keine Sorgen.«

»Sie werden Ärger bekommen, wenn jemand herausfindet, dass Sie mir geholfen haben«, warnte Lena.

»Lassen Sie das mein Problem sein.« Margarete nahm ihr den Suppenteller ab und brachte ihn zurück in den Salon. Dann kramte sie im Badezimmer nach einer Aspirintablette und gab sie Lena mit einer Tasse Wasser. »Verraten Sie mir, von wo Sie geflohen sind?«

Es schien Lena viel Mühe zu kosten, doch nach langem Schweigen redete sie schließlich. »Ich war eine ganze Zeit lang in Ravensbrück, bis sie mich hierher in eine Rüstungsfabrik verlegt haben. Es ...«, sie schien zu zögern, »... es ist nicht weit weg. Die Fabrik ist so viel schlimmer als das Lager, denn die Männer, die sie leiten, sind Sadisten. Sie lassen uns nicht nur sechzehn Stunden am Tag schuften, und geben uns fast nichts zu Essen, sondern sie haben auch gerne nächtliche Treffen mit den jungen und hübschen Frauen.«

Margarete schluckte schwer, denn ihrer Miene nach zu urteilen, war auch Lena auf so grausame Weise missbraucht worden. Als Lena eingeschlafen war, stand sie auf und aß den Rest ihres Abendessens im Salon, bevor sie sich bettfertig machte. Heute Nacht würde sie auf der Couch schlafen, aber sie musste sich etwas Besseres einfallen lassen, zumal Dora jeden Morgen kam, um sie zu wecken. Aus Angst, das Dienstmädchen könnte sich nicht an die Anweisung erinnern, sie am Morgen unter keinen Umständen zu stören, rückte sie den schweren Sessel vor die Tür.

Aber der Schlaf kam nicht, zu groß war ihre Furcht. Lena hatte erwähnt, dass die Fabrik, in der sie Zwangsarbeit geleistet hatte, in der Nähe lag, also beschloss Margarete, herauszufinden, wo genau sie lag und wem sie gehörte. Vielleicht konnte sie den Besitzer überzeugen, seine Angestellten davon abzuhalten, die Frauen zu vergewaltigen. Wenn er nicht zur Vernunft kommen würde, könnte sie darauf hinweisen, dass es ein Verbrechen war, mit Juden Geschlechtsverkehr zu haben. Sie musste kichern. Was für eine clevere Idee, die Rassengesetze der Nazis zu benutzen, um jüdische Frauen vor ihnen zu schützen.

Ihre Gedanken wanderten zurück nach Paris und zu Wilhelm. Sie vermisste ihn so sehr. Er wüsste, wie man die Fabrik und ihren Besitzer ausfindig machte; vielleicht hätte er sogar seine Position in der SS nutzen können, um die Vorarbeiter anzuweisen die Häftlinge, wenn nicht gut, so doch wenigstens menschlich zu behandeln.

Aber Wilhelm war tot. Sein Opfer hatte ihr den Reichtum beschert, den sie besaß, und sie war es ihm schuldig, mit dem Geld Gutes zu tun. Und jetzt wusste sie endlich, wie.

10

Oliver saß in seinem Wohnzimmer und lauschte den Geräuschen draußen. Es war spät geworden, und Dora hätte schon vor einer Weile eintreffen sollen. Er hasste es, wenn sie sich im Schutze der Nacht aus dem Herrenhaus schlich, um ihn zu besuchen, und war immer in Sorge, dass ihr unterwegs etwas zustoßen könnte.

Endlich hörte er das Klacken ihrer Schuhe auf dem Kopfsteinpflaster vor seiner Haustür. Er sprang hoch, riss die Tür auf und schloss sie in seine Arme. »Was hat dich so lange aufgehalten?«

»Fräulein Annegret geht es nicht gut, deshalb musste ich ihr das Essen nach oben bringen und danach das Geschirr wieder abräumen.«

»Was für ein verwöhntes Weib!«

»Urteile nicht so hart über sie, sie ist sehr nett. Zumindest zu mir.«

Oliver verstand nicht, warum Dora so vernarrt in Annegret war. Sah sie denn nicht, dass Annegret sie alle um den Finger wickelte? So wie sie es mit ihm gemacht hatte, als sie noch Kinder waren?

Einst waren die beiden, wenn nicht Freunde, so doch zumindest Spielkameraden gewesen. Bis zu jenem verhängnisvollen Tag, an dem er einen Blick hinter ihr hübsches Gesicht erhaschte und ihre tief verwurzelte Grausamkeit gegenüber denen entdeckte, die sie für unwürdig hielt.

Er, Annegret und ihre beiden Brüder hatten einen Ausflug runter an den See unternommen. Dort hatten ihre Brüder, damals vierzehn und sechzehn Jahre alt, ein paar Mädchen aus der Stadt kennengelernt und waren mit ihnen losgezogen. Oliver hatten sie dazu verdonnert auf die zehnjährige Annegret aufzupassen. Sie war außer sich vor Wut gewesen, und um sie zu besänftigen, hatte er vorgeschlagen, aufs Gut zurückzukehren, wo er ihr die neugeborenen Fohlen zeigen wollte.

Doch sie waren nie bei den Ställen angekommen, denn unterwegs kam ihnen der blinde Albert entgegen.

»Ich kann ihn nicht ausstehen, er ist immer so tollpatschig«, sagte Annegret.

»Das liegt daran, dass er blind ist.«

»Aber warum muss er unbedingt aufs Gut kommen? Warum kann er nicht zu Hause bleiben, wo ich ihn nicht sehen muss?«

Oliver schüttelte den Kopf. Annegret ging immer davon aus, dass sich die Welt um sie drehte; sie konnte sich nicht vorstellen, dass Albert kam, um Gemüse zu verkaufen, das er in seinem Garten anbaute.

»Los, wir spielen ihm einen Streich«, schlug sie vor.

»Nein. Warte.«

Aber sie war schon losgestürmt, hatte sich Alberts Spazierstock geschnappt und ihn ins Gebüsch geworfen. »Das wird dich lehren, uns nicht mehr zu belästigen, sondern dort zu bleiben, wo du herkommst!«, brüllte sie.

Albert, der normalerweise ein sanfter Mann war, schrie panisch zurück: »Gib mir meinen Stock zurück, du elende Göre! Und zwar sofort!«

Doch Annegret tanzte nur kichernd um ihn herum. »Den musst du schon selbst finden. Hi-hi-hi.«

Oliver konnte das nicht mit ansehen und eilte zu der Stelle, wohin sie den Stock geworfen hatte. Er stöberte im Gebüsch, bis er ihn fand. Als er damit zurückkam, waren sowohl Albert als auch Annegret verschwunden.

Unsicher, was er tun sollte, sah er sich um, bis er ein Stöhnen hörte und dem Geräusch folgte. Er fand Albert im Graben liegend, in den er wahrscheinlich auf der Suche nach seinem Stock gestolpert war.

»Ich habe Ihren Spazierstock«, sagte Oliver und drückte ihn Albert in die Hand.

»Ich werde euch ungezogenen Bälger Benehmen lehren«, rief Albert, während er den Stock in Olivers Richtung schwang.

Oliver rannte schnell davon. Als er noch einmal zurückblickte, stand Albert auf dem Waldweg und fuchtelte lautstark fluchend mit seinem Stock in der Luft herum.

Zurück auf dem Gutshof wartete Herr Huber bereits auf Oliver. Noch bevor er etwas zu seiner Verteidigung sagen konnte, schnallte Herr Huber seinen Gürtel ab und verpasste ihm eine Tracht Prügel, weil er seine unschuldige kleine Tochter allein im Wald zurückgelassen hatte.

Annegret stand daneben und sah feixend zu.

»Sie ist eine doppelzüngige Schlange!«, fuhr er Dora an. »Ich habe sie vor vielen Jahren durchschaut, und ich sage dir, diese Frau heckt etwas aus, wenn sie versucht, freundlich zu sein.«

»Menschen ändern sich.«

Oliver konnte sich ein spöttisches Schnauben nicht verkneifen. »Nicht Annegret Huber. Ihre Lebensaufgabe ist es, anderen Menschen das Leben schwer zu machen.«

»Gib ihr eine Chance.«

»Ganz im Gegenteil. Wir müssen sie im Auge behalten. Sie verbirgt etwas und wie ich sie kenne, kann es nichts Gutes sein.

Aber dieses Mal bin ich vorbereitet und lasse sie für ihre Missetaten bezahlen.«

Dora drückte ihm einen Kuss auf die schwielige Hand. »Lass uns nicht über sie reden.«

Er war sofort besänftigt und spielte mit einer losen Strähne ihres Haares. »Worüber möchtest du dann reden?« Ohne auf eine Antwort zu warten, löste er ihren langen Zopf, so dass ihr dichtes, weiches Haar wie ein üppiger Wasserfall bis auf ihre Taille herabfiel. So war sie noch schöner, und die Tatsache, dass niemand sonst sie mit offenem Haar kannte, schürte sein Verlangen. Er spürte die Leidenschaft in seinen Lenden aufsteigen. »Komm mit mir ins Bett. Bitte.«

Sie nickte und folgte ihm die Treppe hinauf in das kleine Schlafzimmer, wo er sie zärtlich liebte. In den frühen Morgenstunden wachte er auf und drehte sich so, dass er Doras Gesicht sehen konnte. Jeden Tag liebte er sie stärker und konnte es kaum ertragen, dass er sein Glück nicht von den Dächern schreien durfte.

»Du bist so schön«, murmelte er, während er ihr sanft über die Schultern strich, um sie aufzuwecken.

»Wie spät ist es?«, fragte sie verschlafen, drehte sich auf die Seite und kuschelte sich an seine Brust.

»Kurz nach vier.« Oliver legte seine Hand an ihren Hinterkopf und zog ihr Gesicht zu einem langen Kuss heran. Als er sie schließlich losließ, waren sie beide außer Atem, und Doras Wangen waren köstlich rosa angehaucht. »Wann wirst du endlich einen ehrlichen Mann aus mir machen? Ich hasse dieses Versteckspiel.«

»Das haben wir doch schon besprochen. Die Ukraine ist zwar mit Deutschland verbündet, aber wir sind trotzdem Slawen. Die Behörden werden uns niemals eine Heiratserlaubnis geben. Schlimmer noch, wenn wir die Papiere einreichen, wird Frau Mertens davon erfahren.« Dora schaute so ängstlich, dass es ihm das Herz zerriss. »Womöglich würde sie mich entlassen, oder ließe mich sogar ausweisen.«

»Das würde ich nie zulassen, mein Schatz. Ich liebe dich so sehr.« Er stützte sich auf seine Ellbogen. »Ich wünschte, es gäbe eine Möglichkeit, dich zu heiraten ...«

»Eines Tages wird der Krieg zu Ende sein und alles wird anders, aber bis dahin ... müssen wir uns gedulden.« Sie küsste ihn noch einmal, dann löste sie sich aus seiner Umarmung und zog sich an.

»Lass mich dich wenigstens zum Herrenhaus begleiten, ich mache mir immer Sorgen, wenn du nachts alleine unterwegs bist«, flehte er sie an.

»Das wäre so viel verdächtiger, als wenn ich allein gehe. Außerdem, was soll mir schon passieren? Es sind doch nur ein paar hundert Meter, und das Haupttor ist nachts verschlossen.«

Oliver seufzte. Rational gesehen wusste er, dass ihr auf dem kurzen Weg keine Gefahr drohte, dennoch war ihm nicht wohl bei dem Gedanken. Sie war ein hübsches Mädel, und einer der Knechte, der auf dem Gut lebte, könnte ein wenig zu enthusiastisch werden, wenn er sie nachts allein antraf. »Pass auf dich auf, mein Liebling.«

Er schloss die Tür hinter ihr und öffnete den Verdunkelungsvorhang einen Spalt, um sie zu beobachten, bis er ihre geschmeidige Gestalt durch den Seiteneingang des Herrenhauses schlüpfen sah. Erst dann entspannte er sich und ging wieder hinauf in sein Schlafzimmer, wo er sich noch eine Stunde hinlegte, bevor sein Arbeitstag begann.

11

Margarete ließ gerade im Badezimmer die Wanne für Lena einlaufen, als es an der Schlafzimmertür klopfte.

»Pst. Bleiben Sie hier drin und machen Sie keinen Mucks«, zischte sie Lena zu, bevor sie einen Bademantel über ihr Kleid zog und sich die Haare zerzauste, damit es so aussah, als wäre sie gerade aufgestanden. Dann ging sie ins Schlafzimmer und rief: »Herein.«

»Sie sind wach, Fräulein Annegret. Geht es Ihnen besser?«, fragte Dora und ging zum Fenster hinüber, um die Vorhänge zu öffnen.

»Nein! Nicht!«, rief Margarete, denn im hellen Tageslicht würde Dora sicher bemerken, dass jemand auf der Couch geschlafen hatte. »Mir wird immer noch übel vom Tageslicht.«

Das Dienstmädchen drehte sich zögerlich um. »Soll ich Ihnen das Frühstück nach oben bringen?«

»Ja, bitte.« Margarete ließ ihre Stimme schwach klingen und hielt sich eine Hand an die Schläfe. »Und Aspirin, wenn Frau Mertens noch welches hat.«

»Ich werde sie fragen. Wenn wir keines haben, kann sie

einen der Knechte in die Stadt schicken. Soll sie den Arzt holen lassen, um nach Ihnen zu sehen?«

Ein Arzt wäre zwar nützlich, aber da niemand etwas von Lenas Anwesenheit wissen durfte, lehnte sie ab. »Nein, danke, das geht sicher bald vorbei.«

»Wie Sie wünschen, Fräulein Annegret. Ich bringe Ihnen gleich das Frühstück und serviere es im Salon. Dann kann ich Ihr Zimmer putzen, während Sie essen.«

Oh nein! Dora durfte auf keinen Fall das Schlafzimmer betreten. »Ich wollte gerade ein heißes Bad nehmen, also stelle es bitte auf den Tisch und lasse es dort für mich stehen, ja?«

Dora warf ihr einen verwirrten Blick zu, stellte aber keine weiteren Fragen. Kaum war sie weg, klopfte Margarete an die Badezimmertür. »Ich bin's. Annegret.«

»Kommen Sie rein.«

Lena saß in der Wanne und schrubbte sich den Dreck vom Körper. Mit einem sauberen Gesicht war sie noch schöner.

»Hier sind Handtücher. Aber bleiben Sie im Schlafzimmer, bis ich Bescheid gebe, dass die Luft rein ist.«

»Keine Sorge, ich habe Erfahrung darin, mich zu verstecken.«

Margarete ließ Lena wieder allein und ging durch das Schlafzimmer, wobei sie sorgfältig alles wegräumte, was Lenas Anwesenheit verraten könnte.

Nur wenige Augenblicke später hörte sie das Klappern von Geschirr und nahm an, dass Dora den Frühstückstisch deckte. Sie zog es vor, ihr nicht nochmal zu begegnen, weshalb sie aufmerksam lauschte, bis sie hörte, wie die Tür zum Flur wieder geschlossen wurde. *Gott sei Dank, sie ist weg.*

Sie musste wirklich einen besseren Ort finden, an dem sie Lena verstecken konnte, da ihre Räume nicht genug Privatsphäre boten. Kurz überlegte sie, ob sie Dora die Wahrheit sagen sollte, verwarf den Gedanken aber sofort wieder. Margarete wusste nicht, was das Dienstmädchen über Juden dachte. Selbst wenn Dora mit der Notlage der Ausbrecherin sympathisierte, würde es sie in eine unmögliche Situation bringen.

Margarete setzte sich an den Tisch und teilte das Frühstück sorgfältig in zwei Portionen auf, wobei sie die größere für Lena reservierte. Gerade als sie ihren Teil gegessen hatte, klopfte es an der Tür.

»Ja?«, rief sie und ging auf die Tür zu, um jeden aufzuhalten, der eintreten wollte.

»Tut mir leid, dass ich Sie störe, Reichskriminaldirektor Richter ist am Telefon«, teilte Frau Mertens ihr durch die geschlossene Tür mit.

»Bitte sagen Sie ihm, er soll später noch einmal anrufen, ich fühle mich nicht gut.«

»Er sagte, es sei wichtig.«

Margarete seufzte. Sie wollte ihn keineswegs verärgern oder beunruhigen. »Ich nehme das Telefonat hier oben entgegen.«

»Gut. Ich lege unten den Hörer auf, sobald Sie in der Leitung sind.«

Margarete ging zu dem eleganten Schreibtisch im Schlafzimmer, der zweifellos Frau Huber gehört hatte und nahm die Nebenstelle ab.

»Horst, ich hoffe, du bist ohne Zwischenfälle nach Hause gekommen?«

Er gluckste jovial in die Leitung. »Leipzig liegt viel zu weit im Osten, um in Reichweite dieser verdammten britischen Bomber zu sein, also gibt es nichts zu befürchten. Wie geht es dir auf dem Land?«

»Warte einen Moment, Frau Mertens ist gerade auf dem Weg ins Erdgeschoss, um dort aufzulegen.« Sie schwiegen beide, bis ein Klicken verriet, dass das andere Telefon aufgelegt worden war. Dann sagte sie, »Jetzt haben wir keine Mithörer mehr.«

»Ich muss dich um einen Gefallen bitten«, sagte Horst,

gerade als Lena aus dem Bad kam, ein Handtuch um ihren Körper und ein weiteres um ihren Kopf gewickelt.

Sie sah so zerbrechlich aus, dass es Margarete das Herz zerriss. In der nächsten Sekunde verwandelte sich das Gefühl in pure Panik, weil Lena stolperte, was einen ziemlichen Radau verursachte. Margarete schüttelte den Kopf und hielt sich einen Finger vor die Lippen.

»Was war das für ein Lärm?«, fragte Horst.

»Ich ... weiß es nicht. Es war draußen, wahrscheinlich hat einer der Knechte etwas zertrümmert. Ich mache mal das Fenster zu.« Sie bedeutete Lena zurück ins Badezimmer zu gehen und machte die Tür lautstark zu, bevor sie den Telefonhörer wieder in die Hand nahm. »Entschuldige bitte. Wie kann ich dir helfen?«

»Einige meiner Kollegen sind geschäftlich auf dem Weg in deine Gegend und es scheint, als gäbe es kein geeignetes Gästehaus, um sie alle gemeinsam unterzubringen.«

Plötzlich schien der Raum sehr heiß zu werden und sie fächelte sich Luft zu. »Wie viele Männer?«

»Acht.«

Sie konnte es sich nicht erlauben, ihm die Bitte abzuschlagen, denn bestimmt würde er ihr das übel nehmen, und sie brauchte seine, wenn auch unfreiwillige, Unterstützung für ihre Widerstandsarbeit. Sie holte tief Luft, bevor sie antwortete. »Wir haben nur fünf freie Schlafzimmer im Herrenhaus. Wird es deinen Kollegen nichts ausmachen, ein Zimmer zu teilen?«

»Ganz und gar nicht. Die unteren Ränge sind daran gewöhnt.«

»Dann würde ich mich sehr freuen, sie in meinem Haus begrüßen zu dürfen. Wirst du auch mitkommen?«

»Ich fürchte nicht. Ich bin gerade erst wieder im Büro und du kannst dir nicht vorstellen, wie viel Arbeit uns die Umsiedlung der Juden bereitet.«

Sie schnitt eine Grimasse ins Telefon, weil er sie einmal

mehr daran erinnert hatte, wie prekär ihre eigene Situation war. Horst Richter würde sie ohne zu zögern in einen der Deportationszüge setzen, wenn er herausfand, wer sie wirklich war.

»Für wann soll ich Frau Mertens anweisen, alles vorzubereiten?«

»Übermorgen. Ich werde die genauen Namen und Dienstgrade für die Verteilung der Zimmer telefonisch durchgeben. Meine Kollegen sollten dich nicht länger als ein paar Tage belästigen.«

»Ich bitte dich! Sie bereiten mir keine Unannehmlichkeiten. Im Gegenteil, ich freue mich, meinen Beitrag für Recht und Ordnung zu leisten und deine Kollegen zu bewirten.« Ihr Magen krampfte sich zusammen, als ihr bewusst wurde, dass sie nicht nur mit einem, sondern mit acht Gestapobeamten unter einem Dach wohnen würde. Das mulmige Gefühl breitete sich in ihrem ganzen Körper aus, während sich ihre Gedanken im Karussell drehten. Die Zimmer mussten hergerichtet, die Vorräte aufgestockt werden, und sie musste dafür sorgen, dass die Männer auf Gut Plaun keine Spur von Lena entdeckten.

»Ich muss dich warnen, es sind nicht nur Gestapo-Leute. Ein paar SS-Männer kommen auch mit.«

Sie kicherte leise, weil sie wusste, wie groß die Rivalität zwischen Gestapo und SS war. Herr Huber, selbst bei der SS, hatte sich oft verächtlich über die Gestapo geäußert, und es war ein Wunder, dass er und Horst so enge Freunde gewesen waren. Dann sagte sie: »Ich werde dafür sorgen, dass die besten Zimmer an die richtigen Leute vergeben werden.«

Horst lachte, bevor er antwortete: »Du kommst wirklich nach deinem Vater.«

»Na, wenn das kein Kompliment ist ...« *an meine Schauspielerei.* Er hatte es anders gemeint, trotzdem spürte sie, wie sie vor Stolz zu bersten drohte. Wenn sie einen aufmerksamen Gestapobeamten wie Horst, der Annegrets Vater gekannt hatte, zum Narren halten konnte, dann brauchte sie sich um acht Fremde keine Sorgen zu machen.

»Und, wie hast du dich eingelebt?«, fragte er.

»Sehr gut. Ich mache täglich lange Spaziergänge und habe immer noch nicht das ganze Gut erkundet.«

»Das will ich wohl hoffen. Wenn du alles sehen willst, solltest du ein Pferd nehmen, nicht deine Füße.«

»Ja, das habe ich vor«, versicherte Margarete ihm, ohne zu erwähnen, dass sie die Ställe noch nicht aufgesucht hatte. »Eigentlich bin ich ganz froh, dass du anrufst, denn ich wollte dich etwas fragen.«

»Nur zu.«

»Mir sind Gerüchte über eine geheime Rüstungsfabrik in den nahegelegenen Wäldern zu Ohren gekommen.«

»Ach, Annegret. An dieser Fabrik ist nichts Geheimes. Sie gehört übrigens dir.«

»Mir?«, platzte es aus ihr heraus.

»Ja. Sie wurde unter der Leitung der Dynamit Nobel AG gebaut, aber aus Gründen, die ich nicht nennen darf, hat dein Vater das Eigentum daran übernommen. Ich glaube, sie stellt hauptsächlich einen Sprengstoff namens Nitropenta her.«

Margarete lehnte sich im Sessel zurück und versuchte die Tragweite dieser Offenbarung zu begreifen. Wenn sie die Besitzerin der Fabrik war ... dann war Lena auf der Flucht vor ... ihr? Sie warf einen besorgten Blick auf die Badezimmertür, hinter der sich Lena versteckte. »Also, wo genau liegt die Fabrik?«

»Zwischen Gut Plaun und dem See, direkt an der Bahnlinie. Dein Vater war ein sehr vorausschauender Geschäftsmann und hat einen Bahnhof ausschließlich für die Fabrik bauen lassen, um Material und Arbeiter besser transportieren zu können.«

Arbeiter, die mit dem Zug transportiert wurden. Das konnte nur eines bedeuten: KZ-Häftlinge, die in die Zwangsarbeit gepresst wurden. Die Indizien verdichteten sich und damit auch das mulmige Gefühl in Margaretes Magen. Nicht nur, dass sie persönlich von der Ausbeutung anderer Juden profitierte, nein, sie war sogar der Grund für deren Notlage.

»Warum hat man mir nie von dieser Fabrik erzählt?«, fragte sie und bemühte sich, das Entsetzen aus ihrer Stimme herauszuhalten.

»Das stimmt nicht. Erinnerst du dich an die Liste, die dir der Anwalt geschickt hat? Sie enthielt alle Vermögenswerte, die du geerbt hast.«

Zu ihrem Leidwesen musste Margarete zugeben, dass sie die Liste zwar erhalten und unterschrieben, sich aber nicht die Mühe gemacht hatte, sie in allen Einzelheiten durchzulesen. »Jetzt, da du es erwähnst ... das muss ich wohl übersehen haben.«

»Das ist verständlich. Du bist eine Frau und verstehst nichts vom Geschäft. Die Fabrik ist bei Herrn Fischer und dem Betriebsleiter in guten Händen. Beide berichten monatlich an das Wirtschafts- und Rüstungsamt, die Abteilung im Oberkommando der Wehrmacht, die den Nachschub für die Wehrmacht koordiniert.«

Eingedenk seines Rats, sie solle sich nur um das Gutshaus kümmern und alles andere den Männern überlassen, erwiderte sie sanft: »Und das ist eine große Erleichterung. Ich war lediglich überrascht, als mir jemand davon erzählte. Ich möchte schließlich nicht dumm erscheinen.«

»Du bist nicht dumm, Annegret. Die Leute verstehen, dass die geschäftlichen Aspekte eines Besitzes wie Gut Plaun weit über den Horizont einer Frau hinausgehen. Deshalb werden große Ländereien in der Regel an den ältesten Sohn vererbt, mal abgesehen von unglücklichen Fällen wie deinem.«

Margarete ballte ihre freie Hand zu einer Faust. Sie war es satt, ständig zu hören, wie minderbemittelt sie war. Als Jüdin war sie wie Abschaum behandelt worden, aber anscheinend hatte selbst eine Arierin kaum mehr Ansehen. Gut genug für Kinder, Küche und Kirche, aber zu weit unter dem Niveau der Männer, um tatsächlich von Bedeutung zu sein. Alle erwarteten von ihr, dass sie brav nickte, lächelte und zu allem Ja und Amen sagte, und vor allem die unsäglichen Geschehnisse um sich herum ignorierte.

Sie beendete das Telefonat mit Horst und versprach, seine Kollegen bestens zu versorgen und ihnen einen angenehmen Aufenthalt zu bereiten. Seine Enthüllungen jedoch erlaubten ihr nicht, einfach zur Tagesordnung überzugehen. Wenn Fischer von der Fabrik wusste, kannte er höchstwahrscheinlich auch die unmenschlichen Bedingungen der Zwangsarbeiter. Die Nazipropaganda war vermutlich zu tief in ihm verwurzelt, um zu erkennen, dass Juden auch Menschen waren und es verdient hatten als solche behandelt zu werden. Sie würde sich mit ihm unterhalten müssen, um herauszufinden, ob er bereit war, einige Verbesserungen vorzunehmen.

Sie brauchte einige Zeit, um sich zu sammeln, bevor sie ins Badezimmer ging, um nach Lena zu sehen. »Fühlen Sie sich besser?«

»Ja, sehr sogar.«

»Ich bringe Ihnen etwas zu essen.«

»Sie sind zu freundlich.«

Margarete lächelte, als sie Lena das Essen im Bett servierte. Sie hatte das schon so oft für Frau Huber getan, als sie selbst noch ein Dienstmädchen gewesen war, aber jetzt machte es ihr richtig Spaß. Sie rückte den Sessel neben das Bett, setzte sich und sah der ausgemergelten Frau beim Essen zu. Ihr Herz brach bei dem Anblick, aber noch beunruhigender war das Schuldgefühl, das sie überkam. Sie war für Lenas Leiden verantwortlich, denn ihr gehörte die Fabrik.

»Können Sie mir mehr über die Fabrik erzählen? Wo sie ist? Was sie herstellt?« Insgeheim klammerte sie sich an die Hoffnung, dass Lena von einem anderen Ort geflohen war.

»Ich weiß nicht genau, wo sie ist. Wir sind in Viehwaggons hingebracht worden. Der Zug hielt mitten im Wald an einer Art provisorischem Bahnhof ohne Namen. Es war keine Siedlung in der Nähe. Von dort aus marschierten wir ins Lager, das weniger als fünf Minuten Fußweg entfernt war.«

Das klang erschreckend nach Horsts Beschreibung des Standorts der Fabrik und der Druck auf ihre Brust nahm zu.

»Wir müssen verschiedene Chemikalien herstellen, hauptsächlich einen Sprengstoff namens Nitropenta.« Margarete atmete zischend ein, denn das konnte kein Zufall sein. »Es ist eine gefährliche Arbeit, weil wir den ganzen Tag ohne Schutzkleidung mit Salpetersäure hantieren müssen. Die meisten Frauen bekommen nach einigen Tagen einen hässlichen Husten und wenn man einen Tropfen von dem Zeug auf die Haut bekommt, brennt es durch bis auf die Knochen.«

Margarete legte den Kopf schief und betrachtete die runden Verbrennungen an Lenas Armen. »Sind die von der Säure?«

Als Lena ihrem Blick folgte wurde ihr Gesicht leichenblass. »Nein, die sind von Zigarettenstummeln.«

In Margaretes Kehle stieg die Galle hoch, als sie sich vorstellte, wie einer der sadistischen Aufseher die junge Frau als Aschenbecher benutzte. Eigentlich wollte sie lieber nicht wissen, was diese abscheulichen Bestien sonst noch taten, aber sie fragte trotzdem: »War das eine Art Bestrafung?«

»Nicht wirklich. Das macht er zu seinem Vergnügen, wenn er uns nachts in sein Büro holt.« Lena wandte den Blick ab und ihre mageren Schultern begannen zu zittern.

»Sie sind hier in Sicherheit.« Margaretes Herz wurde schwer, denn es bestand kein Zweifel, dass eine andere bedauernswerte Gefangene die neue Gespielin des Mannes geworden war, der Lena das angetan hatte. Und sie, Margarete Rosenbaum, hatte die Pflicht, dieser Praxis Einhalt zu gebieten, so wahr ihr Gott helfe. Es war ihre Fabrik. Sie konnte sich zwar nicht mit den Nazis anlegen und die Zwangsarbeiter befreien, aber sie konnte zumindest die Misshandlungen abstellen.

Ja, sie würde der Fabrik einen Besuch abstatten und deutlich machen, dass diese Machenschaften aufhören mussten.

»Ich bringe Ihnen etwas zum Anziehen «, sagte Margarete und kramte in ihrem Kleiderschrank nach einem Kleid, Wollstrümpfen und Schuhen. »Ziehen Sie das an, während ich das Geschirr in den Salon trage.«

Als sie durch die Tür trat, fiel ihr Blick auf Dora, die gerade mit Staubwedel und Besen in der Hand aus dem Flur hereintrat.

Schnell schob Margarete die Tür zum Schlafzimmer mit dem Fuß zu und sagte betont fröhlich: »Guten Morgen, Dora.«

»Geht es Ihnen besser, Fräulein Annegret?«

»Ja etwas. Aber ich sollte mich nochmal hinlegen und versuchen zu schlafen. Wenn du bitte erst später zum Aufräumen kommen würdest.«

»Lassen Sie mich wenigstens Ihr Bett machen ...«

»Das ist wirklich nicht nötig. Bring lieber das Geschirr runter, von dem Essensgeruch wird mir übel.« Sie drückte Dora das Tablett in die Hand, die es überrascht aufnahm und es irgendwie schaffte, dabei Besen und Staubtuch nicht fallen zu lassen.

Dora sah sich mit einer verwirrten Miene im Salon um. »Ist noch jemand hier oben? Ich habe Sie reden hören ...«

»Sei nicht albern. Ich habe mit Reichskriminaldirektor Richter telefoniert. Wir bekommen im Laufe der Woche für ein paar Tage Gäste. Und jetzt lass mich bitte allein, ich muss mich hinlegen.«

»Wie Sie wünschen, Fräulein Annegret. Soll ich Ihnen nachher das Essen nach oben bringen?«

»Nein. Ich will unter keinen Umständen gestört werden. Wenn ich etwas brauche, klingle ich.«

Dora nickte und verließ den Salon, wobei sie eine verzweifelte Margarete zurückließ. Diese Sache würde nie gut gehen. Bis heute war ihr nicht bewusst gewesen, wie wenig Privatsphäre sie in ihren eigenen Gemächern hatte und wie oft ihr Dienstmädchen zugegen war.

Sie musste unbedingt einen besseren Ort finden, an dem sie Lena verstecken konnte. Bloß wo?

Gustav saß in seinem Büro, die Füße auf den Schreibtisch gelegt, und sagte ins Telefon: »Ich kann Ihnen alles liefern, was Sie brauchen.«

»Wir benötigen Kupferbleche. Wie viel können Sie mir verkaufen?«

Gustav machte eine schnelle Berechnung im Kopf. Aufgrund der vermehrten Kriegsproduktion, wurde das Metall mit einem beträchtlichen Aufschlag gehandelt. Dieser neue Kunde war bereit, einen hohen Preis zu zahlen, um seine Fertigung am Laufen zu halten. »Kupferbleche sind schwer zu bekommen.«

Ein Stöhnen kam aus der Leitung. »Können Sie verkaufen oder nicht?«

»Ich kann, aber sie sind nicht billig.« Gustav hatte sich vorrangige Verträge gesichert, und die Fabrik wurde wie ein Uhrwerk mit allen Rohmaterialen beliefert, die für die Herstellung des Nitropenta-Sprengstoffs sowie der dazugehörigen Sprengkapseln benötigt wurden. Leider war die Wehrmacht knauserig und erlaubte kaum Spielraum für Ausschuss.

»Kalkulieren Sie schon einen Wucherpreis? Ich kann auch woanders hingehen«, sagte der Kaufinteressent.

»Ganz und gar nicht. Aber unter Preis kann ich keinesfalls verkaufen, schließlich muss ich meine eigenen Vorräte wieder auffüllen und extra Lieferungen sind schwer zu bekommen.«

»Sie werden schon eine zufriedenstellende Lösung finden. Mein Kontaktmann sagte mir, dass Sie sehr kreativ sind.«

Gustav rieb sich die Hände, nicht nur wegen des Kompliments, sondern weil er wusste, dass sein Gegenüber ohne die Kupferbleche nicht weiter produzieren konnte. Er zündete sich eine Zigarette an und rechnete noch einmal nach. »Drei Tonnen. Doppelter Marktpreis. Keine Papiere.«

»Ist morgen zu früh?«

»Keinesfalls. Schicken Sie jemanden in die Fabrik und sagen Sie ihm, er soll mit Heinz Strobel sprechen. Er weiß Bescheid.«

»Wenn das zu meiner Zufriedenheit verläuft, freue ich mich auf weitere Geschäfte.«

Gustav inhalierte den Rauch, bevor er antwortete: »Auf eine prosperierende Geschäftsbeziehung.« Nachdem er aufgelegt hatte, wählte er die Nummer der Fabrik und wechselte ein paar Worte mit der Sekretärin, bevor er nach ihrem Chef fragte.

»Gustav. Was gibt es?«, sagte Heinz Strobel.

»Ich habe einen neuen Käufer.«

»Was braucht er?«

»Drei Tonnen Kupferbleche.«

Heinz pfiff leise. »Das ist verdammt viel. Wann?«

»Morgen.« Gustav studierte seine Fingernägel. Es war dringend an der Zeit, die Fabrik aufzusuchen und sich von einer hübschen Gefangenen eine Maniküre machen zu lassen.

»So viel Überschuss haben wir nicht auf Lager.«

»Dann musst du es aus der Produktion nehmen.«

»Wie soll ich das denn machen? Du weißt so gut wie ich,

dass wir die Produktionsziele unter allen Umständen einhalten müssen.«

»Heinz, ich dachte wirklich, du wärst gewiefter. Verwende halt weniger Material für die Sprengkapseln.«

»Heiliger Strohsack! Das kostet mich meinen Kopf, wenn man es herausfindet.«

»Du hast bisher gut von unserer Abmachung profitiert und dieser neue Kunde kann uns Geldbeträge einbringen, von denen du nur träumen kannst.« Gustav wurde langsam ungeduldig. Heinz war ein guter Mann, verdorben bis ins Mark. Habgier und Grausamkeit machten ihn ungeheuer nützlich, außerdem hatte er sich als talentierter Betriebsleiter erwiesen. Aber er war auch ein elender Feigling und machte sich jedes Mal in die Hose, wenn die Wehrmacht eine Abordnung schickte, um den Produktionsprozess zu überprüfen. »Mach die Wände der Sprengkapseln dünner, das merkt keiner.«

Heinz schnaubte und murmelte einige unverständliche Worte, bevor er sich räusperte. »Na gut. Ich werde mit dem Vorarbeiter in der Zündkapselproduktion sprechen. Vielleicht müssen wir die Produktion für eine Woche oder so drosseln, bis wir die neue Kupferlieferung bekommen.«

»Danach machen die Häftlinge halt Überstunden, damit sie die Produktionsziele nicht verfehlen.«

»Am besten bestellst du gleich neue, weil diese Schlappschwänze immer wie die Fliegen sterben, wenn sie ein paar Stunden extra arbeiten müssen.«

»Wird gemacht. Sag mir Bescheid, sobald sie geliefert werden und lass deine fetten Finger von den Hübschen bis ich mir meine ausgesucht habe.« Gustav lachte lüstern in den Hörer. Dann blickte er auf und sah Annegret in der Tür stehen. Es lief ihm kalt über den Rücken, und er schluckte schwer, weil er sich fragte, wie viel sie mitbekommen hatte. »Das wäre dann alles. Sorg dafür, dass die Lieferung pünktlich ankommt.«

Er legte auf, nahm seine Füße vom Schreibtisch und ging

auf Annegret zu, wobei er die wenigen Schritte nutzte, um seine Fassung zu erringen. »Was für eine angenehme Überraschung, Fräulein Annegret. Wie kann ich Ihnen helfen?«

Sie schien zu zögern und verlor sich stattdessen in nutzlosem Geplapper über das Wetter, bis er beschloss, sie zu unterbrechen. »So gerne ich auch mit Ihnen plaudere, ich fürchte, ich muss noch ein paar dringende Telefonate führen.«

»Es tut mir leid ...« Sie sah ihn an wie ein verängstigtes Kaninchen, was sehr beruhigend war. »Ich wollte Sie nicht von der Arbeit abhalten.«

Gustav schlug einen väterlich wohlwollenden Ton an. »Keineswegs, Fräulein Annegret. Sie wissen, dass ich Ihnen jederzeit für sämtliche Fragen zur Verfügung stehe. Das alles muss furchtbar schwer für Sie sein.«

»Danke, das ist sehr nett von Ihnen.« Sie entspannte sich sichtlich. »Es ist wahrscheinlich eine dumme Frage ...«

»Es gibt keine dummen Fragen.« Gustav bedeutete ihr, auf dem Stuhl vor seinem Schreibtisch Platz zu nehmen, obwohl seine Hände danach juckten, zum Telefonhörer zu greifen und dem Käufer das Geschäft zu bestätigen.

»Nun, ich würde gerne die Rüstungsfabrik besichtigen.«

»Warum in Gottes Namen wollen Sie das denn tun?« Gustav schüttelte den Kopf. »Die Fabrik ist kein ziemlicher Ort für eine junge Frau aus gutem Hause.«

Sie runzelte die Stirn. »Ich bin kein naives, kleines Mädchen, das glaubt jeder Mensch lebt in einem Herrenhaus.«

»Fräulein Annegret, da haben Sie mich missverstanden. Natürlich sind Sie eine erwachsene, gebildete Frau, die die Härte des Krieges kennengelernt hat. Allerdings benutzen einige der Fabrikarbeiter eine ziemlich zotige Sprache, vergleichbar mit der eines Matrosen. Ich möchte Ihnen lediglich diese Peinlichkeit ersparen.«

»Wenn das so ist ...« Sie blickte schüchtern nach unten, was ihm klar machte, dass er die richtigen Worte gewählt hatte.

Keine höhere Tochter wollte Ausdrücke hören, die ein Seemann benutzte.

»Glauben Sie mir, die Fabrik ist bei Herrn Strobel in den besten Händen. Vielleicht möchten Sie stattdessen mit mir die Bücher durchgehen? Ich kann Ihnen erklären, wie alles funktioniert und wie viel Gewinn die Produktion macht. Was halten Sie davon?«

»Das ist eine großartige Idee, und ich weiß Ihre Bereitschaft zu schätzen, mir die Details zu erläutern, aber ...«, sie schob ihre Unterlippe vor, was ihm ein ungutes Gefühl gab, »... ich würde die Fabrik trotzdem gerne besichtigen.«

Er presste die Kiefer zusammen und suchte fieberhaft nach einem triftigen Grund ihre Bitte abzulehnen, fand aber auf die Schnelle keinen. Es wäre besser, ihrem Ansinnen nachzugeben und dafür zu sorgen, dass Heinz auf ihren Besuch vorbereitet war. Oder ... so oft wie Frauen ihre Meinung änderten, würde sie das ganze alberne Unterfangen sowieso bald vergessen. »Wie Sie wünschen, Fräulein Annegret. Ich werde einen Besuch arrangieren, aber es wird einige Tage dauern, da wir die Sicherheitsprotokolle befolgen und eine Besuchserlaubnis einholen müssen.«

»Ich danke Ihnen vielmals. Es ist zwar nicht dringend, aber ich würde das trotzdem gerne bis zum Ende der Woche erledigt haben.«

Was für eine starrköpfige Frau. Wäre sie nicht seine Arbeitgeberin, würde er ihr zeigen, wer hier das Sagen hatte. »Ich werde alles zu Ihrer Zufriedenheit arrangieren, Fräulein Annegret, überlassen Sie das nur mir.«

Sie nickte und biss sich auf die Lippe.

»Gibt es sonst noch etwas?«

»Hmm. Ja. Haben Sie ... ich meine ... ich habe Gerüchte gehört, dass Arbeiterinnen misshandelt werden ...« Ihre Miene zeigte deutlich, von welcher Art von Missbrauch sie sprach und wie sehr sie die Vorstellung entsetzte. Das war die perfekte Gelegenheit, sich bei ihr einzuschmeicheln.

»Das ist eine schwerwiegende Anschuldigung, von der ich nur hoffen kann, dass sie nicht wahr ist. Dennoch werde ich auf der Stelle Herrn Strobel darüber in Kenntnis setzen. Seien Sie versichert, dass ich ein solches Verhalten auf Gut Plaun nicht dulde.«

Sie stieß einen erleichterten Seufzer aus. »Das beruhigt mich ungemein. Jetzt lasse ich Sie Ihre Arbeit machen, denn ich habe schon genug von Ihrer Zeit in Anspruch genommen.«

Sie wollte gerade zur Tür hinausgehen, als er eine ausgezeichnete Idee hatte. »Fräulein Annegret, hätten Sie Lust, heute Nachmittag mit mir einen Ausritt zu machen?« Wenn sie nur halb so vernarrt in Pferde war, wie die langjährigen Angestellten behaupteten, würde sie bald die meiste Zeit in den Ställen verbringen und keine Zeit haben, in der Fabrik herumzuschnüffeln.

Doch zu seiner Überraschung zuckte sie zusammen und machte einen halben Schritt rückwärts. Das Unbehagen in ihrer Miene wandelte sich in Traurigkeit, als sie sagte: »Ich wünschte, ich könnte mich Ihnen anschließen, aber die Explosion, die meine Brüder das Leben kostete, hat mich am Rücken verletzt. Die Schmerzen haben sich in den letzten Tagen wieder verschlimmert, und so gern ich es auch tun würde, der Arzt hat mir vom Reiten abgeraten.«

»Das tut mir sehr leid für Sie, zumal ich gehört habe, wie sehr Sie Pferde lieben. Es muss ein großer Kummer für Sie sein.«

»Das ist es in der Tat.«

»Lassen Sie mich den Arzt in Plau anrufen und ihn bitten, sie zu untersuchen ...«

Annegret schüttelte den Kopf. »Das ist wirklich nicht nötig. Der Doktor in Leipzig hat mir Schonung verordnet. Sollten die

Schmerzen schlimmer werden, werde ich Frau Mertens bitten, den Arzt zu rufen.«

Gustav fand, dass sie sich seltsam verhielt, fast ängstlich, aber er tat es mit einem Schulterzucken ab. Frauen waren nun mal viel zu emotional. Deshalb musste man sie an der kurzen Leine halten.

»Ach, das hätte ich fast vergessen«, sagte sie und trat zaghaft einen Schritt näher. »Wir bekommen demnächst Gäste. Insgesamt acht Männer von der Gestapo und der SS.«

Ein Brennen rauschte durch seine Adern. War das der Grund, warum sie die Fabrik besuchen wollte? Weil die Behörden ihm auf der Spur waren? Dass er einen Teil der für die Zwangsarbeiter bestimmten Lebensmittel verkaufte, würde die SS nicht sonderlich stören, da er sie für die Häftlinge verdammt gut bezahlte, aber er wollte sich nicht ausmalen, was sie mit ihm machen würden, wenn sie von dem Kupfergeschäft erfuhren.

Einen Moment lang war er versucht, das Geschäft abzusagen, doch dann schob er seine Furcht beiseite. Er brauchte das Geld dringend, weil er seiner geliebten Frau Beate zum Geburtstag ein Badezimmer im Haus schenken wollte, so wie sie es im Gutshaus hatten. Er hatte sich bereits bei den Handwerkern erkundigt, und es würde ihn ein Vermögen kosten. Ohne die zusätzlichen Einnahmen aus dem Kupfergeschäft könnte er sich das niemals leisten.

»Gibt es einen bestimmten Grund für den Besuch?«, fragte er.

»Darüber weiß ich leider nichts. Reichskriminaldirektor Richter hat mich gebeten, seine Kollegen zu beherbergen, und da wir genügend Schlafzimmer haben, habe ich gerne zugesagt.«

»Das ist überaus großzügig von Ihnen.«

»Ganz und gar nicht. Es ist das Mindeste, was ich für unser Vaterland tun kann.« Sie holte Luft, bevor sie weitersprach:

»Ich habe mir vorgestellt, ein festliches Abendessen zu organisieren. Vielleicht möchte Ihre reizende Frau auch teilnehmen?«

Gute Beziehungen zu den Mächtigen waren der beste Weg in der Nazihierarchie aufzusteigen, und es gab kaum eine bessere Gelegenheit dafür, als eine Festivität deren Kosten er nicht selber bezahlen musste. Deshalb stimmte er eifrig zu. »Das ist eine ausgezeichnete Idee, Fräulein Annegret. Sie kommen ganz nach Ihrer verstorbenen Frau Mutter, wenn ich das sagen darf. Ich bin sicher, dass meine Frau gerne zusagt und Ihnen auch bei den Vorbereitungen hilft, wenn Sie das wünschen.«

»Vielen Dank, das wäre wunderbar. Ich habe bereits mit Frau Mertens gesprochen und sie lässt alles für die Gäste vorbereiten. Obwohl ...«, sie lächelte ihn an, »... ich auch ein paar wichtige Leute aus der Stadt einladen wollte. Vielleicht könnte mir Ihre Frau dabei helfen? Gibt es jemanden, den wir unbedingt einladen müssen?«

Er musste ihr zugestehen, dass dieses Mädel wusste, wie man sich Wohlwollen verschaffte, was sich später als nützlich erweisen könnte. Herr Huber hatte seine Tochter wirklich gut erzogen. Jemand, der regelmäßig zu gesellschaftlichen Anlässen im Herrenhaus eingeladen wurde, würde bei guten geschäftlichen Gelegenheiten zuerst an seinen Gastgeber denken. Vielleicht hatte er Annegret falsch eingeschätzt. Womöglich gab sie eine wertvolle Verbündete für seine Nebengeschäfte ab.

»An wie viele Personen haben Sie gedacht?«, sagte er mit einem aufrichtigen Lächeln.

»Vielleicht vier oder fünf?«

»Eine ausgezeichnete Idee. Überlassen Sie alles weitere mir. Ich werde mich sofort an die Arbeit machen und herausfinden, wann der Bürgermeister, der Pfarrer und zwei oder drei hochrangige Parteimitglieder verfügbar sind.«

»Herzlichen Dank. Bitte laden Sie auch deren Ehefrauen

ein. Unsere Gäste werden die Anwesenheit kultivierter Damen beim Abendessen zu schätzen wissen.«

»Da bin ich mir sicher«, sagte Gustav. Allerdings würden die Männer weniger anständige Frauen für ihre Unterhaltung nach dem Essen noch mehr schätzen. Er notierte sich in Gedanken, auch diese zu organisieren. Nirgendwo knüpften Männer bessere geschäftliche Beziehungen als in einem Raum voller spärlich bekleideter Nutten.

Annegret ging, und Gustav ließ sich gegen seinen Schreibtisch sinken, fuhr sich nervös mit der Hand durchs Haar und versuchte, sich einzureden, dass die Gestapo ihren Besuch sicher nicht ankündigen würde, wenn sie ihn tatsächlich verdächtigte, etwas Unrechtes zu tun.

Er dachte über die Situation nach und beschloss, dass Angriff die beste Verteidigung war. Daraufhin bereitete er eine Falle für Heinz vor, nur für den Fall, dass jemand Misstrauen geschöpft hatte und Gustav seine eigene Haut retten musste.

13

Margarete kehrte in ihre Zimmer zurück. Der Besuch bei Herrn Fischer war unerwartet gut verlaufen. Wenn sie ehrlich zu sich selbst war, hatte sie nicht damit gerechnet, dass er ihrer Bitte, die Fabrik zu besichtigen, so bereitwillig nachkommen würde. Insbesondere weil Horst Richter darauf bestanden hatte, dass sie sich ausschließlich um die sozialen Belange des Guts kümmern sollte. Dies und Fischers aufrichtige Empörung über die Missbrauchsgerüchte unterstrichen Fischers freundliches Wesen und seine Bereitschaft ihr zu helfen, sich hier einzuleben. Sie hatte außerordentliches Glück, ihn als Gutsverwalter zu haben und nicht etwa den mürrischen, unhöflichen, ja geradezu feindseligen Oliver.

Als sie ihre Tür öffnete, erschrak sie darüber das Schlafzimmer leer und das Bett gemacht vorzufinden, bis sie sich daran erinnerte, dass sie Lena in den Kniestock unter der Fenstergaube gesperrt hatte, bevor sie das Zimmer verlassen hatte, um mit Frau Mertens und Herrn Fischer zu sprechen.

Es schien, als hätte Dora ihre Abwesenheit genutzt, um zu putzen, abzustauben und sogar die Bettlaken zu wechseln. Sie schloss die Tür hinter sich, schob den schweren Sessel vom

Eingang des Kniestocks weg, öffnete das Türchen und sagte: »Lena, ich bins, Annegret. Sie können rauskommen.«

Der Kniestock war gerade groß genug, um eine liegende Person aufzunehmen. Lena kroch heraus und streckte sich genüsslich, bevor sie sagte: »Ich hatte schon befürchtet, meine Glieder würden abfallen.«

»Das tut mir so leid. Vielleicht das nächste Mal mit einem Kissen?«, sagte Margarete voller Gewissensbisse.

»Keine Sorge. Ich bin Ihnen sehr dankbar für das, was Sie tun. Es war eine ganze Weile jemand im Zimmer, ich dachte erst, Sie wären es.«

»Das muss Dora gewesen sein, mein Dienstmädchen. Sie hat die Gelegenheit genutzt, um das Zimmer zu putzen, während ich weg war. Ich glaube nicht, dass ich sie davon abhalten kann, jeden Tag alle Räume zu schrubben, abzustauben und zu wischen.«

Lena legte den Kopf schief. »Was für eine seltsame Bemerkung.«

»Wieso?« Margarete runzelte die Stirn. Jemand wie Lena, die das Vokabular einer Intellektuellen, aber nicht die Allüren einer reichen Person hatte, sollte das verstehen.

»Weil ich annehme, dass Sie es gewohnt sind, ein Dienstmädchen zu haben, das sich um alles kümmert.«

Auweia! Margarete musste unbedingt vorsichtiger sein. Nicht, dass sie glaubte, Lena würde sie verraten, dennoch musste sie unbedingt über jeden Verdacht erhaben sein. »Sie sind sehr scharfsinnig. Ich habe so lange in Paris gelebt und den Haushalt meines Bruders geführt, dass es mir inzwischen seltsam vorkommt bedient zu werden.«

»Paris? Wie aufregend.« Lenas Augen leuchteten auf und ein verträumter Ausdruck huschte über ihr Gesicht. »Ich habe dort gelebt, bevor ...«

Bevor die Juden zu Untermenschen abgestempelt wurden.

Margarete sprach nicht laut aus, was sie beide wussten. »Was haben Sie dort gemacht?«

»Ich bin Journalistin und habe als Auslandskorrespondentin für einen Radiosender gearbeitet. Zumindest, bevor Goebbels beschloss, dass nur reinblütige Arier die Macht des Wortes haben dürfen, mich entließ und noch am selben Tag in ein Lager schickte.«

Margarete stieß zischend die Luft aus. Sie konnte sich nur zu gut die Bedingungen im Lager vorstellen. Aus einer Welle der Zuneigung heraus legte sie ihre Hand auf Lenas Arm. »Bei mir bist du sicher.«

»Aber du bist nicht sicher bei mir.«

Die Traurigkeit in Lenas Augen brach Margarete das Herz. Sie hatten beide eine Last zu tragen; Margarete hatte gedacht, ihre sei schwer, doch nun wurde ihr klar, dass sie im Vergleich zu dem, was Lena und all die anderen Zwangsarbeiter in der Fabrik ertragen mussten, leicht wie eine Feder war. *Ich werde es wieder gutmachen*, nahm sie sich vor.

»Kannst du mir mehr über die Fabrik erzählen?«

»Ich bin mir nicht sicher, ob du das wirklich wissen willst.«

»Glaub mir, das will ich. Vielleicht kann ich ja helfen.«

Lena schnaubte ungläubig. »Der Fabrikleiter und seine Kumpane sind grausame Sadisten. Nimm es mir bitte nicht übel, aber warum sollten die dir überhaupt zuhören?«

Margarete zuckte mit den Schultern. Sie durfte Lena nicht sagen, dass die Besitzerin der ausbeuterischen Fabrik vor ihr stand und der Betriebsleiter, zumindest theoretisch, auf sie hören musste. »Wahrscheinlich hast du recht.«

Sie saßen einige Augenblicke schweigend da, bevor Lena anfing, von ihrer Zeit in Paris zu erzählen und davon, dass sie dort berühmte Künstler wie Edith Piaf kennengelernt hatte. Die Geschichten über die vertrauten Orte machten Margarete nostalgisch und sie seufzte. »Ich vermisse ihn so sehr!«

»Deinen Mann?«

»Nein.« Margarete schüttelte den Kopf. »Meinen … Bruder. Eigentlich meine ganze Familie. Sie wurden …« *deportiert* »… bei einem Bombenangriff getötet.«

»Das tut mir so leid. Es muss der einzige Luftangriff gewesen sein, der jemals in dieser ländlichen Gegend verübt wurde, und ausgerechnet deine Familie hatte das Pech, getroffen zu werden.«

»Oh nein, das war in Berlin. Der, bei dem meine Eltern ums Leben kamen.« Die Alliierten verschwendeten keine kostbaren Bomben, um die Fische im See und die Rehe im Wald zu töten, sondern konzentrierten sich auf die Großstädte. »Danach lebte ich eine Zeitlang bei meiner Tante in Leipzig.« Margarete lächelte, als sie sich an den Aufenthalt bei Tante Heidi erinnerte. »Einmal, im Dezember, wollten wir eine Kerze kaufen, und du kannst dir nicht vorstellen, was für schreckliche Dekorationen angeboten wurden: Weihnachtsschmuck mit Hakenkreuzen oder Hitlers Konterfei.« Sie schauderte.

»Als Kind war ich oft bei meiner besten Freundin. Ihre Familie hatte den allerschönsten Weihnachtsbaum. Ich habe meine Eltern angefleht, auch einen zu besorgen, aber sie haben sich geweigert, weil wir Hanukka feiern.« Lenas Gesicht erhellte sich und Margarete ermunterte sie: »Bitte, erzähl weiter.«

»Hanukka war mein Lieblingsfest, wahrscheinlich liebt es jedes jüdische Kind, so wie ihr Christen Weihnachten liebt. Trotzdem dachte ich, es könnte noch schöner sein, wenn wir nur so einen wunderbaren Baum hätten.« Lena lachte. »So eine schöne Zeit. Alles vorbei wegen eines Verrückten.«

Es tat gut, jemanden zu treffen, der ihre Meinung teilte, also bat Margarete: »Bitte erzähl mir, wie ihr das Fest gefeiert habt.«

Lena lehnte sich auf dem Sofa zurück, schloss die Augen und begann zu sprechen, wobei beide Frauen in bessere Zeiten zurückversetzt wurden, als sie noch Kinder waren und ihre

Familien sich mit Verwandten und Freunden zu ausgelassenen Feiern trafen, die mit Lachen, Musik, Geschenken und Süßigkeiten gefüllt waren.

Margarete leckte sich die Lippen bei der Erinnerung an die köstlichen krapfenartigen *Sufganiyot*, und die *Latkes* genannten Kartoffelpfannkuchen, die ihre Mutter immer gebacken hatte. Nach dem Anzünden der Kerzen hatte ihr Vater seine Gitarre geholt, um das traditionelle Hanukkalied *Maos Zur* zu begleiten. Unwillkürlich stieß sie einen Seufzer aus und öffnete die Augen.

Lena war aufgestanden und sagte: »Der *Schehechejanu*-Segen war schon immer mein Lieblingsgebet. Selbst in diesen düsteren Tagen gibt er mir Hoffnung, einen weiteren Tag zu überleben und eines Tages all das Böse hinter mir zu lassen. Wenn du erlaubst, würde ich ihn dir gerne vortragen.« Lena schaute sie mit erwartungsvollen Augen an.

»Ich würde den Segen sehr gerne hören.«

»*Baruch atah Adonaj, Elohejnu, Melech HaOlam, schehechejanu, wekijmanu wehigianu la'seman haseh.*« Die Worte flossen aus Lenas Mund und erweckten die festliche Atmosphäre vieler glücklicher Jahre im Familienkreis, und ohne es zu merken, beendete Margarete die letzten Worte gemeinsam mit Lena: »*... wekijmanu wehigianu la'seman haseh.*«

Lena hob eine Augenbraue, kommentierte es aber nicht. Stattdessen übersetzte sie das Hebräische, und wieder einmal ertappte sich Margarete dabei, wie sie die vertrauten Worte mit ihr zusammen sagte, wobei ihrer beiden Stimmen im Einklang beteten: »Gepriesen seist Du, Ewiger, unser Gott, König der Welt, der Du uns hast leben lassen, uns erhalten hast und uns hast diese Zeit erreichen lassen.«

»Du bist Jüdin.« Es war keine Frage, sondern eine Feststellung.

Eine Träne bildete sich in Margaretes Auge, die sie wegblinzelte. Sie kämpfte mit sich selbst, ob sie das Offensichtliche leugnen oder Lena gegenüber ehrlich sein sollte, und entschied sich schließlich dafür, zumindest einer Person die Wahrheit einzuschenken. »Ja, das bin ich. Aber alle hier glauben, ich sei Annegret Huber, die Tochter eines hochrangigen SS-Offiziers.«

»Wie ist das möglich?«

»Ich war ihr Dienstmädchen. Bei einem Bombenangriff in Berlin wurde das Haus beschädigt und alle außer mir wurden getötet. Da Annegret in meinem Alter ist beziehungsweise war und mir vage ähnelt, weil sie die gleiche Haar- und Augenfarbe hat, habe ich ihre Kennkarte gestohlen. «

»Wir alle müssen schlimme Dinge tun, um zu überleben.«

»Es war ein Impuls. Ich wollte ihre Papiere nur benutzen, um aus Berlin zu fliehen, aber als ich bei meiner Tante Heidi in Leipzig ankam, überzeugte sie mich, dass es viel sicherer für mich wäre, Annegrets echte Papiere zu behalten, anstatt unterzutauchen oder falsche Papiere zu besorgen.«

»Das macht Sinn, auch wenn es schwer sein muss, sich tagein, tagaus als jemand anderes auszugeben.«

»Das ist es. Manchmal habe ich Angst, dass ich vergesse, wer ich in Wirklichkeit bin. Aber um es kurz zu machen, ich wäre fast aufgeflogen. Bis ein Gestapobeamter, der mit Annegrets Vater befreundet war, mich fand und mich für sie hielt. Er war es, der mir half, als ich untertauchen musste. Er beschaffte mir eine Reisegenehmigung für Frankreich, und nach einigen Irrungen und Wirrungen landete ich in Paris bei Annegrets Bruder Wilhelm, der mich bei sich aufnahm und vorgab, ich sei seine Schwester. Nun, bis er starb.«

»Das tut mir so leid.« Lenas Stimme war voller Mitgefühl.

»Ich habe Angst, dass ich, wenn das alles vorbei ist, zu sehr sie geworden bin, um jemals wieder ich zu sein, wenn du verstehst.«

Lena nickte ernsthaft.

Plötzlich geriet Margarete in Panik. »Bitte, Lena, du musst

mir versprechen, dass du nichts sagen wirst. Zu niemandem. Niemals.«

»Ich habe vorhin gesagt, dass du bei mir nicht sicher bist, aber sei versichert, dein Geheimnis ist es. Niemand wird jemals deine wahre Identität aus meinem Munde erfahren. Das ist das Mindeste, was ich für dich tun kann, denn ich stehe tief in deiner Schuld. Schließlich hast du mir das Leben gerettet; ich hätte keine weitere Nacht im Wald überlebt.«

»Dann bin ich froh, dass ich dich gefunden habe. Sowohl um deinetwillen als auch um meinetwillen. Es ist schön, wenigstens ein paar Mal am Tag die Wahrheit zu sagen.« Margarete fühlte sich bereits leichter. Sie hatte gar nicht gemerkt, wie sehr sie es vermisst hatte, einen Verbündeten zu haben, einen Menschen wie Tante Heidi oder Wilhelm, die um ihre wahre Identität wussten. Ohne die beiden wäre sie heute nicht hier, aber abgesehen davon, dass sie ihr das Leben gerettet hatten, hatten beide noch so viel mehr getan: Sie hatten ihr eine Verbindung zu ihrer Vergangenheit, zu ihrem wahren Ich gegeben.

Wilhelm war tot, doch Tante Heidi lebte noch. Sie hatten sich nach Margaretes Rückkehr aus Paris ein paar Mal in Leipzig gesehen, aber waren sich einig, dass es zu gefährlich war, weiterhin Kontakt zu halten, da jemand sie als Heidis jüdische Nichte identifizieren könnte.

Traurig hatte sie sich von ihrer Tante verabschiedet, bevor sie nach Gut Plaun gefahren war. Sie konnten sich nicht einmal Briefe schreiben, obwohl sie sich einige Codesätze ausgedacht hatten, die, auf eine Postkarte ohne Absender gekritzelt, die jeweils andere wissen ließen, dass es ihnen gut ging.

14

Oliver betrachtete die ankommenden Gäste mit zusammengekniffenen Augen. Es war später Nachmittag und Frau Mertens hatte angekündigt, dass in einer Stunde Kanapees serviert werden sollten. Er hasste förmliche Abendesseneinladungen und konnte sich nichts Langweiligeres vorstellen, als eine Gruppe von Gestapo- und SS-Beamten zu unterhalten.

Zu allem Überfluss hatte Frau Mertens, die ihn gut kannte, ihm befohlen, seinen Sonntagsanzug zu tragen, und das einzig Gute an dieser Veranstaltung war, dass die Haushälterin heute Morgen Dora für mehrere Stunden in sein Haus geschickt hatte, um seinen Anzug zu waschen und zu plätten. Dora war allerdings nicht wirklich zum bügeln gekommen – bis sie ihn rausgeschmissen hatte.

Gustav und seine Frau Beate waren auch eingeladen, ebenso der Pfarrer und der Bürgermeister, sowie einige andere wichtige Parteimitglieder mitsamt Ehefrauen. Das war so typisch für Annegret, ihren Reichtum zur Schau zu stellen und sich mit einflussreichen Leuten zu umgeben.

Widerwillig klopfte er einem Pferd auf den Hals und ging

nach Hause, um sich »vorzeigbar« zu machen, wie Frau Mertens angeordnet hatte. Er hoffte nur, dass die Gäste während ihres Aufenthalts auf dem Gut nicht reiten wollten, denn er hatte weder die Zeit noch die Lust, auf einen Haufen von Städtern aufzupassen.

Auf seinem Bett fand er einen Zettel in Doras akkurater Handschrift. Sie wusste, wie sehr er diese gesellschaftlichen Verpflichtungen hasste, und bot ihm eine Ausrede, um die Party früher zu verlassen.

Oliver,

verzweifle nicht. Frag einfach nach »mehr Soße« und ich werde dir beim Servieren das Essen über den Anzug schütten.

In Liebe

Dora

Es wurde ihm warm ums Herz als er ihre Nachricht las. Es war so ein selbstloses Angebot, weil sie wegen ihrer Ungeschicklichkeit Ärger mit Frau Mertens bekommen würde. Natürlich würde er ihr großzügiges Angebot nicht annehmen, doch allein die Möglichkeit es zu tun, hob bereits seine Laune. Er konnte sich wirklich keine bessere Frau wünschen als Dora.

* * *

Frisch gewaschen, rasiert und in seinem sorgfältig gebügelten Sonntagsanzug mit weißem Hemd und einer Krawatte, die ihn zu erdrosseln drohte, schritt er zum Herrenhaus und fragte sich zum wiederholten Mal, warum Annegret ihn überhaupt eingeladen hatte.

Gustav, sicher, denn er war der Gutsverwalter und würde alle Fragen zur geschäftlichen Seite zu beantworten wissen, aber er selbst? Er war nur der Gestütsleiter. *Vielleicht will sie mich einfach nur leiden sehen.* Er schalt sich für diesen Gedanken, denn sie konnte ja nicht wissen, wie sehr er diese formellen Anlässe hasste.

Als er durch die Seitentür in die Küche schlenderte und Frau Mertens grüßte, suchten seine Augen nach Dora. Kurz darauf kam sie mit einem Tablett leerer Sektflöten aus dem großen Saal, und er zwinkerte ihr zu, während er darauf wartete, dass sie an ihm vorbeiging.

»Danke für das Angebot, ich liebe dich«, flüsterte er.

»Möchtest du Champagner?«, fragte sie wie nebenbei.

»Ja, bitte.« Als sie ihm ein Glas reichte, strich er ihr wie zufällig über den Handrücken.

»Dora, beeil dich, wir brauchen mehr Kanapees«, rief Frau Mertens von der anderen Seite der Küche.

Oliver formte einen Kuss mit seinen Lippen und ging in sein persönliches Verderben nach nebenan. Die anderen Gäste waren bereits eingetroffen, lebhaftes Geplauder erfüllte den großen Raum. Mehrere Damen standen neben ihren Ehemännern, alle in glamourösen Abendroben und mit funkelnden Juwelen geschmückt. Doch als er Annegret erblickte, fiel ihm beinahe die Kinnlade herunter. Sie sah atemberaubend aus in einem smaragdgrünen Satinkleid und einer Perlenkette, von der er sich schwach erinnerte, sie öfter an Frau Huber gesehen zu haben.

Obwohl Annegret rein äußerlich wie eine echte Gutsherrin aussah, wirkte sie irgendwie deplatziert, und als sich ihre Blicke trafen, glaubte er, Unsicherheit darin zu lesen. Das war so untypisch für sie, dass er für einen Moment das Gefühl hatte, diese Frau sei eine Fremde.

Niemand sonst schien seinen Eindruck zu teilen. Im

Gegenteil, sechs Männer in Uniform umringten sie und hingen gebannt an ihren Lippen. Oliver rollte insgeheim mit den Augen über die Vorstellung, die sie veranstaltete. Es schien ihr Vergnügen zu bereiten, diese uniformierten Marionetten zu unterhalten, die nicht davor zurückschrecken würden, ihre eigenen Mütter für Führer und Vaterland zu opfern.

Der ranghöchste Offizier räusperte sich und klopfte gegen sein Glas. Er wartete, bis das Gerede verstummt war, richtete sich gerade auf und hob sein Glas in Richtung Annegret.

»Fräulein Annegret, ich denke, ich spreche im Namen von uns allen, wenn ich sage, dass wir uns freuen, hier Gast sein zu dürfen. Wir hatten unsere Bedenken, da wir Ihnen keine Unannehmlichkeiten bereiten wollten, aber durch Ihren überaus herzlichen Empfang haben wir uns vom ersten Moment an wie zu Hause gefühlt. Das gesamte Anwesen ist wunderschön, das Herrenhaus ein Beispiel für gediegene deutsche Kultur, und ich bedaure nur, dass wir aufgrund unserer geschäftlichen Verpflichtungen kaum Zeit haben werden, die örtlichen Sehenswürdigkeiten zu genießen. Aber vor allem sind Sie, liebe Gastgeberin, der Inbegriff all dessen, was eine arische Frau ausmacht: Tugend, Schönheit, Eleganz, Liebe zum Detail und ein sicheres Gespür für die Bewirtschaftung des Hauses und die Unterhaltung von Gästen. Der Führer wäre begeistert.«

Oliver richtete seinen Blick auf Annegret, von der er erwartete, dass sie geradezu in dem Lob baden würde, doch zu seiner Überraschung bemerkte er ein kaum sichtbares Zucken bei ihr, als der Gestapobeamte sie eine mustergültige arischen Frau nannte.

Doch es dauerte weniger als eine Sekunde, bevor ein liebenswürdiges Lächeln ihr Gesicht erhellte und sie dem Redner für seine freundlichen Worte dankte und dann sagte: »Das Abendessen wird jeden Moment im Speisezimmer serviert. Wenn Sie mir bitte folgen möchten.«

Oliver hatte seinen Platz neben einem jungen SS-Unterscharführer namens Thomas Kallfass. Ein stutzerhafter Mann in den Zwanzigern, der sehr bemüht war, einen guten Eindruck zu machen. Dennoch entpuppte sich Unterscharführer Kallfass als angenehmer Gesprächspartner, und bald schon fachsimpelten er und Oliver über Pferde. Da Oliver nicht davor zurückschreckte, eine Gelegenheit zu ergreifen, wenn sie sich bot, sagte er: »Herr Unterscharführer, ich weiß, dass Sie aus geschäftlichen Gründen hier sind, aber wenn Sie etwas Freizeit haben, würde ich Ihnen gerne eine Führung durch die Ställe geben.«

»Das wäre fantastisch!«

»Und wenn Sie möchten, kann ich arrangieren, dass Sie an einer Trainingseinheit mit einem der kürzlich eingefahrenen Zugpferde teilnehmen«

»Oh, das würde ich sehr gerne tun. In der Stadt komme ich nicht oft zum Reiten. Aber bitte, genug mit den Formalitäten, nennen Sie mich Thomas.« Der Unterscharführer hob sein Glas – sie waren von Champagner auf Bier umgestiegen – und Oliver stieß mit ihm an. Es stimmte, er mochte die regierende Nazipartei nicht besonders, aber er hatte schon lange aufgehört, sich über Dinge aufzuregen, die er nicht ändern konnte. Deshalb hielt er sich so gut wie möglich aus der Politik heraus. Thomas schien ein anständiger Mann zu sein, und man wusste nie, wann ein Freund in der SS nützlich sein konnte.

Ihm gegenüber saß Gustav Fischer mit seiner Frau. Gustav war während des gesamten Essens ungewöhnlich schweigsam gewesen, doch jetzt fragte er den Mann zu seiner Rechten: »Was führt Sie in unsere abgelegene Gegend?«

Der andere Mann, ein Untersturmführer, hatte bereits ausreichend Alkohol getrunken, sodass seine Nase rot glühte und seine Zunge locker war. »Streng geheim, Herr Fischer. Ich kann Ihnen nur so viel sagen: Es gibt ernsthafte Probleme mit Vaterlandsverrätern.«

»Bei Gott, ich hoffe doch nicht in Plau am See?«, erwiderte

Frau Fischer, wobei ihre Hand zu ihrer Halskette flog. Oliver konnte nicht erkennen, ob sie sich darüber aufregte, dass jemand Leute aus ihrer Heimatstadt verdächtigte, oder ob sie Angst hatte, die Verbrecher könnten ihr etwas antun.

»Wir wissen es nicht, aber ich kann Ihnen versichern, wenn es in den umliegenden Städten und Dörfern Sympathisanten gibt, die diesen Abschaum verstecken, werden wir es herausfinden.« Er stand auf, hob sein Glas und rief: »Kein Verbrechen gegen das Reich wird ungesühnt bleiben. Jeder Verräter, der anderen hilft, das Land zu verlassen, wird gefunden und gehängt!«

»Nach einem ordentlichen Verhör«, ergänzte einer der Männer mit einem grausamen Lächeln, bis er einen warnenden Blick von dem Mann erhaschte, der zuvor den Toast ausgesprochen hatte. »Aber lassen Sie uns in Gesellschaft von Damen nicht über Geschäfte sprechen.«

Annegret klopfte mit dem Löffel an ihr Glas. »Verehrte Herren, ich und mit mir die Bürger von Plau am See schätzen uns sehr glücklich, Sie bei uns willkommen heißen zu dürfen. Fühlen Sie sich wie zu Hause und wenn etwas nicht zu Ihrer vollsten Zufriedenheit ausfällt, sprechen Sie bitte mich oder die Haushälterin, Frau Mertens, an.

Meine sehr verehrten Damen und Herren aus Plau am See, ich danke Ihnen herzlich, dass Sie meiner Einladung so kurzfristig gefolgt sind. Möge jeder einzelne von Ihnen einen angenehmen Abend verbringen.«

Oliver musste ihr zugestehen, dass sie die Situation unter Kontrolle hatte und die perfekte Gastgeberin war. Freundlich, rücksichtsvoll, höflich. Deshalb hasste er sie umso mehr.

Das Gespräch wendete sich banalen Dingen zu. Oliver hörte nur mit einem Ohr zu und fragte sich, wer wohl Flüchtlinge aus Deutschland schmuggelte, und noch wichtiger, wie? Vermutlich über einen der Ostseehäfen. Stralsund etwa lag weniger als hundertfünfzig Kilometer nördlich von Plau am

See, und von dort konnte man per Schiff ins neutrale Schweden fahren.

Die Idee begeisterte ihn, nicht weil er vorhatte, aktiv Widerstand gegen das Regime zu leisten, sondern weil das Wissen um mutige Menschen, die ihr Leben riskierten, um anderen zu helfen, ihm eine innere Befriedigung gab. Insgeheim sympathisierte er mit den Juden, denn wenn die Nazis eine ganze Bevölkerungsgruppe ins Visier nehmen konnten, konnten sie auch jeden anderen zur unerwünschten Person deklarieren und verschwinden lassen. Es juckte ihn, mehr herauszufinden, aber er war klug genug, das Thema nicht noch einmal anzusprechen, um keinen Verdacht zu erregen.

Nach dem zweiten Gang kam Thomas wieder auf die Ausbildung der Pferde zu sprechen, und Oliver war nur zu gerne bereit, die Einzelheiten zu erklären. Es war ein unverfängliches Thema, mit dem er sich auskannte und zudem nicht auf der Hut sein musste, etwas politisch Heikles zu sagen. Er nutzte die Gelegenheit, um zu erläutern, wie das Training ablief und wie es mit größtem Respekt für die Tiere durchgeführt wurde, damit diese genügend Zeit hatten, sich an ihre zukünftige Aufgabe anzupassen.

Er konnte es sich nicht verkneifen, einen Seitenhieb auf die Wehrmacht einzuflechten, weil sie die Ausbildung überstürzen wollten, obwohl die Pferde mit ein paar Wochen mehr Ausbildung viel besser gegen die Härten des Schlachtfeldes gewappnet wären.

Ab und zu ließ Annegrets perlendes Lachen ihn zum Kopf des Tisches hinüberschauen, wo sie eifrig Konversation betrieb. Etwas an ihrem Lachen kam ihm seltsam vor. Es war sanft und warm und passte nicht ganz zu ihrer sonst so durchdringenden Stimme. Wieder einmal hatte er das Gefühl, eine Fremde vor sich zu haben.

Er schob den Gedanken beiseite, da er sich nicht mit der Erinnerung an das grausame Mädchen quälen wollte, das er vor so vielen Jahren gekannt hatte. Im Grunde genommen war es ihm egal, ob sie sich zwischenzeitlich verändert hatte oder nicht. Mit etwas Glück war sie bald überdrüssig, die Gutsherrin zu spielen, und würde mit ihrem Dutzend Koffern im Schlepptau nach Berlin entschweben.

Der Chef der Delegation machte Annegret ein Kompliment. Daraufhin fragte Thomas sie: »Es stimmt doch, dass Sie eine hervorragende Reiterin sind?«

»Das ist stark übertrieben.« Sie errötete leicht, als sei sie zu schüchtern, um dieses Kompliment anzunehmen.

»Seien Sie nicht so bescheiden. In meinem Zimmer hängt ein Zeitungsartikel mit einem Foto an der Wand, das Sie bei einem Reitturnier zeigt. Sie haben gewonnen, obwohl alle anderen Teilnehmer viel älter waren.« Thomas schaute sie erwartungsvoll an. Nach und nach richteten sich die Blicke aller Anwesenden am Tisch auf sie, und die Gespräche verstummten.

Annegret lächelte liebenswürdig, doch Oliver konnte sie nichts vormachen. In ihren Augen sah er nackte Angst. »Oh ... ich habe so viele Wettbewerbe gewonnen. Aber bitte, lassen Sie uns nicht über mich reden, ich bin mir sicher, dass Sie alle, meine Herren, so viel Bedeutenderes für das Reich getan haben.« Sie drehte sich um und winkte Frau Mertens zu, die nickte und kurz darauf Dora mit einer riesigen Sahnetorte hereinschickte.

Oliver wurde abgelenkt, weil sein Blick Dora folgte, wie sie die Torte anmutig auf den Tisch stellte, Stücke abschnitt und die Gäste in der Reihenfolge ihres Status bediente. Oliver war als Letzter dran, was ihm Zeit gab, Dora zu beobachten. Leider war er nicht ihr einziger Bewunderer, und sein Blut brodelte vor Wut, als er bemerkte, wie mehr als einer der Männer seiner Dora einen anerkennenden Klaps auf den Hintern gab. Wären sie nicht Funktionäre des Reiches gewesen, wäre er aufgesprungen, um ihnen einen weit weniger anerkennenden Klaps aufs Maul zu geben.

Immer noch mit starrem Blick beobachtete er, wie Gustav sich über die Lippen leckte und dabei Dora lüstern angrinste, als sie sich vorbeugte, um ihm sein Stück Kuchen zu servieren. Obwohl seine Frau direkt neben ihm saß, schaffte es Gustav, mit seinem Unterarm *versehentlich* Doras Busen zu streifen. Oliver schäumte vor Wut.

Nach dem Essen gesellte er sich für Brandy und Zigarren zu den anderen Männern, entschuldigte sich aber baldmöglichst unter dem Vorwand, er müsse am nächsten Morgen früh aufstehen, um die Pferde zu versorgen. Noch immer wütend über die Freiheiten, die sich diese Dreckskerle mit Dora genommen hatten, musste er Dampf ablassen und beschloss, eine Runde zum Stall zu drehen, bevor er schlafen ging. Im Hinterhof kam er an der privaten Treppe zu Annegrets Gemächern vorbei, die Dora erwähnt hatte. Instinktiv schaute er hinauf und bemerkte im Mondlicht einen Schatten, der sich hinter einem der Fenster bewegte. Ein breites Grinsen breitete sich auf seinem Gesicht aus, und er kämpfte gegen den plötzlichen Drang an, die Treppe hinaufzustürmen, um Dora, die vermutlich dort oben die Kissen für ihre Herrin aufschüttelte, zu sagen, wie sehr er sie liebte.

Nachdem er nach den Pferden gesehen hatte, legte er sich gerade ins Bett, als er ein Geräusch hörte. Augenblicke später öffnete sich die Haustür und leise Schritte trippelten herein.

»Dora?«, rief er.

»Ja.« Sie drehte den Schlüssel in der Tür, was sie normalerweise nie tat, und kam die Treppe hinauf.

»Ich hatte dich heute nicht erwartet. Ist die Feier schon zu Ende?«

»Nein.« Dora knöpfte ihr Kleid auf und schlüpfte neben ihm unter die Decke. »Frau Mertens hat mich weggeschickt, weil einige der Gäste ihre Hände nicht bei sich behalten konnten.«

Wieder ließ die Wut sein Blut kochen. Wenn er Dora heiraten dürfte, würde so etwas nicht mehr passieren. Verdammte Nazis und ihre Rassengesetze! »Ich sollte mich bei Frau Mertens bedanken, dass sie sich so gut um dich kümmert, obwohl das eigentlich meine Aufgabe wäre.«

Sie schmiegte ihren kalten Körper an seinen.

»Komm, lass mich dich aufwärmen, mein Liebling. Habe ich dir schon gesagt, wie sehr ich mich über deine Notiz gefreut habe? Obwohl ich dich nie in Schwierigkeiten mit Frau Mertens bringen würde, war es eine Erleichterung zu wissen, dass ich einen Ausweg habe.«

»Deshalb habe ich den Zettel ja auch geschrieben. Konntest du ihn ohne Probleme lesen?« Obwohl Dora die deutsche Sprache fast fehlerfrei beherrschte, hatte sie manchmal Schwierigkeiten mit den lateinischen Buchstaben und benutzte stattdessen die kyrillischen.

»Ich war so überwältigt von deinem Angebot, dass ich nichts weiter bemerkt habe. Und mir wurde mal wieder klar, wie sehr ich dich liebe. Mehr als ich jemals einen Menschen geliebt habe.«

»Ich liebe dich auch, Oliver.« Sie drückte sich fester an ihn, und er streichelte mit seinen Händen ihren Rücken. Als sie sich zu ihrem Hintern hinunterbewegten, kam die Erinnerung an die Klapse, die die anderen Gäste ihr gegeben hatten wieder hoch und machte ihn rasend vor Eifersucht.

Dann liebte er sie wild und heftig. Als sie erschöpft nebeneinander lagen, ihr Kopf an seiner Schulter, kehrten seine Gedanken zu Annegret und ihrem merkwürdigen Verhalten zurück.

»Fandest du es nicht auch seltsam, dass Annegret sich nicht an das Turnier erinnern konnte, das sie gewonnen hat?«

»Sie sagte, sie hätte zu oft gewonnen, um sich daran zu erinnern.«

»Genau das ist komisch. Soweit ich weiß, war es das einzige.«

»Du hast sie seit einem Jahrzehnt nicht mehr gesehen. Woher weißt du, dass sie nicht weitergeritten ist?«

»Herr Huber hat sich immer darüber beklagt, dass er in Berlin keine Pferde halten kann. Das war einer der Gründe, warum er so oft herkam. Wenn sie also kein Pferd in Berlin hatte, wie sollte sie dann an Turnieren teilnehmen?«

Dora seufzte. »Warum bist du so besessen von ihr?«

»Weil sie immer und überall Ärger macht. Ich sage dir, irgendetwas stimmt nicht mit ihr. Heute habe ich Angst in ihren Augen gesehen, als Kallfass vom Reiten sprach.«

»Vielleicht hatte sie einen Unfall?«

»Was, wenn sie nicht die ist, die sie vorgibt zu sein?«

»Was?« Dora stützte sich auf ihre Ellbogen.

»Alle sagen mir, wie nett, warmherzig und großzügig sie ist.«

»Und du betonst immer, dass das nicht stimmt.« Doras Finger spielten mit seinem Brusthaar. Normalerweise würde er sie weitermachen lassen und sie noch einmal lieben, aber die Sache mit Annegret beschäftigte ihn zu sehr.

»Heute ist mir das auch aufgefallen. Entweder hat sie sich völlig verändert, oder ... sie ist eine andere.«

»Das ist doch lächerlich. Wer sollte sie denn sonst sein? Und glaubst du nicht, dass die Leute das merken würden? Dieser Reichskriminaldirektor Richter, der mit ihr hergekommen ist... der war doch ein guter Freund ihres Vaters, seit sie im letzten Krieg zusammen gedient haben. Er würde doch sicher merken, wenn sie wirklich eine Lügnerin wäre?«

»Nicht, wenn er mit drinsteckt.« Oliver erschauderte bei seinen eigenen Worten. »Was, wenn die ganze Sache ein Trick ist? Wenn sie verdeckt für die Gestapo arbeitet? Hat dieser andere Beamte nicht gesagt, dass sie dabei sind, ein Widerstandsnetzwerk zu infiltrieren, das Menschen aus Deutschland herausschmuggelt?«

»Ach Oliver, du solltest dir nicht all diese Spionagehörspiele im Radio anhören.« Sie kicherte, wurde dann aber plötzlich still. Selbst ihre Hand auf seiner Brust bewegte sich nicht mehr. »Obwohl ... jetzt, wo du es erwähnst. Vor ein paar Tagen bin ich in ihr Zimmer gegangen, um aufzuräumen, aber sie trat mir in der Tür entgegen und ließ mich nicht reingehen. Angeblich hatte sie schreckliche Kopfschmerzen. Seitdem hält sie die Tür oft verschlossen, was sie vorher nie getan hat.«

»Ich sage dir, da geht etwas Unlauteres vor.«

»Vielleicht.« Dora zuckte mit den Schultern. »Lass uns schlafen, ich muss wegen der vielen Gäste extra früh aufstehen.«

Gegen drei Uhr morgens klingelte der Wecker. Dora gab Oliver einen verschlafenen Kuss, schlüpfte aus dem Bett und zog sich im Dunkeln an. Er setzte sich auf, fuhr sich mit der Hand durch die Haare und schwang die Beine über die Bettkante.

»Was machst du da?«, fragte sie leise.

»Ich bringe dich in dein Zimmer«, antwortete er. Nachdem er sich vergewissert hatte, dass die Verdunkelungsvorhänge zugezogen waren, schaltete er das Nachttischlicht ein. Bisher war noch kein alliierter Bomber nach Plau am See vorgedrungen, dennoch konnte man nie vorsichtig genug sein.

»Das solltest du besser nicht. Was ist, wenn einer der Gäste uns sieht? Du weißt, was passiert, wenn Frau Mertens von uns erfährt.«

»Die grapschenden Gäste sind genau der Grund, warum ich dich sicher in dein Zimmer bringen werde.«

»Die schlafen alle schon längst.« Sie schubste ihn zurück auf das Bett. »Mach dir nicht so viele Sorgen. Ich sehe dich beim Frühstück.«

»Lass mich dich wenigstens bis zur Tür bringen.« Er stand wieder auf und beobachtete, wie sie sich anzog. Ein warmes Gefühl breitete sich von seinem Herzen in seinem ganzen Körper aus. Dann begleitete er sie die Treppe hinunter, küsste sie ein letztes Mal und beobachtete sie von der Tür aus, bis sie im Herrenhaus verschwand, bevor er sich nochmal hinlegte.

15

Margarete lauschte auf Lenas regelmäßigen Atem. Das Abendessen war ein voller Erfolg gewesen, doch die Spannung in ihrem Inneren wollte sich einfach nicht lösen. Immer wieder kehrten ihre Gedanken zu dem Moment zurück, als der junge SS-Mann sie nach ihrem Turniersieg gefragt hatte. Selbst jetzt, in der Sicherheit ihres eigenen Bettes, schlug ihr Herz schneller, als sie die Schrecksekunde noch einmal durchlebte. Ihre ganze Tarnung hätte in diesem einen Augenblick aufgedeckt werden können.

Eine scheinbar harmlose Frage, die sie nicht beantworten konnte – und eine Handvoll Gestapoagenten im Raum, die darin geübt waren, Menschen zu verhören sowie zwischen den Zeilen zu lesen. Zu ihrem Glück waren sie alle in Feierlaune gewesen und hatten zu viel Alkohol im Blut gehabt, um ihren Lapsus zu bemerken.

Lena schnarchte auf der anderen Seite des Bettes und erinnerte Margarete an ihr anderes, dringenderes Problem. Sie musste unbedingt ein besseres Versteck für Lena finden. Selbst wenn die Gestapo nicht misstrauisch war, Dora wäre es sicher bald. Sie mochte ungebildet sein, aber dumm war sie nicht.

Margarete schlüpfte aus dem Bett und ging in den Salon, wo sie die Verdunkelungsvorhänge überprüfte, bevor sie das Licht einschaltete. Es war bereits halb drei Uhr morgens, und obwohl sie dringend Schlaf brauchte, kam sie einfach nicht zur Ruhe. Vielleicht würde ein Glas warme Milch ihr beim Einschlafen helfen. Ja, das war eine gute Idee. Sie kehrte in ihr Schlafzimmer zurück, zog einen Morgenmantel über das Nachthemd und stieg die Treppe hinunter in die Küche.

Als sie in absoluter Stille den langen Flur entlangschlich, um niemanden zu wecken, fühlte sie sich wie ein Dieb in ihrem eigenen Haus. *Nur dass das hier nicht wirklich mein Zuhause ist.* Das unheimliche Gefühl verstärkte sich, als sie die Küche betrat, die Frau Mertens' Reich war. Zweifellos würde die Haushälterin die fehlende Milch bemerken und möglicherweise einen der Knechte verdächtigen, Vorräte gestohlen zu haben. Sie musste Frau Mertens gleich morgen früh Bescheid sagen, damit niemand ihretwegen in Schwierigkeiten geriet.

Glücklicherweise war die Küche ähnlich organisiert wie die in Berlin, so dass es nicht lange dauerte, bis sie einen Topf, eine Tasse, einen Löffel, Milch und sogar ein Glas Honig gefunden hatte. Nachdem sie den Gasherd angezündet hatte, erhitzte sie unter langsamem Rühren die Milch, damit sie nicht gerann. Sie prüfte mit der Fingerspitze die Temperatur, schaltete den Herd aus und goss die Milch in eine Tasse.

Dann setzte sie sich an den Küchentisch und lächelte bei der Vorstellung, dass sie elegante Kleider anzog und so tat, als sei sie die Dame des Hauses, wenn ihr eigentlicher Platz im Huber-Haushalt immer als Dienstmädchen in der Küche gewesen war. Das Schicksal hatte wundersame Dinge bereitgehalten, und sie fragte sich, was wohl als Nächstes geschehen möge.

Die warme Milch beruhigte ihre Nerven, so dass sie in ihr Zimmer zurückkehrte. Doch gerade als sie einen Fuß auf die Treppe setzen wollte, erregten gedämpfte Geräusche von der anderen Seite des Flurs ihre Aufmerksamkeit. Sie hielt inne, lauschte, und da war es wieder. Ein Kratzen, das aus dem Dienstbotentrakt kam. Es war mitten in der Nacht, und um ehrlich zu sein, hatte sie Angst. Doch vielleicht war jemand in Not. *Du bist die Hausherrin, du musst nachsehen*, sprach Margarete sich Mut zu und ging in die Richtung aus der das Geräusch gekommen war.

In diesem Teil des Hauses war sie bisher nur einmal gewesen, weshalb sie im Stockdunkeln Mühe hatte, den Lichtschalter zu finden. Ihre Hand tastete sich an der Wand entlang, bis sie schließlich den glatten Kunststoff mit dem hervorstehenden Schalter fand. In der nächsten Sekunde fluteten die Deckenlampen den Flur mit grellem Licht. Ihr Mund öffnete sich zu einem stummen Schrei, als sie einen der SS-Männer seltsam gekrümmt an der Wand lehnen sah. Erst auf den zweiten Blick erkannte sie eine weitere Person, die von seinem riesigen Körper verdeckt an die Wand gepresst war.

»Was machen Sie da?«, verlangte Margarete mit schneidender Stimme.

Sein Kopf ruckte herum, und er starrte sie mit erhitzten Wangen an. Die Hand, die an der Frau gezerrt hatte, erstarrte, dennoch drückte seine andere Hand weiterhin auf ihren Mund und presste sie mit seinem Körpergewicht gegen die Wand, während sie sich ganz offensichtlich wehrte. »Bitte gehen Sie wieder ins Bett, Fräulein Annegret. Ich werde das Mädchen woanders hinbringen, damit wir Sie nicht stören.«

Margarete kannte diesen lüsternen Blick nur zu gut, denn sie war oft genug in derselben Notlage gewesen. Die schlimmen Erinnerungen ließen Übelkeit in ihr aufsteigen, so dass sie mehrmals tief durchatmen musste, bevor sie sich wieder im Griff hatte. Dann erkannte sie die zierliche Gestalt in seinem Griff.

»Sie werden mein Dienstmädchen auf der Stelle loslassen!«

Er stieß kopfschüttelnd einen spöttischen Laut aus. »Was

kümmert Sie das überhaupt? Ich habe bereits gesagt, dass ich sie in mein Zimmer schaffe und dafür sorge, dass sie keinen Mucks von sich gibt.«

»Dies ist mein Haus und sie ist meine Angestellte. Ich dulde solch ein unmoralisches Verhalten nicht.« Margarete zitterte vor Wut und Angst, obwohl sie darauf baute, dass der SS-Mann, sich nicht an seiner Gastgeberin vergreifen würde.

Er richtete sich zu seiner vollen Größe auf, wobei er ein paar Zentimeter Abstand zwischen sich und Dora brachte, ohne jedoch die Hand von ihrem Mund zu nehmen. »Hören Sie, Fräulein Annegret, es tut mir leid, wenn ich Sie geweckt habe, aber das ist doch nur eine Dienstmagd, noch dazu eine ukrainische. Diese Barbarenvölker kennen es nicht anders; sie wollen hart geritten werden. Das Flittchen hier hat es wahrscheinlich schon mit hundert Männern direkt vor Ihrer Nase getrieben.«

»Davon weiß ich nichts. Lassen Sie sie los.« Sie hielt den Atem an, bemerkte den Funken Trotz in seinen Augen und überlegte schon, mit welcher Drohung sie ihn dazu bringen könnte, ihr zu gehorchen, als er die Hände fallen ließ, einen Schritt zurücktrat, sein Hemd wieder in die Hose stopfte und den Gürtel schloss.

»Nichts passiert. Wir haben nur ein bisschen Spaß gehabt. Stimmts?« Er schaute Dora an, die zitternd wie Espenlaub an der Wand lehnte.

Margarete fragte sich, wie Frau Mertens wohl mit einer solchen Situation umgehen würde, da sie immer sehr darauf bedacht war, den Anstand der unverheirateten weiblichen Dienstboten und sogar der Tagelöhnerinnen, zu wahren. Sie versetzte sich in Frau Mertens' Haut, spürte deren Resolutheit und imitierte das Auftreten der Haushälterin: »Unter meinem Dach dulde ich so etwas nicht. Wenn Sie Geschlechtsverkehr haben wollen, schlage ich vor, dass Sie heiraten. Dies ist ein anständiger christlicher Haushalt«, sie verschluckte sich fast ob der himmelschreienden Lüge, »in dem sündiges Verhalten nicht toleriert wird. Ich hoffe, ich habe mich klar und deutlich ausgedrückt?«

»Sehr deutlich, Fräulein Annegret.«

»Und ich gehe davon aus, dass Sie Ihre Kollegen über diese Regeln informieren, damit sich ein ähnlicher Vorfall nicht wiederholt?«

»Ich werde dafür sorgen, dass meine Kollegen Bescheid wissen. Gute Nacht.« Er hatte es plötzlich sehr eilig und zwängte sich an Margarete vorbei die Treppe hinauf.

Sie stand einige Atemzüge lang perplex da, bevor sie sich Dora zuwandte, die immer noch unkontrolliert zitterte.

»Komm,« sagte sie und griff nach Doras Arm. Ihr erster Gedanke war, Dora in die Sicherheit ihrer eigenen Zimmer zu bringen, doch kaum hatte sie einen Fuß auf die Treppe gesetzt, fiel ihr ein, dass dort Lena schlief.

»Setzen wir uns. « Sie zog Dora mit sich in die Küche, wo sie die junge Frau auf einen Stuhl setzte, den benutzten Topf und den Löffel nahm, um eine weitere Tasse Milch mit einem großzügigen Klecks Honig zu erwärmen.

Dora war blass wie ein Gespenst, aber wenigstens ließ das Zittern nach, während sie regungslos dasaß und auf den kalten Ofen starrte.

»Hier, trink das.« Margarete reichte ihrer Magd die Tasse mit warmer Milch und fügte hinzu: »Du bist jetzt in Sicherheit.« Sie beobachtete Dora eine Weile schweigend und fragte schließlich: »Fühlst du dich besser?«

»Ja, Fräulein Annegret. Vielen ... vielen Dank.«

»Du musst mir nicht danken. Es war das Mindeste, was ich tun konnte.«

»Ich hatte solche Angst.«

»Die hätte jeder gehabt.« Margarete erinnerte sich an die schlimmen Dinge, die Reiner ihr angetan hatte, als sie noch das Dienstmädchen der Hubers war, und noch dazu ein jüdisches.

»Bitte, Sie werden es doch niemandem erzählen? Wenn Frau Mertens das erfährt ...«

Margarete wollte eine scharfe Erwiderung geben. Das Leben war so grausam und ungerecht. Dora war gerade beinahe vergewaltigt worden, und alles, worüber sie sich Sorgen machte, war, wie Frau Mertens reagierte? »Kein Sorge, von mir erfährt niemand etwas. Aber auch wenn ich diesen Mann weggeschickt habe, solltest du vorsichtiger sein und dein Zimmer nachts nicht verlassen, solange die Gäste hier sind.«

Dora nickte.

»Warum warst du überhaupt auf dem Flur? Ich dachte, Frau Mertens hätte dich schon vor Stunden ins Bett geschickt?«

»Ich ... konnte nicht schlafen ... und ...« Doras Gesicht leuchtete knallrot auf »... ich musste aufs Klo.« Im Gegensatz zum oberen Stockwerk gab es im Dienstbotentrakt nur ein Gemeinschaftsbad. »Danke für die Milch. Ich gehe besser auf mein Zimmer.« Dora hatte es plötzlich sehr eilig, wegzukommen.

»Ich bringe dich bis zur Tür.«

»Das ist wirklich nicht nötig, Fräulein Annegret. Mir geht es gut«, beharrte Dora, und so trennten sie sich am Fuß der Treppe. Dennoch blieb Margarete stehen und beobachtete, wie Dora in ihrem Zimmer verschwand, bevor sie das Licht im Flur löschte und die Treppe hinaufstieg, um endlich selbst schlafen zu gehen.

16

Ein Klopfen an der Tür unterbrach Gustavs Berechnungen. Er runzelte die Stirn, denn jetzt würde er alles noch einmal summieren müssen, und sagte: »Herein.«

Daraufhin öffnete sich die Tür und zwei SS-Männer traten in sein Büro. Einer von ihnen war der junge, übereifrige Bursche, der sich mit Oliver angefreundet und den ganzen Abend über Pferde gefachsimpelt hatte. »Heil Hitler, meine Herren«, grüßte er. »Was kann ich für Sie tun?«

»Sie sind verantwortlich für die Nitropenta-Fabrik?«, fragte Unterscharführer Thomas Kallfass.

»Das ist richtig. Haben Sie eine Frage?«

»Wir möchten die Produktion besichtigen.«

Gustav unterdrückte ein Stöhnen. Hatte die SS nichts Besseres zu tun, als hart arbeitende Männer wie ihn zu schikanieren? »Ich muss einen Termin mit dem Werksleiter Heinz Strobel vereinbaren, da er für die technischen Details und die Arbeiter verantwortlich ist. Ich bin nur für die Logistik und die Buchhaltung zuständig.« Er deutete auf seine Bücher.

»Na, worauf warten Sie dann noch? Rufen Sie ihn an«, forderte Kallfass.

»Mit Vergnügen.« Gustav nahm den Hörer ab und wählte die Nummer der Fabrik. Als Heinz am anderen Ende abnahm, sagte er: »Heinz, ich habe dir doch von unseren geschätzten Gästen auf dem Gut erzählt, oder? Zwei von ihnen sind gerade in meinem Büro und wünschen eine Führung durch die Fabrik.«

»Keine Führung«, unterbrach Kallfass. »Wir sind hier, um eine mögliche Sabotage zu untersuchen, weil wir zu viele minderwertige Güter erhalten haben.«

Heiße und kalte Schauer liefen Gustav über den Rücken. Er hatte immer peinlichst genau darauf geachtet, nur die Lebensmittel für die Zwangsarbeiter abzuschöpfen, nie das Rohmaterial, das für die Produktion benötigt wurde ... bis zur letzten Lieferung. Nein, das konnte nicht sein, die Endprodukte waren noch nicht einmal verschickt worden. Ein anderer Gedanke ließ ihm das Blut in den Adern gefrieren. Was, wenn die SS das Inventar überprüfen wollte und dabei feststellte, dass mehrere Tonnen Kupfer fehlten? Noch während er nickte, überlegte er, wie er Heinz oder sonst jemandem die Schuld in die Schuhe schieben konnte, und sagte ins Telefon: »Du hast es gehört, bereite alles für eine gründliche Untersuchung heute Nachmittag vor.«

Wieder unterbrach ihn dieser unverschämte SS-Unterscharführer. »Ich würde lieber sofort damit anfangen.«

Innerlich kochend legte Gustav den Kopf schief und antwortete: »Ganz wie Sie wünschen, meine Herren.« Dann bellte er ins Telefon: »Wir werden in einer halben Stunde eintreffen. Sorg dafür, dass alles picobello ist. Wir dulden keine Sabotage gegen die Kriegsanstrengungen in der Huber-Fabrik, und wer auch immer der abscheuliche Verräter ist, wird unverzüglich gehängt.« Er legte auf und modulierte seine Stimme zu einem angenehmen Ton: »Meine Herren, wenn Sie mir bitte folgen würden. Falls es Ihnen recht ist, nehmen wir unseren Lastwagen, denn der Weg zur Fabrik wird nach den starken

Regenfällen, die wir hatten, sehr matschig sein.« Er lächelte entschuldigend. »Die meisten Lieferungen kommen mit dem Zug, die Straße hat also keine Priorität.«

»Das passt schon«, sagte Kallfass.

Gustav zog Hut und Mantel an, und nahm die Schlüssel für den Lastwagen vom Schlüsselbrett neben der Tür. »Wenn Sie mir bitte folgen würden.«

»Herr Fischer, haben Sie einen Moment Zeit?« Annegret tauchte wie aus dem Nichts auf, als er gerade die Fahrertür öffnete.

»Fräulein Annegret, wenn es nicht zu dringend ist, würde ich mich heute Nachmittag um Ihr Anliegen kümmern?«

Sie sah die beiden Männer in seinem Schlepptau an, und schenkte beiden ein charmantes Lächeln. »Unterscharführer Kallfass, Sturmmann Heckel, haben Sie gut geschlafen?«

»Hervorragend, Fräulein Annegret. Vielen Dank nochmals für Ihre Gastfreundschaft.«

»Sie brauchen sich nicht zu bedanken, als gute Deutsche ist es meine vorderste Pflicht, die SS in ihrem Dienst für das Reich zu unterstützen, wo ich nur kann. Führt Herr Fischer Sie durch das Anwesen?«

»Nein, Fräulein Annegret, wir sind auf dem Weg zur Rüstungsfabrik«, sagte Kallfass, der mindestens zwanzig Jahre jünger war als sein Untergebener.

»Was für ein glücklicher Zufall.« Annegret schenkte dem jungen Mann ein strahlendes Lächeln. »Darf ich mich zu Ihnen gesellen?«

Verblüfft von ihrer Koketterie, nickte Kallfass eifrig. »Natürlich, Fräulein Annegret, mit dem größten Vergnügen.«

Gustav allerdings hatte weder Zeit noch Lust, für Annegret die Gouvernante zu spielen. Dieses Mädel täte besser daran, sich einen Mann zu suchen und ihm viele Kinder zu gebären, anstatt ihre Nase in geschäftliche Angelegenheiten zu stecken. »Ich fürchte, die Fabrik ist kein ziemlicher Ort für eine Frau.«

»Ich kann meine Stiefel und einen Mantel anziehen.«

»Außerdem ist im Führerhaus des Lastwagens nur Platz für drei.« Er musste sie unbedingt loswerden, denn er hatte genug damit zu tun, potentiell gefährliche Fragen der SS abzuwehren.

»Oh.« Sie blickte zwischen den beiden drahtigen SS-Männern hin und her, bevor sie fragte: »Hätten Sie etwas dagegen, wenn ich mich zwischen Sie quetsche? Es ist nur für eine kurze Strecke.«

Natürlich gefiel den beiden Narren diese Aussicht, also nickten sie eifrig. Gustav ballte seine Hand zu einer Faust. Wenn er dieser Frau nur ihren Platz zeigen könnte ... eine anständige Tracht Prügel täte ihr gut.

»Dann machen wir es so«, machte Gustav gute Miene zum bösen Spiel, bevor er sich hinter das Steuer setzte. Nachdem alle auf der Sitzbank Platz genommen hatten, ließ er den Motor aufheulen.

Während der fünfzehnminütigen Fahrt hinunter zur Fabrik unterhielt sich Annegret angeregt mit den beiden sabbernden Trotteln, und Gustav überlegte, dass ihre Anwesenheit vielleicht gar nicht so schlecht war. Solange die Augen der Männer auf ihre ansehnlichen Kurven gerichtet waren, waren sie vielleicht zu abgelenkt, um die Lagerbestände genau zu inspizieren.

Der Lastwagen rumpelte über Wurzeln und durch knöcheltiefe Pfützen auf dem unbefestigten Waldweg, bis die Bäume plötzlich eine Lichtung freigaben, auf der die Fabrik stand.

»Wir sind da«, erklärte er. Auf keinen Fall sollten die beiden SS-ler auf die Idee kommen, dass er die angebliche Sabotage billigte oder – Gott bewahre – daran beteiligt war. »Wir haben große Sorgfalt darauf verwandt, sie vor der Entdeckung durch überfliegende alliierte Flugzeuge zu verbergen, obwohl diese hier nur selten, wenn überhaupt, zu sehen sind.« Er deutete auf das größte Gebäude. »Dort werden die Sprengkapseln hergestellt. Wie Sie sehen, haben wir einige Bäume stehen lassen, und das Dach ist mit einem olivgrünen Tarnmuster gestrichen, um es wie Laub aussehen zu lassen.«

Er fuhr durch das Tor und parkte den Lastwagen neben dem Verwaltungsgebäude. Als er ausstieg, pirschte er sich an Annegret heran und flüsterte: »Ich habe die Missbrauchsanschuldigungen nicht vergessen und bereits Nachforschungen eingeleitet.«

Sie sah ihn dankbar an.

»Dennoch halte ich es für besser, dieses Thema nicht zu erwähnen, denn die SS hat den Ruf, manchmal sadistisch zu sein, und das könnte sie auf Ideen bringen.«

Ihr Mund formte ein erschrockenes »O«, und er konnte nicht anders, als sich selbst zu beglückwünschen.

»Bitte folgen Sie mir, meine Herren«, forderte er die beiden Männer auf.

»Wofür sind diese Bunker?« Kallfass deutete auf mehrere in den Waldboden eingelassene Stahlbetonbauten.

»Wir nennen sie Penta-Kugeln, sowohl wegen ihrer Form als auch, weil in ihnen der Sprengstoff hergestellt wird.«

»Sehr einfallsreich. Wäre es nicht einfacher, die gesamte Herstellung in der großen Halle zu machen?«

Gustav tat sein Bestes, um dem anderen Mann nicht zu zeigen, wie dumm sein Vorschlag war. »Aus rein praktischer Sicht haben Sie natürlich recht. Wir haben die Fabrikation aus Sicherheitsgründen in mehrere kleine Einheiten aufgeteilt. Im Fall einer Explosion beschränkt sich der Schaden auf den jeweiligen Bunker, während die anderen normal weiterarbeiten. Auf diese Weise hatten wir noch nie einen Produktionsrückstand, weil die anderen Arbeitsgruppen die zusätzliche Arbeit übernehmen können.«

Fräulein Annegret hielt ausnahmsweise den Mund, scheinbar überwältigt vom Anblick der Betonbauten, aber Kallfass fragte: »Haben Sie oft Unfälle?«

Nach einer internen Untersuchung im vergangenen Jahr

waren sämtliche Sicherheitsvorkehrungen abgeschafft worden, was den Gewinn deutlich erhöht hatte. »Ich kann Ihnen versichern, dass wir trotz mehrerer kleiner Explosionen pro Monat noch nie den Tod eines Deutschen zu beklagen hatten.«

»Wie das?« Heckel zog eine Augenbraue hoch.

»Wir setzen ausschließlich KZ-Häftlinge für die gefährlichen Arbeiten ein, was einen erheblichen Verschleiß zur Folge hat. Deshalb haben wir einen Dauerauftrag bei der Lagerverwaltung in Ravensbrück eingerichtet, die uns regelmäßig Ersatz schickt. Sogar im Fall eines unerwartet hohen Bedarfs an Arbeitskräften stellen sie uns innerhalb weniger Tage die gewünschte Menge zur Verfügung.«

»Was für eine clevere Idee. Damit schlagen sie zwei Fliegen mit einer Klappe.«

Gustav entspannte sich ein wenig, denn die beiden Männer schienen ihm aus der Hand zu fressen. Aber er machte sich Sorgen um Fräulein Annegret, deren Gesicht eine grünliche Färbung angenommen hatte. Frauen waren einfach zu emotional für diese Art von Geschäft. Wenn sie doch nur einsehen würde, dass sie besser damit bedient wäre, mit den Frauen im Dorf Kaffeeklatsch zu halten, anstatt sich die Hände mit Männerangelegenheiten schmutzig zu machen.

Sturmmann Heckel zog eine Zigarette aus seinem Etui. Gustav sah gerade noch rechtzeitig, wie der Dummkopf sein Feuerzeug zückte. »Halt!«

»Was?«

»Wenn Sie nicht unser erstes deutsches Opfer werden wollen, machen Sie die Flamme besser nicht an. Wie ich schon sagte, hantieren wir auf dem Gelände mit Sprengstoff. Ein Funke und die ganze Anlage könnte in Flammen aufgehen.«

»Tut mir leid.« Heckel schien ehrlich zerknirscht zu sein, was ein weiterer Pluspunkt für Gustav war. Er spürte, wie sein Selbstvertrauen stieg. Die SS war ihm nicht gewachsen.

Niemand war es. Er war der gewiefteste Geschäftsmann, den es gab.

Die Tür öffnete sich und Heinz trat heraus.

»Meine Herren, Fräulein Annegret, darf ich Ihnen den Betriebsleiter Heinz Strobel vorstellen? Er ist für alles verantwortlich, was auf dem Gelände passiert. Die Produktion, die Verwendung der Rohstoffe und die Aufsicht über die Zwangsarbeiter.« Gustav überlegte, was er noch hinzufügen könnte, um unmissverständlich klar zu machen, dass alle eventuellen Unregelmäßigkeiten auf Heinz' Konto gingen. »Außerdem ist er für die Einstellung der deutschen Vorarbeiter verantwortlich, welche die Häftlinge ausbilden und beaufsichtigen.«

Heinz war nicht der Hellste und strahlte vor Stolz über das vermeintliche Lob. »Ja, ja. Dies ist mein Reich. Alles, was in der Fabrik passiert, läuft über meinen Schreibtisch.«

»Wir würden gerne einen Blick auf die Produktion werfen«, sagte Kallfass.

»Aus Sicherheitsgründen können wir nicht in die Penta-Kugeln gehen, in denen das Nitro gekocht wird, aber ich kann Ihnen die Herstellung der Sprengkapseln zeigen.«

Kallfass runzelte die Stirn und Gustav beeilte sich hinzuzufügen: »Ich bin sicher, Herr Strobel kann arrangieren, dass wir die Produktion in einem der Bunker unterbrechen und sie ihn nach ausreichender Belüftung betreten können. Wäre das in Ordnung?«

Heinz Strobel funkelte Gustav böse an, denn es würde mindestens einen halben Tag Arbeit kosten, den Vorgang herunter- und wieder hochzufahren. Der Unterscharführer hingegen schien mit dieser Lösung zufrieden zu sein.

»Warum nennen Sie es Kochen?«, fragte Annegret.

Ihre Frage war einmal mehr ein Beweis dafür, dass Frauen in die Küche gehörten. Aber da sie die Gutsherrin war und zumindest theoretisch das Sagen hatte, machte Gustav gute Miene zum bösen Spiel. »Es tut mir leid, ich hätte keinen

Jargon verwenden sollen. Wir nennen den Vorgang Kochen, weil der kristalline Alkohol in sich drehenden Kesseln mit Salpetersäure vermischt wird, ähnlich wie ein Koch einen Teig anrührt.«

Sie zuckte zusammen, als ob sie etwas Ätzendes angefasst hätte. »Was passiert, wenn ein Tropfen dieser Mischung auf die Haut kommt?«

»Das Zeug brennt sich bis zum Knochen durch«, antwortete Gustav. »Und genau aus diesem Grund müssen wir die Produktion herunterfahren und den Bunker gründlich lüften, bevor jemand hineingehen kann.«

»Wie wird die Flüssigkeit gemischt, wenn niemand hineingehen kann?«

Er zog die Stirn in Falten. War sie wirklich so dumm? »Das übernehmen die Zwangsarbeiter.«

»Benutzen sie dafür spezielle Schutzkleidung, Handschuhe zum Beispiel?«

Gustav warf den beiden SS-Männern einen verzweifelten Blick zu, der verdeutlichen sollte, wie sehr er sich mit dieser einfältigen Gutsherrin abmühte, und den beiden gleichzeitig klarmachen sollte, wer der wirkliche Entscheidungsträger auf dem Huber-Anwesen war und mit wem sie zu verhandeln hatten. »Wie ich bereits erklärt habe, setzen wir für gefährliche Arbeiten ausschließlich Häftlinge ein.«

»Wenn Sie mir bitte folgen würden.« Herr Strobel winkte die Besucher weiter. Durch eine Art Lagerraum betraten sie die Haupthalle. »Aus Sicherheitsgründen muss jeder Besucher Schutzkleidung tragen.« Er reichte ihnen jeweils Überschuhe, einen Mantel, einen Helm und eine Schutzbrille. Fräulein Annegret sah in ihren viel zu großen Sachen verloren aus.

»Ich fürchte, wir sind auf weibliche Besucher nicht vorbereitet. Möchten Sie lieber draußen warten? Es muss für Sie sehr unbequem sein.«

»Nein, danke. Dazu bin ich viel zu neugierig.« Fräulein

Annegret grinste wie ein Kind an Heiligabend, und er fragte sich, was sie wohl zu finden erwartete.

Strobel führte die Gruppe in die Fertigungshalle, an mehreren Montagestationen vorbei, begrüßte die Vorarbeiter und erklärte den Produktionsablauf. Gustav blieb immer ein paar Schritte hinter ihm.

Annegret pirschte sich an ihn heran. »Herr Fischer, ich weiß, dass Sie nur für die Logistik und so etwas zuständig sind, aber warum gibt es in der Fabrik keine Schutzkleidung für Frauen?«

»Sie sind unser erster weiblicher Besucher. Hätte ich das vorher gewusst, hätte ich natürlich eine passende Ausrüstung besorgt.«

»Danke, das ist sehr nett. Aber ich habe nicht mich selbst gemeint, sondern all die anderen Frauen.«

Er blickte sich in der Fabrikhalle um und fragte sich, ob sie halluzinierte. »Welche Frauen?«

»Die Zwangsarbeiterinnen.«

»Die Zwangsarbeiterinnen?« Gustav verbarg seinen Schock und blickte auf eine Gruppe klappriger Gestalten an der Montagestation neben ihnen. Ihre Köpfe waren geschoren und sie trugen schlechtsitzende Gefängniskutten sowie Holzschuhe, wenn sie überhaupt Schuhe anhatten. Ihre verhärmten Gesichter und die ausgehöhlten Augen verstärkten das erbärmliche Erscheinungsbild und ließen sie eher wie Vogelscheuchen als echte Menschen aussehen. »Das sind Juden. An die verschwenden wir keine teure Schutzkleidung.«

Annegret schwankte leicht, und er ergriff ihren Arm, um sie zu stützen. Sie hatte eindeutig ein zu gütiges Herz, wenn sie selbst mit diesen Untermenschen Mitleid empfand.

17

Beim Anblick der bedauernswerten Frauen wurde Margarete schwindelig und sie fragte sich, wie Herr Fischer so ungerührt bleiben konnte. Zu ihr war er stets freundlich, aber jetzt schien es, als ob er diese Frauen nicht einmal als Menschen betrachtete.

Die Erkenntnis traf sie wie ein Schlag in die Magengrube und sie krümmte sich. Für die Nazis waren die Juden keine Menschen. Sie waren Ungeziefer, genauso lästig wie Kakerlaken oder Mücken. Man brauchte kein Mitleid mit ihnen zu haben, denn wer hatte schon ein schlechtes Gewissen, wenn er eine Kakerlake unter seinem Stiefel zertrat?

Sie konnte sich nicht erklären, wie und wann Hitler es geschafft hatte, die Wahrnehmung eines ganzen Volkes dahingehend zu verändern, dass es seine Landsleute tatsächlich als eine Plage betrachtete, die es verdienten schlecht behandelt zu werden.

Zumindest wurde jeder Zweifel zerstreut, ob Lena aus dieser Fabrik geflohen war, denn die Frauen, die die Sprengkapseln produzierten, trugen die gleiche Gefängniskleidung und waren ebenso ausgemergelt. Mit einem Mal wusste Margarete, dass sie genau hier und jetzt ihre Aufgabe gefunden hatte. So wahr ihr Gott helfe, würde sie im Leben dieser elenden Menschen etwas Gutes bewirken.

Während der restlichen Führung überlegte sie, wie sie das Leid der Häftlinge lindern könnte. Am Ende gab sie mit einem Seufzer der Erleichterung ihre übergroße Schutzkleidung zurück und verließ eilends die Fabrikhalle. Draußen brach die Mittagssonne durch die Baumkronen, die in verschiedenen Gelb-, Orange- und Rottönen schimmerten.

Die Schönheit der Landschaft stand in krassem Gegensatz zu den Schrecken der Hölle, die sie gerade hinter den Betonmauern beobachtet hatte. Fischer und Strobel unterhielten sich angeregt mit den SS-Männern, die Margaretes Existenz offenbar vergessen hatten, wofür sie dankbar war, denn sie wäre nicht in der Lage gewesen, sich auf ein höfliches Gespräch einzulassen. Ihr Herz war angesichts der Notlage ihrer jüdischen Mitbürger in Millionen Stücke zerbrochen.

Gerade als sie zum Lastwagen zurückkehrten, sah sie eine Gruppe von Männern, die eine mit glänzendem Metall gefüllte Lore über den Hof zogen. Sie musste extrem schwer sein, denn die vier Männer schoben und zogen sie im Schneckentempo über den gekiesten Hof.

Ein Mann in Zivil kam auf die Gefangenen zu, brüllte etwas und schwang seine Peitsche. Daraufhin warfen sie sich verzweifelt gegen den Wagen, damit er schneller fuhr. Sekunden später drehte einer der Häftlinge den Kopf und schaute ihr in die Augen. Nur für einen Sekundenbruchteil. Aber es war lang genug. Margaretes Herz setzte aus. Sie kannte dieses Gesicht.

18

Das konnte unmöglich wahr sein. Sie musste sich das einbilden. Onkel Ernst war gen Osten deportiert worden. Doch er hatte sie auch erkannt, denn seine Augen weiteten sich vor Schreck. Er schaute schnell weg und dann wieder zu ihr, seine initiale Freude verwandelte sich dabei in Traurigkeit.

Der ganze Austausch hatte nicht länger als zwei Sekunden gedauert, aber er schien Margaretes ganzes Wesen zu verändern. Keiner ihrer Begleiter hatte mitbekommen, was gerade passiert war, so sehr waren sie in ihr Gespräch vertieft.

Erst jetzt bemerkte Herr Fischer, dass sie stehen geblieben war und rief ihr zu: »Fräulein Annegret. Fühlen Sie sich nicht wohl?«

»Nein, nein.« Sie schüttelte den Kopf. Die Häftlinge hatten ihre Ladung bereits weiter in Richtung des Eingangs zur Fabrikhalle geschoben, aber sie hatte das vertraute Gesicht immer noch vor Augen. Wie war das möglich?

Zurück auf dem Gutshof empfing Frau Mertens sie im Foyer und kündigte an, dass das Mittagessen jederzeit im Speisesaal serviert werden könne. Margarete war jedoch der Appetit vergangen und sie entschuldigte sich. »Meine Herren, bitte fangen Sie schon mit dem Essen an und warten Sie nicht auf mich. Ich muss mich frisch machen und werde erst später essen.«

Die Männer waren entweder zu höflich oder zu hungrig, um zu protestieren. Margarete stieg so tief in Gedanken die Treppe zum oberen Stockwerk hinauf, dass sie mit einem Gestapobeamten zusammenstieß, der aus dem Zimmer neben ihrem kam.

»Pardon«, sagte sie, während er sie geistesgegenwärtig vor einem Sturz bewahrte, indem er sie am Ellbogen festhielt. Er war in den Fünfzigern, hatte graumeliertes Haar und war der Chef der Gruppe.

»Nicht doch, Fräulein Annegret, es war mein Fehler, ich hätte besser achtgeben sollen, als ich mein Zimmer verließ. Sind Sie verletzt?«

»Nein, es geht mir gut«, sagte sie, doch der nächste Schritt belehrte sie eines Besseren. Ihr Knöchel brannte so sehr, dass sie ihn kaum belasten konnte.

»Verehrtes Fräulein, ich kann sehen, dass es Ihnen nicht gut geht. Lassen Sie mich Ihnen wenigstens auf Ihr Zimmer helfen.« Da er es gewohnt war, seine Anordnungen durchzusetzen, schlang er stützend einen Arm um ihre Taille, während er sie ein paar Schritte den Flur entlang führte.

»Vielen Dank«, sagte sie, als sie ihr Zimmer erreichten. »Ich komme jetzt allein zurecht.«

Aber er hörte nicht auf sie, sondern schwang die Tür so weit auf, dass er den Salon, sowie einen Teil ihres Schlafzimmers durch die einen spaltbreit geöffnete Tür sehen konnte. Zum zweiten Mal an diesem Tag blieb ihr das Herz stehen, als sie sich ausmalte, was passieren würde, wenn er Lena entdeckte. Doch ein Klicken Sekunden später verriet, dass Lena sich im Kniestock versteckt hatte. Weil sie nicht den ganzen Tag dort drin bleiben konnte, hatten sie eine Möglichkeit gefunden, den Riegel von innen zu öffnen und zu schließen, und vereinbart, dass sie sich versteckte, sobald sie die Tür zum Flur hörte.

Zum Glück war der Gestapobeamte zu sehr damit beschäftigt, Margarete zum Sessel am Fenster zu führen, um das Geräusch zu bemerken. Vorsichtshalber sagte sie lauter als nötig: »Vielen Dank, Herr Kriminalkommissar. Ich komme schon zurecht.«

»Sind Sie sicher, dass ich keinen Arzt rufen soll?«, fragte er mit sorgenvoller Miene, während er ihren Knöchel auf einem Hocker abstützte.

»Das ist wirklich nicht nötig. Wenn der Schmerz nicht in ein paar Minuten nachlässt, soll mein Dienstmädchen den Arzt rufen.«

»Wenn Sie sicher sind, dass Sie nichts brauchen, sollte ich wohl gehen und Sie ausruhen lassen.«

»Nochmals vielen Dank für Ihre Hilfe«, erwiderte Margarete und beobachtete erleichtert, wie er das Zimmer verließ und die Tür mit einem hörbaren Rums hinter sich schloss.

»Er ist weg. Ich bin allein«, rief sie und kurz darauf steckte Lena ihren Kopf durch die Verbindungstür.

»Was ist passiert?«

»Ich bin gestolpert und habe mir den Knöchel verstaucht.«

»Lass mich mal sehen.« Lena wartete nicht auf eine Antwort, sondern kniete sich neben Margarete und berührte den Knöchel mit sanften Fingern. »Ich glaube, er ist nicht gebrochen, aber es könnte ein paar Tage lang wehtun. Ich mache dir einen kalten Umschlag.« Sie verschwand so leise, wie sie gekommen war, und ließ Margarete in einem Aufruhr der Gefühle zurück.

Die Sache wäre heute um ein Haar schief gegangen. Wäre der Kriminalkommissar nicht damit beschäftigt gewesen, ihr zu helfen, wäre er bei dem Klicken sicher misstrauisch geworden, und es brauchte kein Genie, um die Tür zum Versteck zu finden. Dann stand nicht nur Lenas Leben auf dem Spiel.

Sie musste unbedingt ein besseres Versteck finden.

Lena kam mit einem nassen Handtuch zurück und wickelte es um ihren Knöchel. »Du solltest vielleicht einen Arzt rufen.«

»Nein. Solange du hier bist, kommt lieber niemand herauf.«

»Ich werde verschwinden, es ist zu gefährlich.«

Damit hatte Lena zwar recht, dennoch schüttelte Margarete den Kopf. »Draußen ist es für dich noch gefährlicher. Wo willst du überhaupt hin?«

»Ich weiß es nicht. Irgendwie werde ich es schon schaffen.«

»Das ist töricht. Du bleibst hier, bis ich etwas anderes für dich gefunden habe, und das ist mein letztes Wort.«

Lena lachte. »Du bist nicht nur freundlich, sondern auch entschlossen. Vielleicht hat dich eine höhere Macht dazu bestimmt anderen zu helfen.«

»Diese höhere Macht war dann wohl Wilhelm«, sagte Margarete traurig.

»Dein vorgeblicher Bruder?«

»Ja. Aber er war so viel mehr als das. Zuerst hatte ich Angst vor ihm, ich verabscheute ihn geradezu, aber dann stellte sich heraus, dass er ein guter Mann war und ich verliebte mich in ihn. Kannst du dir das vorstellen? Eine Jüdin, die sich in einen Nazi verliebt?«

»Das kann ich ehrlich gesagt nicht.« Lena seufzte. »Ich habe zu viel unter ihnen gelitten, und keiner von ihnen hat mir jemals auch nur ein freundliches Wort gesagt. Nicht, bis ich dich kennengelernt habe.«

»Aber ich bin doch kein Nazi!«, protestierte Margarete.

»Nein, du tust nur so. Aber ich hatte trotzdem Todesangst, als du mich gefunden hast.«

»Das tut mir leid.«

»Du musst dich nicht entschuldigen, schließlich hast du mir das Leben gerettet.«

Margarete nahm Lenas Hand. »Ich fühle mich so schuldig

für alles, was dir widerfahren ist und dass ich nichts dagegen unternommen habe.«

»Was hättest du schon tun können, du bist ja weder eine von Hitlers engsten Vertrauten noch der Werkleiter.«

Aber mir gehört die Fabrik.

In diesem Moment öffnete Dora die Tür, den Eimer mit dem Putzzeug in der Hand. Als sie sah, dass Margarete Besuch hatte, knickste sie mehrmals und sagte sichtlich beunruhigt: »Es tut mir sehr leid, Fräulein Annegret. Bitte verzeihen Sie mir, ich hätte vorher anklopfen sollen. Ich werde zu einem günstigeren Zeitpunkt wiederkommen.« Doch im nächsten Moment fiel ihr Blick auf Margaretes bandagierten Knöchel und sie rief aus: »Sie sind ja verletzt. Soll ich Frau Mertens bitten, den Arzt zu rufen?«

»Das ist nicht nötig, wirklich nicht«, protestierte Margarete.

Jetzt betrachtete Dora Lena, die immer noch an Margaretes Seite kauerte, genauer und stieß einen spitzen Schrei aus. Um Schlimmeres zu verhindern, sprang Margarete auf und stieß einen Fluch aus, als sie ihren verstauchten Knöchel belastete. Aber sie hatte keine Zeit für Schmerzen, denn sie musste eilends die Tür zum Flur verriegeln, damit nicht noch jemand, aufgeschreckt durch den Schrei, hereinkam. Auf weitere böse Überraschungen konnte sie gut verzichten.

Dora schaute wie eine verängstigte Maus zwischen ihrer Herrin und Lena hin und her, ganz offensichtlich unsicher wie sie reagieren sollte. »Wer ist das?«

Sie sah geradezu komisch aus, wie sie mitten im Raum stand, den Wischmopp wie ein Schwert gezückt, bereit, den Eindringling zu erdolchen, wohingegen Lena mit erhobenen Händen auf dem Boden hockte.

»Kein Grund zur Aufregung«, sagte Margarete in einem Versuch die Wogen zu glätten.

Dora drehte sich halb zu ihr hin, um sie anzusehen, während sie gleichzeitig Lena mit ihrem Wischmopp in Schach hielt. »Wir müssen die Polizei rufen. Diese Person hat eines ihrer Kleider gestohlen.«

Bevor Dora etwas Unüberlegtes tun konnte, stellte sich Margarete zwischen sie und den Ausgang zur privaten Treppe. Es war eine gefährliche Situation, doch sie hatte nicht die geringste Ahnung, wie sie sich daraus befreien konnte.

»Bitte, Dora. Diese Frau ist keine Diebin. Ich habe sie verletzt im Wald gefunden und sie hergebracht.«

»Aber warum haben Sie nicht ...« Dora hielt mitten im Satz inne, und ihre Augen wurden groß wie Untertassen. »Sie ist ein Häftling ... oh du lieber Gott!«

Margarete hielt es für das Beste, nicht zu erwähnen, dass Lena nicht nur eine entflohene Gefangene, sondern auch eine Jüdin war, da sie nicht wusste wie Dora darauf reagieren würde. Selbst die sanftmütigsten Menschen konnten im Angesicht eines Juden eine Tirade über die Schlechtigkeit des Weltjudentums loslassen. »Sie ist eine Fremdarbeiterin, genau wie du. Sie ist geflohen, weil ihr Arbeitgeber sie misshandelt hat. Wenn wir die Polizei rufen, wird man sie sicher zu ihm zurückschicken – oder sie wegen Ungehorsams in ein KZ schicken.«

Doras Augen hüpften frenetisch zwischen ihrer Herrin und dem Eindringling hin und her, den Wischmopp noch immer in der Hand, bis sie offenbar entschied, dass die abgemagerte Frau keine Gefahr darstellte. Ihre Hand sank und sie fragte: »Woher kommst du?«

Margarete stockte der Atem, doch noch während sie sich eine Antwort zurechtlegte, kam Lena ihr zuvor. »Ich bin aus Frankreich.«

»Französin?« Dora schüttelte ungläubig den Kopf.

»*Oui*, isch `eiße Lena«, antwortete sie mit einem starken und sehr authentischen französischen Akzent. »Das Arbeitsamt in Frankreich hat mir versprochen, dass ich genug Geld verdiene, um meine Familie zu Hause zu unterstützen, wenn ich für das Reich arbeite. Ich kam als Dienstmädchen hierher, genau wie du, aber mein Arbeitgeber hatte andere Vorstellungen davon, welche Art von Dienstleistungen er von mir erwartet. Bitte lass nicht zu, dass sie mich zu ihm zurückschicken!«

Dora schien mit sich zu kämpfen, also krempelte Lena einen Ärmel hoch und zeigte ihren nackten Arm, der mit runden Brandwunden und langen roten Narben übersät war.

Bleich wie ein Bettlaken machte Dora einen taumelnden Schritt zurück. »Ich werde nicht. Ich bin nicht ...« Sie wandte sich wieder Margarete zu und sah sie hilfeheischend an. »Fräulein Annegret, ich werde es niemandem sagen, aber sie kann nicht hierbleiben. Wir haben das Haus voller Gäste von der Gestapo und SS, und Gott allein weiß, was mit Ihnen, mit uns allen, passieren wird, wenn sie herausfinden, dass sich eine entflohene Fremdarbeiterin in Ihren Zimmern versteckt.«

Und wenn sie herausfinden, dass sie eine Jüdin ist, werden wir alle wegen Hochverrats gehängt. »Ich habe schon über ein besseres Versteck nachgedacht, aber da ich erst seit so kurzer Zeit hier bin ...« Es war vielleicht ein Fehler, Dora einzuweihen, doch Margarete hatte keine andere Wahl. Dora wusste bereits über Lena Bescheid, und sie zu einer Komplizin zu machen, könnte sich sogar als vorteilhaft erweisen. Wenn sie sich nicht auf Unwissenheit berufen konnte, wäre sie eher geneigt, den Mund zu halten. »Vielleicht weißt du einen geeigneten Ort?«

»Ich?« Dora wich zurück, als wolle sie in der Wand verschwinden. »Ich bin nur ... ich meine ... ich kenne niemanden ... oder ...«

»Du kennst jeden Winkel des Anwesens und seiner Nebengebäude. Gibt es irgendwo ein gutes Versteck?«

Lena, die dem Gespräch schweigend zugehört hatte, mischte sich nun ein. »Bitte, das läuft aus dem Ruder und ich möchte euch beide nicht in Gefahr bringen. Sobald es Nacht ist, werde ich verschwinden.«

»Nein! Es ist schon fast November und jede Nacht sinken die Temperaturen tiefer. Wie willst du überleben, wenn der Winter mit Frost und Schnee kommt? Was wirst du essen? Womit wirst du dich warmhalten?«

»Ich werde mein Glück versuchen.«

»Du wirst sterben. Und das werde ich nicht zulassen! Ich werde alles in meiner Macht Stehende tun, um dich am Leben zu erhalten.«

Ein herzerwärmendes Lächeln ging über Lenas schöne Züge, als sie dankbar nickte.

»Wenn sie woanders hingehen soll, braucht sie Schuhe«, sagte Dora mit einem Blick auf Lenas nackte Füße.

»Ich weiß, aber meine sind ihr viel zu klein.« Selbst mit genug Geld und Kleiderkarten war es fast unmöglich Schuhe zu kaufen.

»Und einen Hut, damit ihr geschorenes Haar sie nicht verrät.«

Wieder nickte Margarete und spürte, wie sich Resignation in ihr breit machte. Lena zu verstecken war viel schwieriger, als sie anfangs gedacht hatte – wie im Übrigen alles, was sie im letzten Jahr unternommen hatte. Auf jede spontane Idee war eine Fülle von kniffligen Details gefolgt, die es zu lösen galt. Das war, gelinde gesagt, ermüdend. An Tagen wie heute war ihr Durchhaltevermögen aufgebraucht. Selbst mit all ihrem Geld und sozialem Status hatte sie nicht die Macht, die Welt zu einem besseren Ort zu machen. Sie stieß einen tiefen Seufzer aus. *Wann wird das alles ein Ende haben?*

»Bitte, verzweifeln Sie nicht, Fräulein Annegret. Ich werde sehen, ob ich in der Kleiderkammer für die Knechte etwas finden kann. Es ist sogar besser, wenn sie sich als Mann ausgibt. Dann vermutet niemand, dass sie die entlaufene Fremdarbeiterin ist.«

Die Aussage versetzte Margarete einen Stich ins Herz, denn es existierte keine entlaufene Fremdarbeiterin, sondern eine Gefangene aus der Fabrik. Ihrer Fabrik. Sie schob den Gedanken an die Ereignisse von heute Morgen beiseite, weil sie sich nur auf ein Problem gleichzeitig konzentrieren konnte. Wenigstens hatte sie bei diesem nun Doras Hilfe. Als sie die erwartungsvollen Blicke der beiden Frauen auf sich spürte, riss sie sich zusammen. »Nun gut. Dora, du besorgst Kleidung und Schuhe, aber bring sie nicht vor Einbruch der Dunkelheit hierher. In der Zwischenzeit gehe ich nach unten und unterhalte unsere Gäste. Später werde ich meinen Nachmittagskaffee hier oben einnehmen. Bring so viel Essen wie möglich, ohne dass Frau Mertens Verdacht schöpft. Und du, Lena, gehst am besten wieder ins Schlafzimmer und wagst dich nie wieder in den Salon, denn wir wollen kein Risiko eingehen.«

19

Margarete zählte nervös die Minuten bis zum Ende der Mahlzeit. Obwohl sie hungrig war, konnte sie sich nicht dazu zwingen, etwas zu essen. Es war dumm, dennoch fühlte sie sich schuldig, weil sie so viel zu essen hatte, während Lena im oberen Stockwerk am Verhungern war – ganz zu schweigen von ihrem Onkel, den sie in der Fabrik gesehen zu haben glaubte.

»Fräulein Annegret, was würden Sie empfehlen?« Die Frage eines der Männer holte sie in die Gegenwart zurück.

»Es tut mir sehr leid, wonach genau suchen Sie?«

»Sehenswürdigkeiten in der Stadt. Ein architektonisches Werk von besonderer Schönheit vielleicht?«

Sie riss sich zusammen, entschlossen, sich nicht wieder ablenken zu lassen. »Nun, Sankt Marien ist ein sehr imposantes Bauwerk, und ich bin sicher, dass der Priester Ihnen gerne Hintergrundinformationen geben wird, wenn Sie ihn darum bitten. Allerdings«, sie hatte den Eindruck, sie müsse mehr als nur Plattitüden von sich geben, »schlendere ich am liebsten durch die kopfsteingepflasterten Straßen rund um die alte Burg. Sie werden die Fachwerkhäuser sehr charmant finden.

Und natürlich ist die Hubbrücke eine technische Meister-
leistung.«

»Was ist mit dem See? Haben Sie vielleicht eine Empfeh-
lung für ein abgelegenes Plätzchen zum Baden?« Das anzüg-
liche Grinsen verriet, an welche Art von Baden er dachte,
dennoch zog Margarete es vor, sein Verhalten nicht zu rügen.

»Zu dieser Jahreszeit wäre es doch ziemlich kalt, oder?« Aus
den Augenwinkeln bemerkte sie, wie Kriminalkommissar
Becker den Mann anfunkelte und kurz den Kopf schüttelte.

Das Gespräch wandte sich langweiligen Diskussionen über
diesen oder jenen Feldzug zu, bis es sich auf die Schlacht um
Stalingrad konzentrierte, welche die Gemüter erhitzte. Sie
beobachtete amüsiert, wie jeder der Männer versuchte, eine
qualifizierte Meinung zu äußern, ohne dabei den Eindruck zu
erwecken, er kritisiere den Führer in irgendeiner Hinsicht.

Sie hätte lieber gehört, dass die Männer über die Fabrik und
das, was sie dort gesehen hatten, sprachen, aber anscheinend
war das im allgemeinen Weltgeschehen viel zu unwichtig, und
sie traute sich nicht, danach zu fragen, um keinen Verdacht zu
erregen. Deshalb zwang sie sich, charmant zu lächeln, ballte
jedoch unter dem Tisch die Hände zu Fäusten. Für die
Zwangsarbeiter waren die Arbeitsbedingungen eine Sache von
Leben und Tod.

Nach dem Essen entschuldigte sie sich und ging nach oben,
um nach Lena zu sehen. Sie fand sie schlafend im Kniestock.
Der Anblick der abgemagerten Frau mit den Narben auf den
Armen brach ihr wieder einmal das Herz. Einige Zeit später
klopfte es an der Tür, was Doras Rückkehr ankündigte.

Das Dienstmädchen betrat den Salon mit einem Tablett,
das mit Butterbroten und süßen Hefeteilchen beladen war.
»Fräulein Annegret, ich habe Kaffee und Kuchen gebracht,
genau wie Sie gewünscht haben.« Doras Miene hatte einen
verschwörerischen Ausdruck an. »Frau Mertens hat gefragt, ob
Ihnen das Mittagessen nicht geschmeckt hat?«

»Sag ihr bitte, dass mir nach dem Besuch der Fabrik übel war und es nichts mit ihrem Essen zu tun hatte.«

»Sie haben die Fabrik besucht?«

Margarete schaute in Doras erstauntes Gesicht. »Du weißt davon?«

»Nun, ja. Das ist kein Geheimnis. Herr Fischer hat uns erklärt, dass dort Sprengstoff hergestellt wird, und er hat sehr deutlich gemacht, dass sich wegen der Explosionsgefahr niemand auf das Gelände begeben darf. Er sagte, ein falscher Schritt kann eine Detonation auslösen, die das gesamte Gelände, einschließlich des Herrenhauses und der Ställe, niederbrennen könnte.« Dora schaute geradezu panisch.

Margarete seufzte. Es war lobenswert von Herrn Fischer, die Angestellten vor Schaden zu bewahren, obwohl er für ihren Geschmack die möglichen Gefahren etwas zu dick aufgetragen hatte. Ihr und den SS-Männern hatte er erklärt, dass etwaige Schäden durch separate kleine Bunker für die Sprengstoffherstellung eingedämmt wurden.

Möglicherweise befürchtete er, dass die Knechte, zumeist ungebildete Bauernburschen, andernfalls versuchen könnten, dem Nervenkitzel nachzujagen, und die Herstellung des Sprengstoffs aus der Nähe zu beobachten. Sie dachte an ihre beiden älteren Brüder, die in ihrer Kindheit immer dumme und gefährliche Dinge getan hatten. Kurt, der Älteste, ein veritabler Aufrührer, hatte sich von Anfang an gegen die zunehmenden Schikanen gegenüber den Juden aufgelehnt und war nach einer heftigen Schlägerei mit mehreren Knaben der Hitlerjugend ins KZ Dachau geschickt worden.

Oswald hingegen war immer der Vernünftigere gewesen. Aber nachdem sein Bruder in ein Konzentrationslager geschickt worden war, hatte er völlig den Verstand verloren und seine Wut an den durch die Straßen ziehenden Braunhemden ausgelassen. Das führte nicht nur zu einer blutigen Nase, sondern auch zu einer grausamen Folterung in einem inoffiziellen Gefängnis und schließlich zu seiner Deportation in ein Arbeitslager. Das passierte noch bevor ihre Eltern letztes Jahr deportiert worden waren und kurz bevor sie selbst Annegrets Identität angenommen hatte.

Ihr Herz zog sich schmerzhaft zusammen bei dem Gedanken, dass sie unter denselben schrecklichen Bedingungen litten, die in ihrer eigenen Fabrik herrschten. Wieder einmal drängte sich das vertraute Gesicht von Onkel Ernst, dem jüngeren Bruder ihres Vaters und Tante Heidis Mann, in ihre Gedanken. Sie schüttelte heftig den Kopf, weil sie sich weigerte zu glauben, dass er es gewesen sein könnte, den sie mit dem schweren Grubenwagen gesehen hatte. Er war viel zu alt und gebrechlich für eine so knochenharte Arbeit. Nein ... ihr Verstand hatte ihr einen Streich gespielt.

»Geht es Ihnen nicht gut, Fräulein Annegret?«, unterbrach Dora ihre Gedanken.

»Doch, doch. Du kannst jetzt gehen. Komm heute Abend mit den Sachen für Lena her, aber pass auf, dass dich niemand sieht.«

»Ich habe mir schon eine Ausrede ausgedacht. Wenn Sie bei Frau Mertens anrufen, dass Sie Kaffee über das Bett verschüttet haben, wird sie mich in die Wäschekammer schicken, um frische Laken zu holen. Darin kann ich die Kleidung einwickeln, und niemand wird etwas merken, selbst wenn irgendwer mich zufällig sehen sollte.«

»Das ist eine hervorragende Idee. So machen wir es! Um wieviel Uhr soll ich Frau Mertens anrufen?« Margarete war ungemein froh, eine Komplizin zu haben, insbesondere da Dora viel schlauer war, als ihre bescheidene Schulbildung vermuten ließ.

Ein verlegenes Lächeln breitete sich auf Doras Gesicht aus. »Vielen Dank, Fräulein Annegret. Ich habe schon passende Kleidung gefunden und in der Waschküche verstaut. Wenn Sie kurz nach dem Nachmittagskaffee anrufen, wäre das sehr glaubwürdig, meinen Sie nicht?«

Wieder machte der Vorschlag Sinn. »Dann machen wir es so.« Margarete blickte in die schönen, dunkelbraunen Augen ihrer Magd. »Du weißt, dass das gefährlich ist? Und dass du das nicht tun musst, nicht wahr?«

»Ich möchte Lena helfen. Sie muss so viel gelitten haben.« Doras Augen verdunkelten sich, und Margarete hatte den Eindruck, dass sie selber genug Missbrauch durch Männer erlebt hatte, die glaubten, sich von einer Frau nehmen zu können, was sie begehrten. *Willkommen im Club*, dachte sie traurig.

»Nur für den Fall, dass jemand etwas herausfindet: Ich will, dass du alle Schuld auf mich schiebst. Sag, ich hätte dich dazu gezwungen und dir gedroht, dich in ein Lager zu schicken, wenn du nicht gehorchst«, wies Margarete sie an, und ausnahmsweise freute sie sich über Annegrets schlechten Ruf, denn niemand würde bezweifeln, dass sie tatsächlich in der Lage war, eine solch niederträchtige Drohung auszusprechen.

»Das kann ich unmöglich tun ... die werden Sie auspeitschen ... oder Schlimmeres ...«

Angst kribbelte Margarete im Nacken, doch sie schüttelte mutig den Kopf. »Dann lassen wir uns besser nicht erwischen. Aber falls doch, musst du alles abstreiten, denn wer soll sich um Lena kümmern, wenn wir beide verhaftet werden?«

Dora kräuselte nachdenklich die Nase, bis sie nickte. »Ich verspreche, dass ich mich nicht erwischen lasse. Ich bin sehr gut darin, mich ungesehen hinauszuschleichen.« Sie schien über ihre eigenen Worte erschrocken und stammelte hastig: »Nicht, dass ich jemals etwas Schlimmes getan hätte, wie stehlen oder so ... ich meine ...«

»Ist schon in Ordnung. Du gehst besser wieder nach unten, bevor Frau Mertens sich fragt wo du bleibst.«

»Ja, Fräulein Annegret.« Dora verfiel wieder in ihre nervöse

Knickserei, so dass sie im Grunde rückwärts durch das Zimmer knickste, bis sie die Tür erreicht hatte.

Margarete schloss die Tür hinter ihr ab, kehrte in ihr Schlafzimmer zurück und weckte Lena, die mit steifen Gliedern aus ihrem Versteck kroch.

»Im Salon gibt es Essen für dich. Außerdem hat Dora Männerkleidung besorgt, die besser zu deinen kurzen Haaren passt.«

»Danke.« Lena dehnte und streckte sich und folgte ihr dann nach nebenan, wo sie auf den Teller mit dem Essen starrte. »Ich kann immer noch nicht glauben, dass das alles für mich ist. Das ist wahrscheinlich mehr als ich in einer Woche in der Fabrik gegessen habe.«

»Was das angeht ...« Margarete hatte sich vorgenommen, Lena nicht zu sagen, dass die Fabrik ihr gehörte, aber sie musste unbedingt so viele Informationen wie möglich aus ihr herausbekommen. »Ich war heute Morgen dort.«

»Du warst was?«

»Unser Gutsverwalter, Herr Fischer, hat einigen SS-Männern eine Führung gegeben und ich habe mich selbst dazu eingeladen.«

Lena zuckte zusammen und ihre Augen wurden glasig vor Angst. »Ist er ... sind sie hier?«

»Es besteht kein Grund zur Sorge. Herr Fischer ist der Verwalter dieses Anwesens und die SS-Männer sind nur für ein paar Tage zu Gast. Doch ihretwegen müssen wir dich besonders sorgfältig verstecken.«

»Dann gehe ich wohl besser.« Lena machte Anstalten, aufzustehen.

»Auf gar keinen Fall.« Margarete legte ihr eine Hand auf den Arm, um sie von diesem unvernünftigen Vorhaben abzuhalten. »Es ist helllichter Tag. Du wirst von mindestens einem Dutzend Leuten gesehen, wenn du jetzt gehst.«

»Du verstehst nicht ... wenn er mich hier findet, wird er

mich bestrafen … und dich auch. Wenn er mit dir fertig ist, wirst du dir wünschen, du wärst tot, nur um dann festzustellen, dass du noch lebst. Und dann macht er es wieder … und wieder …« Ihr ganzer Körper zitterte. »Ich habe zugesehen, wie Frauen wochenlang Todesqualen durchlitten haben, bevor sie endlich ihren Verletzungen erlegen sind. Er ist schlimmer als der Teufel höchstpersönlich.«

»Wer ist dieser Mann?«

Lena schüttelte den Kopf und zitterte so stark, dass ihr das belegte Brot aus der Hand fiel. »Er ist der oberste Chef von ihnen allen. Er kann machen, was er will.«

Eine Sekunde lang argwöhnte Margarete, dass Herr Fischer der Mann war, vor dem Lena so viel Angst hatte, denn wer sonst könnte Strobels Chef sein? Aber dann schob sie den Verdacht beiseite. War Herr Fischer nicht über die Missbrauchsvorwürfe in der Fabrik empört gewesen und hatte sofort Maßnahmen ergriffen, um der Sache auf den Grund zu gehen? Wenn er der Schuldige wäre, hätte er anders reagiert.

Margarete beugte sich herab und griff zur gleichen Zeit wie Lena nach dem abgestürzten Brot. Als ihre Blicke sich trafen, waren Lenas Augen so voller Furcht, dass sie es für das Beste hielt, sie abzulenken. Flugs verwickelte sie Lena in ein Gespräch über die Unterschiede zwischen deutschem Brot und französischem Baguette bis Lena sich wieder gefangen hatte.

Vom ersten Augenblick an hatte Margarete den Fabrikleiter Heinz Strobel nicht leiden können. Ein stiernackiger Mann mit Händen so groß wie Bärentatzen, der aussah, als würde er eine Meinungsverschiedenheit am liebsten mit einer Schlägerei beenden. Allerdings hätte sie ihn nicht für einen Sadisten gehalten, der wehrlose Frauen quälte.

Nach einer Weile kehrte sie zu dem Thema zurück, über das sie Klarheit brauchte. »Hast du in der Fabrik zufällig einen Mann namens Ernst Rosenbaum kennengelernt?«

Lena schüttelte den Kopf. »Tut mir leid, aber der Umgang

mit den männlichen Häftlingen ist strengstens untersagt. Ich habe sie nur gesehen, wenn sie Rohstoffe anlieferten oder die fertigen Sprengkapseln einsammelten. Wir haben selten ein Wort gewechselt, geschweige denn Namen.« Lena machte eine kurze Pause und fragte dann: »Ist er ein Freund von dir?«

»Ich dachte, ich hätte ihn erkannt, bin mir aber nicht sicher.« Sie überlegte, ob sie Lena ihr Geheimnis anvertrauen sollte. Schließlich fuhr sie fort: »Er ist der jüngere Bruder meines Vaters und hat eine Christin geheiratet – meine Tante Heidi. Aber auch das hat ihm nicht geholfen, er wurde trotzdem verhaftet und deportiert.«

»Wahrscheinlich war es jemand, der ihm ähnlich sieht«, versuchte Lena sie zu trösten.

»Ich weiß nicht. Er hat mich auch erkannt. Zumindest glaube ich, dass er mich erkannt hat.«

»Das tut mir so leid.«

Margarete nickte, tief in Gedanken versunken, und plötzlich sprudelten die Worte aus ihrem Mund, fast ohne dass sie es merkte. »Tante Heidi hat mir das Leben gerettet, indem sie mich aufgenommen und vorgegeben hat, ich sei Annegret Huber. Es war ein großes Risiko für sie, aber sie liebte mich genug, um es zu tun. Wir planten sogar, dass ich bei einer Freundin von ihr in Frankreich unterschlüpfen sollte, aber dann entdeckte mich Wilhelm, und Horst Richter half mir bei der Flucht.« Ihre Schultern zitterten. »Ich vermisse sie so sehr. Ich dachte, sie wäre die einzige Verwandte, die ich noch habe, und jetzt ... Onkel Ernst, er ist hier. In der Fabrik.«

»Wenigstens lebt er noch«, sagte Lena und legte Margarete eine Hand auf den Arm.

Margarete war sich nicht sicher, ob das etwas Gutes oder Schlechtes war. Onkel Ernst hatte so entsetzlich unglücklich ausgesehen.

»Wir könnten eine Kerze für ihn anzünden?«, schlug Lena

vor und deutete auf die schönen Kerzenhalter auf der Fensterbank.

Margarete lächelte als sie sich daran erinnerte, wie sie und Wilhelm die Kerzenständer in Paris gekauft hatten. Trotz allem war sie bei ihm glücklich und vergleichsweise sicher gewesen. Sie zündeten die Kerzen an und sprachen ein Gebet für ihren Onkel, bevor Lena fertig aß.

Nach langem Schweigen fragte Margarete: »Wenn es einen Weg gäbe, die Bedingungen in der Fabrik erträglicher zu machen, was würdest du als Erstes ändern?«

20

Gustav hatte zwei anstrengende Tage hinter sich, in denen er potenzielle Kunden und Lieferanten besucht hatte. Die Preise für Lebensmittel waren wieder gestiegen, und er hatte viele Bieter für die überschüssigen Vorräte gefunden, die er in der Fabrik abschöpfte. Jetzt war er auf dem Weg in sein Büro im Herrenhaus, bereit, es für ein paar Tage ruhiger angehen zu lassen.

Er freute sich schon darauf, die Häftlinge zu inspizieren, die mit dem neuesten Transport gekommen waren und von denen Heinz geschwärmt hatte. Die Neuen waren immer so viel besser; sie hatten noch Fleisch auf den Knochen und waren leichter zu verängstigen als diese albtraumhaften Vogelscheuchen, die sich längst in apathische Kreaturen verwandelt hatten.

Ein Lächeln umspielte seine Lippen. Seine Frau würde sich riesig freuen, wenn er sie damit überraschte, dass er ein neues Badezimmer für ihr Haus in Auftrag gegeben hatte, komplett mit Wanne und Brause. Ein elektrischer Boiler würde für fließend warmes Wasser sorgen, ein Luxus, den nur wenige Häuser in der Stadt boten.

Beate war eine gute Frau, die es verdient hatte, ein komfortables Leben zu führen, und er las ihr nur zu gern jeden Wunsch von den Augen ab. Obwohl er in ihren Armen nur selten Ekstase und Befriedigung fand, liebte er sie doch von ganzem Herzen. Sie war eine wunderbare Mutter für ihre drei inzwischen erwachsenen Kinder, eine perfekte Begleiterin bei allen gesellschaftlichen Anlässen und eine begabte Köchin. Ihr Haus war immer blitzblank, und sie beschwerte sich nie über seine langen Arbeitszeiten. Was konnte sich ein Mann mehr wünschen?

Doch eine Sorge nagte an ihm. Böse Zungen könnten sich fragen, wie er sich den luxuriösen Lebensstil leisten konnte, den er und seine Frau führten. Vielleicht war es an der Zeit, den Nachbarn und Freunden zu erzählen, dass sie eine finanzielle Zuwendung erhalten hatten, womöglich die Erbschaft einer beträchtlichen Geldsumme von einem entfernten Verwandten. Seine angeblichen Gewinne bei Pferdewetten warfen nämlich allmählich ein schlechtes Licht auf ihn.

Er war so versunken darin, über seine nächsten Schritte nachzudenken, dass er das Klopfen überhörte und erschrak, als sich die Tür öffnete und Fräulein Annegret eintrat.

»Herr Fischer, haben Sie einen Moment Zeit?«

»Fräulein Annegret, was für ein Vergnügen sie zu sehen. Leider bin ich gerade sehr beschäftigt. Kann es bis morgen warten?«

Sie schaute kurz enttäuscht, setzte sich aber trotzdem auf den Stuhl vor seinem Schreibtisch. »Nein. Es ist sehr dringend.«

»Dann stehe ich Ihnen selbstverständlich zur Verfügung.« Er blickte auf seine Armbanduhr, um ihr zu verstehen zu geben, dass sie es besser kurz machen sollte.

»Ich wollte mit Ihnen über die Fabrik sprechen.«

Er stöhnte innerlich auf. Es war ein Fehler gewesen, sie zur Besichtigung mitzunehmen. »Wenn Sie Fragen zum Produktionsprozess haben, wäre Herr Strobel der richtige Ansprechpartner, denn er ist derjenige, der die Fabrik leitet.« Er hoffte, das würde sie in die Flucht schlagen, denn er hatte die Antipathie zwischen den beiden gespürt, als sie Heinz zum ersten Mal getroffen hatte.

»Ich glaube nicht, dass das nötig sein wird.« Gustav jubelte innerlich auf, doch ihre nächsten Worte zerstörten sein siegreiches Gefühl. »Herr Strobel ist Ihnen unterstellt, nicht wahr?«

»Ja, das ist er.«

»Dann möchte ich zuerst mit Ihnen reden.«

Ihr Benehmen war enervierend. Noch nie hatte eine Frau so mit ihm gesprochen. Nicht Beate, die durchaus widerborstig sein konnte, nicht Frau Mertens, die den Haushalt mit eiserner Hand führte, und schon gar nicht eine der zahlreichen jungen Frauen, mit denen er sich vergnügte. Aber bei Fräulein Annegret musste er vorsichtig sein, denn durch eine unerträgliche Laune des Schicksals war dieses unerfahrene Mädel, das halb so alt war wie er, seine Dienstherrin geworden.

»Bitte sagen Sie mir, was Sie auf dem Herzen haben, und ich werde mein Bestes tun, um zu helfen.« Sicherheitshalber schenkte er ihr ein sorgfältig bemessenes Lächeln, das beruhigend wirken sollte. Es war eine neue Erfahrung für ihn, so anders als er normalerweise mit Frauen umging.

Dennoch begann er, Vergnügen an diesem Spielchen zu finden. Jede Frau wollte gezähmt werden, und diese hier fraß ihm bereits aus der Hand. Bald wäre sie so gefügig, dass sie auf seinen Vorschlag eingingen, ihm eine Generalvollmacht zu erteilen, und dann hätte er wieder das uneingeschränkte Sagen auf Gut Plaun.

»Nach dem, was ich gesehen habe, sind die Arbeitsbedingungen in der Fabrik unmenschlich.«

»Fräulein Annegret, bitte betrachten Sie mich nicht als respektlos, aber es ist wirklich nicht nötig, dass Sie sich mit diesen Dingen beschäftigen.«

»Da bin ich anderer Meinung. Ich habe in meinem Leben noch nie so unglückliche Menschen gesehen, und wenn ich daran denke, dass sie für mich arbeiten ...« Ihre Hände zitterten leicht.

»Hören Sie, ich weiß, das ist schwer für jemanden, der so gutherzig ist wie Sie, doch die Zwangsarbeiter sind keine normalen Menschen, sie sind Häftlinge; der Abschaum der Menschheit: Kriminelle, Homosexuelle, Juden. Sie sind Schmarotzer der Volksgemeinschaft, die nur ein Ziel vor Augen haben: unser großartiges Land zu zerstören. Sie können sich glücklich schätzen, eine Chance auf Wiedergutmachung zu bekommen und beim Wiederaufbau dessen zu helfen, was sie zerstört haben.«

»Trotzdem ...«

Er erkannte, dass sie nicht bereit war, Vernunft anzunehmen. »Vielleicht verstehen Sie jetzt, warum ich Ihnen den Anblick ersparen wollte. Manche Dinge mögen nicht angenehm sein, trotzdem müssen sie getan werden. Und für diese heiklen Aufgaben haben Sie mich, während Sie sich den Tätigkeiten widmen können, die sich für eine Frau ziemen.«

Sie seufzte und er spürte ihren inneren Kampf, als müsse sie Mut sammeln. Er gab ihr etwas Zeit, ihre Gedanken zu sortieren und sagte dann: »Kann ich Ihnen sonst irgendwie helfen?«

»Nein.« Annegret war schon halb aufgestanden, überlegte es sich aber anders und setzte sich wieder hin. »Doch, da ist noch etwas. Haben Sie, ich meine ...?« Sie schien um die richtigen Worte zu ringen, und er fragte sich, was wohl als Nächstes kommen würde. »Besuchen Sie die Fabrik oft?«

Was für eine seltsame Frage das war. Er lehnte sich zurück, musterte sie und versuchte, ihre Absicht herauszufinden, bevor er antwortete: »Ehrlich gesagt, sollte ich mich mehr darum kümmern, als ich es bisher getan habe. Unser gemeinsamer Besuch mit den SS-Leuten war der erste seit mehreren Monaten. Es gibt auf dem Gut immer viel zu tun. Da ich keinen Grund hatte, Herrn Strobel zu misstrauen, hielt ich es für ausreichend, dass er ein- bis zweimal pro Woche zur Berichterstattung in mein Büro kommt und habe mir den Weg in die Fabrik gespart.«

Sie wirkte erleichtert. »Das verstehe ich vollkommen. Ich wollte mich lediglich vergewissern, weil ich mir die Produktionszahlen angesehen habe.«

Was für eine Frechheit! Schreckte dieses Weib vor gar nichts zurück? »Möchten Sie, dass ich Ihnen die Zahlen erläutere?«

»Danke, ich weiß, wie man sie analysiert.« Ihre hochmütige Miene verschlug ihm die Sprache. »Und ich bin zu dem Schluss gekommen, dass die Produktivität steigen wird, wenn die Arbeiter ausreichend ernährt werden und ausreichend Erholungspausen bekommen.«

Das wurde ja immer schöner! Langsam verlor er die Geduld. Er faltete die Hände auf dem Schreibtisch und schüttelte langsam den Kopf. »Fräulein Annegret, Ihr Engagement ist lobenswert, jedoch scheinen Sie nicht zu realisieren, womit wir es zu tun haben. Die Subjekte, die Sie als Arbeiter bezeichnen, sind arbeitsscheue Individuen, die jede entgegengebrachte Freundlichkeit auf der Stelle ausnutzen. Die einzige Möglichkeit, sie zur Arbeit anzutreiben, sind strenge Disziplin und drakonische Strafen. Wenn wir ihnen zusätzliche Pausen gewähren, wird das als Schwäche ausgelegt, und ehe wir uns versehen, haben sie einen Aufstand angezettelt. Wollen Sie das?«

»Natürlich nicht. Regeln müssen befolgt werden. Doch jeder Mensch hat es verdient, ordentlich ernährt zu werden, vor allem, wenn man von ihm erwartet, dass er den ganzen Tag harte körperliche Arbeit verrichtet.«

»Noch einmal, das sind keine Menschen, das sind Asoziale, Geächtete, Untermenschen, Barbaren. Nennen Sie sie, wie Sie wollen, aber machen Sie nicht den Fehler zu glauben, dass diese Subjekte Ihnen und mir ähnlicher sind als ein edles Pferd einem dreckigen Schwein gleicht.«

»Das ist mir egal! Ich will, dass die Arbeiter ausreichend Essen bekommen!« Annegret fuhr sich aufgebracht mit der Hand durch die Haare.

Wie er sie dabei beobachtete, dachte er, wie viel schöner sie wäre, wenn sie lächeln würde, anstatt mit ihm zu streiten wie ein bockiges Kind. »Die Rationen für die Zwangsarbeiter werden von der SS zugeteilt und geliefert, und leider«, er machte ein zerknirschtes Gesicht, »können wir deren Bestimmungen nicht ändern.«

»Dann kaufen wir eben zusätzliche Lebensmittel. Menschen, die bei besserer Gesundheit sind, arbeiten schneller und effizienter, was wiederum die Produktivität erhöhen wird.« Sie zog die Augenbrauen hoch, als wäre es das Natürlichste der Welt, Geld für nutzlosen Abschaum zu verschwenden.

»Wenn Ihnen der Allgemeinzustand der Häftlinge zu schlecht ist, können wir jederzeit um Ersatz bitten«, schlug er vor, in der Hoffnung sie würde die Lächerlichkeit ihrer Forderungen einsehen.

»Und dann was? Die neuen Gefangenen hungern lassen, bis sie in demselben beklagenswerten Zustand sind wie die jetzigen? Das ist nicht die Antwort, nach der ich suche.«

»Nun, bedauerlicherweise ist es die einzige Antwort, die ich für Sie habe. Ich bin ungern der Überbringer schlechter Nachrichten, aber was Sie verlangen, ist schlichtweg unmöglich. Lebensmittel sind knapp, und woher soll ich das Geld nehmen, um die Häftlinge mit Feinschmeckerkost zu versorgen?«

»Herr Fischer, ich habe mir die Abrechnungen, die Sie für mich vorbereitet haben, genau angesehen. Die Fabrik macht mehr als genug Gewinn, um Brot und Kartoffeln – und nicht etwa Delikatessen – für die Menschen zu kaufen, die dort arbeiten.«

Gustav wusste, wann eine Schlacht verloren war, und als er das kämpferische Aufflackern in ihren Augen sah, bemühte er sich, das Beste aus einer schlechten Situation zu machen. Mit dem Geld der Fabrik mehr Lebensmittel zu kaufen, könnte sich womöglich als ein Geschenk des Himmels erweisen. Er spürte bereits das Gewicht der Banknoten in seinen Taschen, nachdem er einen Teil der zusätzlichen Lebensmittel auf dem Schwarzmarkt verkauft hätte. Dann hatte er eine noch bessere Idee.

Er ließ sich in seinen Stuhl sinken und runzelte die Stirn. »Eigentlich bin ich froh, dass Sie Ihren Verdacht, dass die Lebensmittellieferungen nicht ausreichen, geäußert haben. Ich habe mir bereits dieselben Sorgen gemacht wie Sie, wollte Sie aber nicht mit einer bloßen Vermutung belästigen.«

»Eine Vermutung worüber?« Ihr Oberkörper bewegte sich näher zu seinem Schreibtisch und ihre Augen funkelten neugierig. Er musste fast schmunzeln. Frauen waren so leicht zu manipulieren. Fräulein Annegret war im Begriff, Zeugin eines Meisterstücks der Fallenstellerei zu werden – schade nur, dass sie es nie bemerken würde und ihm deshalb nicht applaudieren konnte.

»Es ist nur ein Bauchgefühl, aber irgendetwas passt nicht zusammen. Ich nehme die Vorräte entgegen, wenn sie geliefert werden, und teile sie in eine Portion für das Herrenhaus mit all seinen Angestellten, den Hof und die Ställe sowie einen zweiten Teil für die Fabrik. Es sollte ausreichen, um die Häftlinge anständig zu ernähren. Aber irgendwie scheint es, dass Vorräte auf dem Weg von hier zur Fabrik verschwinden.« Er ließ die Worte in der Luft hängen, im sicheren Bewusstsein, dass sie den Köder schlussendlich schlucken würde.

»Sie meinen, jemand bestiehlt uns?« Ihr Gesicht war rot vor Zorn.

»Ich fürchte, ja.«

»Sie hätten mir Ihren Verdacht mitteilen sollen«, fügte sie mit einem tadelnden Blick hinzu, »oder Herrn Richter.«

Er gab sich Mühe, zerknirscht auszusehen. »Ich weiß, das hätte ich tun sollen. Aber da ich keine Beweise hatte, wollte ich niemanden zu Unrecht verdächtigen, Fräulein Annegret. Sie wissen, wie übereifrig die Gestapo sein kann, um den Dingen auf den Grund zu gehen.« Sie zog eine Grimasse bei seinen Worten, woraufhin er sich zu seiner Kenntnis der weiblichen Psyche beglückwünschte.

»Da haben Sie natürlich recht. Haben Sie jemanden im Sinn?«

»Wie gesagt, ich hüte mich davor, jemanden zu verdächtigen, aber ... und das muss unter uns bleiben.« Er sah sie verschwörerisch an.

»Natürlich. Wir wollen ja nicht, dass die Gestapo herkommt und Gerüchten nachjagt.«

»Es gibt nur eine Handvoll Leute auf Gut Plaun, die sowohl die Mittel als auch die Dreistigkeit besitzen, wiederholt große Mengen an Lebensmitteln zu stehlen. Aber wie gesagt, ohne Beweise nenne ich nur ungern Namen.«

»Ich bin hier, um Ihnen zu helfen, dieses Problem zu lösen. Also, wen vermuten Sie hinter diesem Verbrechen?«

Gustav wollte sich schon siegessicher die Hände reiben, doch er ermahnte sich vorsichtig zu sein, bevor er zu seinem letzten Schlag ausholte. Einer, der zwei, vielleicht sogar drei Fliegen mit einer Klappe schlagen würde.

Oliver Gundelmann war wärmstens empfohlen worden, und er konnte hervorragend mit Pferden umgehen, aber — genau genommen gab es zwei Einwände. Erstens war dieser junge Mann entsetzlich unbestechlich. Ehrlich bis auf die Knochen und zudem clever. Das war eine gefährliche Kombination und Gustav befürchtete immer, Oliver könnte ihn durchschauen und seine lukrativen Machenschaften aufdecken.

Zweitens hatte Oliver sich genommen, was Gustav haben wollte. Er wusste alles über die Tändelei zwischen dem Gestütsleiter und dem kecken Dienstmädchen, und es brannte ihm jedes Mal wie Säure im Magen, wenn er einen Blick auf die beiden erhaschte. Dora hatte Gustavs Annäherungsversuche stets zurückgewiesen, doch sie würde mit offenen Armen und gespreizten Beinen zu ihm kommen, wenn sie glaubte, dass er ihrem geliebten Oliver helfen könnte. Es wäre so eine befriedigende Lösung.

»Wie ich schon sagte, gibt es nur wenige Männer, die in der Lage sind, so etwas durchzuziehen. Einer davon wäre der Fabrikleiter, Heinz Strobel, obwohl ich ehrlich gesagt glaube, dass er nicht klug genug dafür ist. Dann ist da noch Nils, unser Faktotum—«

»Nils?«, unterbrach Annegret ihn. »Das glaube ich nicht, er ist der gutmütigste Mensch, den ich je getroffen habe.«

Gustav antwortete weise: »Ich beschuldige niemanden, ich zähle lediglich jeden auf, dessen Position es erlaubt, die Lebensmittel zu stehlen. Aber Sie haben natürlich recht, Nils ist über jeden Verdacht erhaben. Schließlich arbeitet er schon fast sein ganzes Leben lang für Ihre Familie.«

Sie nickte.

»Sie müssen auch mich in die Gruppe der Verdächtigen aufnehmen.«

»Sie?«, sagte Annegret erstaunt.

»Ja, denn auch ich könnte theoretisch auf die Lebensmittellieferungen zugreifen.«

Sie legte den Kopf schief und musterte ihn genau. Er entspannte seine Gesichtsmuskeln und ertrug ihren Blick geduldig. Nach einer Weile fragte sie: »Was wäre Ihr Motiv?«

Jetzt war es an der Zeit, seinen Trumpf auszuspielen und klarzustellen, dass er nicht nur über jeden Verdacht erhaben war, sondern dass er es überdies nicht nötig hatte für sie zu arbeiten. »Das Motiv für die meisten Verbrechen ist Geld.«

Annegret betrachtete seinen teuren maßgeschneiderten Anzug, sagte aber nichts.

»In meinem Fall ist Geld allerdings kein Thema, denn abgesehen von meinem großzügigen Gehalt ...«, er neigte den Kopf in einer Geste der Dankbarkeit, »... habe ich kürzlich ein beträchtliches Vermögen geerbt.«

»Oh, das tut mir leid für Sie. Ich hatte ja keine Ahnung«, stammelte sie.

»Es war ein entfernter Großonkel, den ich kaum kannte«, erklärte er. »Ich sage Ihnen das im Vertrauen, weil meine Frau Beate und ich es für uns behalten wollten. Sie wissen sicher, wie sehr die Stadtbewohner zu Klatsch und Tratsch neigen.«

Annegret rollte mit den Augen. »Das müssen Sie mir nicht sagen. Die Leute in Plau am See wissen schon, welches Kleid ich trage, bevor ich das Gut verlassen habe.«

Er überlegte, ob dies der Zeitpunkt war, das Thema fallen zu lassen, entschied dann jedoch, dass er sich die Gelegenheit nicht entgehen lassen konnte, Oliver loszuwerden. »Zurück zu unserer Liste der Verdächtigen. Dann wäre da Frau Mertens, aber sie würde nie etwas Verbotenes tun, und soweit ich weiß, hat sie die Fabrik noch nie betreten.« Er machte eine bedeutungsschwangere Pause. »Und wir haben noch Oliver Gundelmann.«

»Sie glauben, dass er der Täter ist?«, fragte Annegret, wobei ihr der Schock ins Gesicht geschrieben stand.

»Wie gesagt, habe ich keinerlei Beweise, ich zähle lediglich mögliche Verdächtige auf. Aber seien Sie versichert, ich werde der Sache auf den Grund gehen und den Dingen ein Ende setzen.«

»Ich bin so dankbar, dass Sie mich in dieser heiklen Angelegenheit unterstützen, Herr Fischer, ich hätte mir wirklich keinen besseren Gutsverwalter an meiner Seite wünschen können.«

»Oh, ich mache nur meine Arbeit«, sagte er, innerlich über das Lob strahlend.

»Dann lassen Sie uns dieses unangenehme Thema fürs Erste abschließen und uns mit meinen Verbesserungsvorschlägen befassen.«

Wovon in aller Welt redete sie jetzt schon wieder? »Verbesserung wofür?«

»Für die Arbeitsbedingungen in der Fabrik.« Sie zog ein Blatt Papier hervor und begann zu lesen: »Ab heute verdoppeln wir die Essensrationen der Arbeiter, notfalls auch durch Zukauf von Lebensmitteln, bis die Situation geklärt ist. Jede Person erhält eine Decke und ein Kissen. Diejenigen, die an den Produktionslinien arbeiten, erhalten die gleiche Schutzkleidung, die auch Besucher tragen müssen.«

Er starrte sie entgeistert an, während sein Kiefer langsam nach unten fiel. Ihre Vorschläge waren schlichtweg verrückt. Als Nächstes würde sie verlangen, den Häftlingen arbeitsfreie Tage und Heimaturlaub zu gewähren. »Es tut mir schrecklich leid, sie enttäuschen zu müssen. Wir können nicht einfach ein paar hundert Decken kaufen, selbst wenn wir das Geld dafür hätten. Wo sollen wir sie hernehmen, wenn alles Material nach Osten geschickt wird, um unsere tapferen Soldaten im Kampf gegen Russland zu unterstützen?«

Sie sah ihm in die Augen, und er tat sein Bestes, um fürsorglich und hilfsbereit zu wirken. Nach einigen angespannten Sekunden lenkte sie ein. »Hmm ... daran habe ich nicht gedacht. Ich werde mir etwas einfallen lassen. In der Zwischenzeit weisen Sie den Fabrikleiter an, dass niemand mehr als zwölf Stunden pro Tag arbeiten darf und dass es von heute an keine körperliche Bestrafung der Arbeiter mehr gibt. Vor allem keine Schläge oder Peitschenhiebe.«

Er stöhnte auf, aber das hielt sie nicht davon ab, weitere Forderungen zu verlesen. »Alle zwei Stunden erhalten die Arbeiter eine zehnminütige Pause. Und ...«, sie sah ihn erwartungsvoll an, »... ich bin sicher, das wird Ihnen gefallen, denn es kostet nichts: alle Arbeitsplätze werden jederzeit mit frischem Wasser aus dem Brunnen versorgt.«

»Ich bin hocherfreut.«

Sie sprudelte vor Begeisterung. »Ich wusste, dass Sie meine Vorschläge schätzen würden. Ich lasse Ihnen die Liste hier, damit Sie dafür sorgen, dass die Maßnahmen so schnell wie möglich umgesetzt werden.«

»Mit dem größten Vergnügen.« Er nahm die Liste und legte sie auf seinen Schreibtisch. Nachdem er Annegret hinausbegleitet hatte, kehrte er zurück, nahm das Papier und zerriss es in kleine Fetzen. Er würde keine einzige ihrer unsäglichen Forderungen umsetzen.

21

Margarete war hocherfreut, denn das Gespräch war reibungsloser gelaufen, als sie es sich erhofft hatte. Vielleicht zu glatt? Sie schüttelte den Zweifel ab und kehrte rasch in ihr Zimmer zurück, um Lena mitzuteilen, dass sie mit dem Fabrikbesitzer über die dringendsten Verbesserungsvorschläge gesprochen hatte.

Außerdem hatten die Gestapo- und SS-Beamten an diesem Morgen endlich ihr Haus verlassen, und sie musste nicht mehr in der ständigen Angst leben, sie könnten Lena finden. Endlich fügte sich alles zusammen, und sie kam in ihrer Mission, Gutes zu tun, voran. Das Beste jedoch war, dass sie Herrn Fischer auf ihrer Seite hatte. Wenn sie je an ihm gezweifelt hatte, so machte seine Bereitschaft, sich in die Gruppe der möglichen Täter einzureihen, deutlich, dass er über jeden Verdacht erhaben war.

»Fräulein Annegret«, rief Frau Mertens aus dem Speiseraum.

»Ja, Frau Mertens, was gibt es?«

»Es tut mir furchtbar leid, dass ich Ihnen Unannehmlichkeiten bereite, der Kammerjäger hat sich für morgen angekündigt. Er sollte eigentlich erst kurz vor dem Wintereinbruch kommen, aber da die Gäste gerade abgereist sind, dachte ich, jetzt wäre ein guter Zeitpunkt.«

Margarete konnte nicht ganz folgen. »Ein guter Zeitpunkt wofür?«

»Zum Ausräuchern. Weil die Knechte im Gutshaus ein und aus gehen, ist das eine notwendige Vorsichtsmaßnahme.« Frau Mertens kämpfte einen aussichtslosen Kampf mit den Stallburschen um ein Mindestmaß an persönlicher Hygiene und schimpfte stets darüber, dass sie sich nicht die Schuhe abstreiften, Hände und Gesicht wuschen oder den gröbsten Schmutz von der Kleidung abklopften, bevor sie den Dienstbotentrakt und vor allem die Küche betraten, wo sie ihre Mahlzeiten einnahmen.

»Wenn Sie es für nötig halten, habe ich sicher nichts dagegen.« Sie wunderte sich, warum Frau Mertens so viel Aufhebens machte, denn normalerweise informierte die Haushälterin sie nie über die alltäglichen Aufgaben.

»Ich bin froh, dass Sie das so sehen. Ihre Mutter war immer ein bisschen empfindlich und hat darauf bestanden, dass die Fumigation nur vorgenommen wird, wenn sie in Berlin ist.«

»Verstehe.« Margarete nickte, obwohl sie immer noch nichts verstand.

»Der Kammerjäger kommt morgen früh um sieben Uhr und ich habe ihn angewiesen, sich zuerst um Ihre Zimmer zu kümmern, dann können Sie bei Einbruch der Dunkelheit zurückkehren.«

»Was?«

»Es ist völlig unschädlich. Aber wenn Ihnen das lieber ist, kann ich Sie für ein oder zwei Nächte im Hotel einquartieren«, bot Frau Mertens an.

»Oh, nein, das wird nicht nötig sein. Danke, dass Sie mir Bescheid gegeben haben.« Mit klopfendem Herzen rannte sie die Treppe hinauf und zerbrach sich dabei den Kopf darüber, wo sie Lena während der Ausräucherung verstecken könnte. Es war klar, dass sie nicht im Kniestock bleiben konnte, nicht allein aus Sorge um ihre Gesundheit, sondern hauptsächlich, weil der Kammerjäger sie dort entdecken würde.

Als sie in ihrem Zimmer ankam, war Dora gerade dabei, das Badezimmer zu putzen.

»Wo ist Lena?«, brach es aus Margarete heraus.

Dora drehte sich um. »Sie sitzt auf der Fensterbank. Keine Sorge, wir haben einen Weg gefunden, sie hinter dem Verdunkelungsvorhang zu verstecken. Dort hat sie es viel bequemer als im Kniestock und kann nach draußen schauen.«

Margarete ging zu Dora ins Bad, schloss die Tür und sagte: »Sie muss noch heute Abend weg.«

»Warum?«

»Frau Mertens hat mir gerade mitgeteilt, dass morgen früh der Kammerjäger kommt und das ganze Haus ausräuchert, angefangen bei meinen Zimmern.«

»Ist es dafür nicht ein bisschen früh im Jahr?«

»Das spielt jetzt keine Rolle. Der Mann kommt und Lena darf nicht im Haus sein. Das Risiko, entdeckt zu werden, ist einfach zu groß.«

»Ja.« Dora legte die Stirn in Falten, bevor sie antwortete: »Ich werde sie an einen sicheren Ort bringen.«

»Du? Aber wohin?«

»Das weiß ich noch nicht, aber ich kenne gute Menschen, die uns helfen werden.«

»Es muss heute Nacht geschehen.«

»Das gibt uns nicht viel Zeit, aber keine Sorge, Fräulein Annegret. Ich lasse mir etwas einfallen. Sorgen Sie dafür, dass Lena einen warmen Mantel trägt. Ich komme kurz nach Mitternacht zurück und klopfe an die Tür, die zur privaten Außentreppe führt. Dann sieht uns niemand.«

Margarete hoffte inständig, dass dieser Plan klappen würde. Sie glaubte nicht, dass Dora sie verraten würde, aber es konnte so viel schief gehen, was sie alle ins Verderben stürzen konnte. »Bist du sicher, dass du das tun willst? Du riskierst dein eigenes Leben, wenn dich jemand sieht.«

»Niemand wird mich sehen.« Dora lächelte wissend, und Margarete ahnte, dass sie sich schon oft im Schutze der Nacht davongeschlichen hatte. Plötzlich erinnerte sie sich an mehrere Gelegenheiten, bei denen sie Doras Augen aufleuchten gesehen hatte, wenn Oliver das Herrenhaus betrat. Und wie er, scheinbar zufällig, ihre Hand berührte. Obwohl die beiden stets darauf achteten, ihre Anziehung zueinander zu verbergen, fügte sich nun alles zusammen. Was wenn ... übermächtiger Schrecken schüttelte sie. Oliver war der Hauptverdächtige im Fall des Lebensmitteldiebstahls. Würde er nur zu gern einen entflohenen Häftling wieder einfangen? Nein, das konnte Margarete nicht riskieren.

»Du darfst es niemandem auf dem Gutshof sagen. Nicht einmal Oliver. Ich weiß, dass du ihn magst.«

Dora zuckte zusammen.

»Keine Sorge, ich werde Frau Mertens nichts verraten. Aber er ist vielleicht nicht der, der er vorgibt zu sein. Er hat eine dunkle Seite, und selbst wenn er dich nicht verraten würde, wäre er nur zu gerne bereit, mir Schaden zuzufügen«, warnte Margarete sie.

»Ich sollte besser gehen und alles vorbereiten. Vergessen Sie nicht, bis Mitternacht aufzubleiben, um mich hereinzulassen.«

»Vielen Dank, Dora. Ich weiß deine Hilfe wirklich zu schätzen.«

Dora errötete und murmelte: »Ich stehe in Ihrer Schuld. Wenn Sie nicht eingegriffen hätten, als dieser Mann ...«

Kaum war Dora gegangen, erzählte Margarete Lena von der Planänderung. Die Ausreißerin nahm es mit überraschender Gelassenheit auf, aber vielleicht hörte man auf, sich um Kleinigkeiten zu sorgen, wenn man den Schrecken entkommen war, die sie erlitten hatte.

Doch Margarete wurde sentimental. Sie fühlte sich, als ob sie ihre beste Freundin verlöre. Die einzige Person, die ihre wahre Identität kannte und zumindest teilweise nachempfinden konnte, was Margarete jeden Tag durchmachte, indem sie vorgab, eine Andere zu sein, nur um zu überleben.

Oliver schlief tief und fest, als ihn knirschende Schritte vor dem Haus weckten. Er lauschte einen Moment, stand auf und ging zum Fenster, um nach draußen zu sehen, wo Dora vor seiner Tür stand.

Besorgt eilte er die Treppe hinunter, denn normalerweise kam sie direkt nach dem Abendessen zu ihm. Wahrscheinlich hatte Annegret sie wieder einmal mit ihren maßlosen Wünschen aufgehalten. Er riss die Tür auf und griff nach ihr, um sie zu küssen, aber statt wie gewöhnlich in seine Umarmung zu fallen, wich sie zurück und deutete hinter sich. Dort stand das erbärmlichste menschliche Wesen, das Oliver je zu Gesicht bekommen hatte. »Wer ist das?«

»Können wir erst reinkommen?«

Das gefiel ihm ganz und gar nicht, trotzdem öffnete er die Tür und ließ die beiden eintreten. Auf den zweiten Blick sah die andere Person eher wie eine Frau mit geschorenem Kopf aus als ein Mann, obwohl sie unter einem von Annegrets feinen Mänteln Männerkleidung trug. Ohne den geringsten Zweifel wusste er, dass es sich um eine entflohene Gefangene handeln musste, und er stöhnte auf. »Wirklich? Hast du völlig den Verstand verloren?«

»Es ist nur für ein oder zwei Nächte, höchstens«, bettelte Dora.

»Wenn du erwartest, dass ich mitten in der Nacht eine völlig Fremde bei mir aufnehme, musst du dir schon eine bessere Erklärung einfallen lassen.«

»Bitte, Oliver.« Dora klimperte mit den Wimpern, aber er blieb hart.

»Nein. Zuerst brauche ich die Fakten.« Er wandte sich an die Frau. »Wovor oder vor wem laufen Sie weg?«

Sie schien ein paar Zentimeter zu schrumpfen, und ihre Stimme war kaum mehr als ein Flüstern, als sie mit französischem Akzent antwortete: »Mein Name ist Lena und ich bin aus der Rüstungsfabrik geflohen. Bitte schicken Sie mich nicht zurück, sonst bringen die mich um.«

Natürlich hatte er von der geflohenen Gefangenen gehört. Gustav war außer sich gewesen und hatte Himmel und Erde in Bewegung gesetzt, jedoch ohne Erfolg. Obwohl sie sogar den Wald mit Spürhunden durchkämmt hatten, blieb die Frau spurlos verschwunden. Das war schon mehr als zwei Wochen her, und er fragte sich, ob sie dieselbe Frau war oder nicht. Eigentlich spielte es keine Rolle.

»Weißt du, was passiert, wenn man sie hier findet? Gustav wird nicht nur sie, sondern auch mich am nächsten Laternenpfahl aufknüpfen!«

»Dazu wird es nicht kommen«, sagte Dora erstaunlich gefasst. »Außer mir geht niemand in dein Haus, und außerdem ist sie morgen Abend schon wieder weg.«

»Und wohin, wenn ich fragen darf?« Er konnte nicht glauben, dass sich seine schüchterne und sanfte Freundin aktiv an subversiven Aktionen beteiligte.

»Irgendwohin.« Sie biss sich auf die Unterlippe, und er

hatte den Eindruck, dass sie trotz ihrer zuversichtlichen Worte in Wirklichkeit keinen Schimmer hatte.

»Mit einem geschorenen Kopf und einem gestohlenen Mantel?«

»Er ist nicht gestohlen! Fräulein Annegret hat ihn ihr geschenkt«, presste Dora hervor.

»Dieselbe Fräulein Annegret, die ich kenne? Der barmherzige Samariter von Gut Plaun?« Seine Stimme triefte vor Sarkasmus.

»Du bist so ein sturer Bock! Nur weil du seit deiner Kindheit einen Groll gegen Fräulein Annegret hegst, macht sie das noch lange nicht zu einem schlechten Menschen. Sie ist wirklich ein guter Mensch.«

Oliver spürte, wie ein heftiger Wutausbruch ihn zu überwältigen drohte und ging ein paar Schritte zur Seite, um einige Male tief durchzuatmen, bis er sich wieder in der Gewalt hatte. Dann wandte er sich den beiden Frauen zu und sagte mit ruhiger Stimme: »Sie können nicht hierbleiben.«

Lena erbleichte. »Bitte entschuldigen Sie. Ich wollte niemandem Unannehmlichkeiten bereiten. Meine Anwesenheit ist eine Bedrohung für Sie beide. Ich sollte besser gehen und mein Glück im Wald versuchen.«

»Warten Sie. So habe ich das nicht gemeint. Ich kann Sie unmöglich in den Wald gehen lassen.« Verzweifelt fuhr er sich mit der Hand durch die Haare. »Es ist nur ... mein Haus ist kein gutes Versteck. Erstens ist viel zu klein, zweitens gehen alle Landarbeiter, die in der Stadt wohnen, morgens und abends hier vorbei. Selbst wenn es nur für eine Nacht ist, es ist nicht sicher.« Er schaute wieder zu Dora. »Wohin soll sie danach gehen?«

Dora zuckte mit den Schultern. »Fräulein Annegret hat gesagt, dass sie in ihre Zimmer zurückkehren kann, sobald der Kammerjäger weg ist.«

»Annegret hat dich also zu mir geschickt?«

»Nein. Ich habe es angeboten.«

Er stöhnte erneut auf. In was für einen Schlamassel hatte Dora sich und ihn da hineingeritten? Ein furchtbarer Verdacht überkam ihn. Dora mochte glauben, dass Annegret sich verändert hatte, aber tief in seinem Inneren wusste er, dass sie immer noch dasselbe intrigante, manipulative Mädchen war, das er von früher kannte. Könnte die ganze Geschichte ein abgekartetes Spiel sein? Hatte sie nicht erst kürzlich die Gestapo auf das Gut eingeladen? Vielleicht war Lena ja gar keine Ausbrecherin, sondern ein Spitzel, der hergeschickt worden war, um eine Widerstandsorganisation aufzuspüren und die Leute, die Illegale versteckten, aus der Reserve zu locken? Das würde er ihr durchaus zutrauen.

Er sah zwischen den beiden Frauen hin und her, bis ihm klar wurde, dass er sie voneinander trennen musste. Außerdem musste Lena sofort sein Haus verlassen. Wenn sie tatsächlich ein entflohener Häftling war, würde sie ein sicheres Versteck begrüßen, und wenn sie ein Maulwurf war, konnte sie an dem Ort der ihm vorschwebte, kein Unheil anrichten. In beiden Fällen wären weder Dora noch er selbst darin verwickelt. Es war die beste Lösung.

»Ich weiß genau den richtigen Ort.«

»Wo?«, fragte Dora.

»Nicht weit von hier, und normalerweise geht niemand dorthin.«

Sowohl Lena als auch Dora folgten ihm zur Tür, aber er sagte: »Nein, Dora. Du musst hierbleiben. Nur für den Fall, dass dich jemand gesehen hat. Je weniger Leute durch die Nacht laufen, desto unauffälliger sind wir.« *Und wenn es eine Falle ist, bin ich der Einzige, der erwischt wird. Ich könnte es nicht ertragen, wenn man dich in ein KZ schickt.*

»Danke, dass Sie das tun. Ich weiß, wie viel Sie riskieren, noch dazu für eine Fremde. Ich hatte meinen Glauben an die

Menschheit verloren, aber die letzten Wochen haben mir gezeigt, dass es noch viel Gutes gibt«, sagte Lena.

Oliver nickte, fast überzeugt davon, dass sie tatsächlich eine Unschuldige oder aber eine sehr gute Schauspielerin war. Er hatte Gerüchte über Juden gehört, die mit der Gestapo kollaborierten, um untergetauchte Landsleute zu denunzieren. Greifer wurden sie genannt. Manche gaben vor, helfen zu wollen und verrieten dann die Verstecke an die Gestapo, die postwendend die Opfer verhaftete und auf Transport gen Osten schickte. Es war als kein Hirngespinst, dass jemand vorgeben könnte, in Not zu sein und dann die Helfer auslieferte.

»Lass uns gehen.« Er nahm seinen Mantel vom Haken und schlüpfte in seine Gummistiefel. Ein Blick zu Lenas Füßen verriet ihm, dass Dora die Kleiderkammer der Knechte geplündert hatte. »Kein Wort sobald wir draußen sind. Nicht einmal ein Flüstern. In der Nacht trägt das leiseste Geräusch kilometerweit und wir wollen keine Aufmerksamkeit erregen.«

Feuchte Kühle umhüllte ihn, sobald er nach draußen trat, setzte sich in seinen Knochen fest und ließ sein kaputtes Bein schmerzen. Er ignorierte den Schmerz und konzentrierte sich ganz darauf, nach ungewöhnlichen Geräuschen zu lauschen.

Die meisten Menschen glaubten, die Nacht sei still; das war sie aber nur verglichen mit der Hektik des Tages. In Wirklichkeit hatte sie ihre eigenen Geräusche. Der Ruf einer Eule, das Rascheln von Blättern im Wind, das Schnarchen von Pferden oder deren Schritte. Als er nichts Außergewöhnliches hörte, winkte er Lena, ihm zu folgen.

Den Weg von seinem Haus zu den Ställen kannte er auswendig, war ihn schon eine Million Mal gegangen und hätte ihn mit verbundenen Augen finden können, aber für Lena war es das erste Mal, also ging er bedächtig durch die Dunkelheit, die nur von den Sternen am Himmel erleuchtet wurde.

Sein Ziel war ein kleiner Schuppen hinter den Ställen. Er wurde für Pferde benutzt, die eine ansteckende Krankheit hatten und besondere medizinische Versorgung benötigten. Er war seit Monaten nicht mehr benutzt worden, denn dieser Tage wurden kranke Pferde erschossen und nicht wieder gesund gepflegt. Er schauderte, dankbar darüber, dass bisher keiner seiner Schützlinge dieses Schicksal erleiden musste.

Er schloss die Tür auf und winkte Lena hinein, bevor er seine Taschenlampe einschaltete. Der Schuppen war kaum mehr als eine Box, die mit Stroh bedeckt war, um sie zu einem bequemen Ort für ein krankes Pferd und nun für einen Menschen zu machen. Er nahm eine grobe Decke von einem Haken und gab sie Lena, bevor er das Licht wieder ausschaltete. »Es ist nichts Besonderes, aber hier sind Sie in Sicherheit, bis wir etwas anderes gefunden haben.«

»Machen Sie sich keine Sorgen um meine Bequemlichkeit. Im Vergleich zu den Baracken in der Fabrik ist das ein königlicher Palast.« Sie sagte es sachlich, ohne einen Hauch von Hass.

»Nun, denn. Hier kommt nie jemand her. Aber tagsüber müssen Sie trotzdem leise sein, denn die Stallburschen benutzen oft den Weg, auf dem wir gekommen sind.«

Sie nickte.

»Leider kann ich die Taschenlampe nicht hierlassen. Die Wände sind nicht komplett blickdicht und es könnte ein Schimmer von draußen zu sehen sein. Ich komme morgen früh und bringe Ihnen etwas zu essen. Außerdem werde ich die Pumpe anschalten, dann können Sie jederzeit frisches Wasser trinken.« Wenn es gut genug für die Pferde war, würde sie es auch vertragen.

»Ich komme schon zurecht. Nochmals vielen Dank für alles, was Sie für mich getan haben.« Lenas sanfte Stimme hing in der Luft zwischen ihnen, und sie war so ehrlich, so aufrichtig dankbar, dass von ihr sicherlich keine Gefahr ausging. Dennoch nahm er sich vor, lieber auf Nummer sicher zu gehen und ihr noch nicht zu vertrauen. Als er ging, schloss er die Tür von außen ab, sowohl um Lena drinnen als auch andere draußen zu halten.

Auf dem Rückweg grübelte er über die Tatsache, dass Annegret der Geflohenen geholfen hatte. Das war, gelinde gesagt, eigenartig. Die Annegret, die er kannte, hätte sich diebisch gefreut, sie zur Bestrafung in die Fabrik zurückzubringen.

Vielleicht war es an der Zeit, ehrlich zu sich selbst zu sein. Die Person, die nach Gut Plaun zurückgekehrt war, hatte wenig mit dem Mädchen gemeinsam, das er einst gekannt hatte. Womöglich hatten die Schicksalsschläge sie tatsächlich zu einem besseren Menschen gemacht. Das war nicht auszuschließen.

Zuhause fand er Dora am Tisch sitzend vor, wie sie auf ihrer Unterlippe herumkaute. Als er hereinkam, sprang sie schnell auf. »Gott sei Dank bist du wieder da! Wie ist es gelaufen? Ist Lena in Sicherheit?«

»Ja, das ist sie und soweit ich es beurteilen kann, hat uns niemand gesehen.« Er ging zu einem Schrank, in dem er eine Flasche Schnaps aufbewahrte, und schenkte zwei Gläser ein. »Setz dich. Wir müssen ein paar Dinge besprechen.« Ihr zerbrechliches und unschuldiges Aussehen ließen sein Herz zerspringen. Er musste sie um jeden Preis beschützen, und deshalb war es unerlässlich, ihr die Gefahr in ihr schönes Köpfchen zu hämmern. »Lena ist unten bei den Ställen, aber du darfst auf keinen Fall dorthin gehen.« Er vermied es absichtlich, den genauen Ort zu nennen, nur für den Fall der Fälle.

»Warum nicht?«

»Das würde Verdacht erregen, weil du es normalerweise nicht tust.«

Sie nickte zögernd. »Aber was ist mit ... wer wird ihr etwas zu essen bringen?«

»Ich. Du musst nur Lebensmittel zu mir nach Hause bringen, wann immer du kannst, und ich übernehme den Rest.«

»Das ist kein Problem.« Sie lächelte wieder.

»Sei bloß nicht leichtsinnig. Wenn Frau Mertens dich beim Stehlen erwischt ...« Er ließ die Drohung unausgesprochen in der Luft schweben.

»Ich werde Fräulein Annegret fragen.«

Er schüttelte den Kopf. »Das ist keine gute Idee.«

»Aber sie—«

Da er wusste, wie stur Dora sein konnte, entschied er, die Sache mit Annegret von einer anderen Seite anzugehen. »Je weniger Leute involviert sind, desto besser für alle. Sie mag auf unserer Seite sein, aber jetzt, wo Lena in meiner Obhut ist, ist ihre Aufgabe erledigt. Verstehst du das?«

Dora nickte mit großen Augen. »Aber ... wir können sie nicht ewig verstecken.«

»Ich weiß.« Darüber hatte er sich bereits das Gehirn zermartert. »Wir müssen sie an einen sicheren Ort bringen, doch das braucht Zeit. Schließlich können wir nicht einfach in die Stadt gehen und herumfragen, ob jemand Leute kennt, die entflohene Gefangene – und seien wir mal ehrlich, sie ist wahrscheinlich eine Jüdin – bei sich verstecken.«

Dora war den Tränen nahe. »Das ist alles so furchtbar. Warum musste ich überhaupt nach Gut Plaun kommen?«

»Um mich kennenzulernen«, grinste er. Sein Herz erwärmte sich bei ihrem süßen Lächeln.

»Das ist das einzig Gute, das dieser schreckliche Krieg mit sich gebracht hat.«

»Und wenn er vorbei ist, werden wir beide heiraten und glücklich bis ans Ende unserer Tage leben. Aber jetzt kehrst du besser zum Gutshaus zurück und gehst schlafen. Wir müssen beide früh wieder raus.«

Sie umarmte ihn ein letztes Mal verzweifelt, bevor sie sich hinausschlich. Oliver stand am Fenster und sah ihr nach, wie sie in der Dunkelheit verschwand. Hoffentlich würde Lena sie nicht alle ins Verderben schicken.

23

Margarete war unruhig. Da sowohl die Gäste als auch Lena weg waren, hatte sie kaum Ablenkung. Nicht einmal ihre ausgedehnten Spaziergänge durch die Gärten und den Wald erfüllten sie. Von Kindheit an war sie immer beschäftigt gewesen. Erst mit der Schule, dann mit dem Hausunterricht sowie der Mithilfe in der väterlichen Kurzwarenhandlung, und schließlich praktisch rund um die Uhr im Huber-Haushalt. Selbst in Paris bei Wilhelm hatte sie seinen Haushalt in Ordnung gehalten.

Aber jetzt ... wurde von reichen Frauen wirklich erwartet, dass sie den ganzen Tag herumsaßen und nichts anderes taten als zu lesen, sich auszuruhen und mit ebenso gelangweilten Damen der feinen Gesellschaft zu plaudern? Sie benötigte dringend eine Abwechslung, so dass sie beschloss trotz Herrn Fischers Beteuerungen er würde sich um alles kümmern, selbst einige Nachforschungen über den Diebstahl der Vorräte anzustellen.

Ihre erste Station war die Küche. »Frau Mertens? Auf ein Wort, bitte?«

Die ältere Frau schreckte auf und wischte sich die Hände

an ihrer Schürze ab. »Gewiss, Fräulein Annegret. Sie hätten läuten sollen, wenn Sie etwas brauchen, dann hätte ich Dora zu Ihnen geschickt.«

»Nicht doch. Ich wollte nur wissen, ob ich Ihnen bei irgendetwas helfen kann.«

Frau Mertens starrte sie an, als hätte sie etwas Unanständiges gesagt. »Das wird nicht nötig sein, Fräulein Annegret. Wir sind durchaus in der Lage, das Arbeitspensum zu bewältigen.«

»Tut mir leid, so habe ich das nicht gemeint. Ich brauche einfach eine sinnvolle Beschäftigung.«

»Sie könnten in die Stadt gehen und einkaufen? Oder jemanden besuchen? Frau Fischer würde sich sicher freuen, Sie mit einigen Damen bekannt zu machen.«

Margarete schreckte vor der Vorstellung zurück, ihre Nachmittage auf Kaffeekränzchen mit hochnäsigen Frauen verbringen zu müssen, die nicht nur doppelt so alt waren wie sie, sondern meist auch eingefleischte Nazis. Wie sehr vermisste sie ihre Freundin Paulette, die lebenslustige, temperamentvolle, stets gut gelaunte Französin. Mit ihr an der Seite wäre alles so viel einfacher. Unter anderem wüsste Paulette, wie man Kontakt zu einer Widerstandsorganisation aufnimmt, sofern es in der Gegend eine gab. Und sie wüsste, wie sie Herrn Fischer dazu bringen konnte, das zu tun was sie wollte. Margarete mochte die Art und Weise, wie Paulette ihre Informationen beschaffte, nicht gutheißen, aber wer war sie, um darüber zu urteilen? Der Gedanke brachte sie auf eine Idee.

»Ich danke Ihnen, Frau Mertens. Das ist ein guter Rat. Wären Sie so freundlich, Frau Fischer anzuläuten und zu fragen, ob sie mich heute Nachmittag empfangen kann?«

»Es wird Ihnen guttun, unter ihresgleichen zu sein. Gibt es sonst noch etwas, was ich für Sie tun kann?«

Margarete hatte durchaus noch weiteren Informationsbedarf. »Wer liefert die Lebensmittel für die Fabrik?«

Frau Mertens presste die Lippen zusammen. »Das liegt nicht in meinem Aufgabenbereich. Ich kümmere mich um den Haushalt, und koche für die Arbeiter.«

»Ich weiß, und das machen Sie ganz hervorragend.« Margarete spürte, dass ein wenig Schmeichelei helfen würde, Frau Mertens' Zunge zu lockern. »Es ist erstaunlich, wie sie mit den Rationen, die man uns zuteilt, so viele Menschen ernähren und es immer hervorragend schmeckt.«

»Es ist nicht leicht, aber ich tue mein Bestes.« Frau Mertens strahlte vor Stolz.

»Und wer kümmert sich um die Lieferungen für das Gut?«

»Das ist Herr Fischer. Ich mache einen Menüplan für die nächste Woche und gebe ihm eine Liste mit den Zutaten, die ich brauche. Meistens schafft er es, das zu besorgen, was wir brauchen, aber nicht immer.«

»Dann müssen Sie den Menüplan ändern?«

»Meistens kann ich auf die eine oder andere Sache verzichten. Zum Beispiel bei einer Gulaschsuppe: Wenn er keine Karotten bekommt, nehme ich mehr Kartoffeln, aber manchmal muss ich auf ein anderes Rezept zurückgreifen. Ich habe eine Liste von Gerichten, die ich mit den Dingen kochen kann, die wir immer vorrätig haben, wie Mehl und Kartoffeln.«

»Sehr einleuchtend. Wer macht die Menüpläne für die Fabrik?« Margarete hoffte, dass Frau Mertens nicht wieder wortkarg werden würde. Ihre Befürchtungen waren unbegründet.

»Menüplan? Verzeihen Sie bitte meine Offenheit, aber Sie scheinen nicht zu wissen, dass die Fabrikarbeiter größtenteils Häftlinge sind.«

Margarete fragte sich, was das eine mit dem anderen zu tun hatte. »Bitte, seien Sie so offen, wie Sie es für nötig halten, denn ich möchte wissen, wie die Dinge hier ablaufen.«

»In der Fabrik bekommen die Häftlinge jeden Tag das Gleiche. Morgens Kaffee, Ersatzkaffee natürlich, und dazu eine

Scheibe Butterbrot. Mittags eine deftige Suppe, meist mit Kartoffeln, aber auch kleinere Mengen an Möhren, Kohl, Zwiebeln und Fleisch. Am Abend wieder Brot mit Butter, Marmelade oder Käse. Das Brot wird in der Fabrik selbst gebacken. Deswegen ist der wöchentliche Mehlverbrauch dort enorm.«

»Das kann ich mir vorstellen.« Margarete versuchte, ihr Erstaunen zu verbergen. Frau Mertens' Aufzählung stimmte in keiner Weise mit dem überein, was Lena ihr erzählt hatte. Ihr zufolge bestand das Frühstück nur aus Kaffee, das Mittagessen aus einer wässrigen Suppe, bei der man sich glücklich schätzen konnte, wenn man ein Stückchen Kartoffel fand. Und zum Abendessen erhielten die Zwangsarbeiter eine einzigen Scheibe Brot, normalerweise ohne Butter.

»Ja, Herr Fischer bestellt große Mengen an Lebensmitteln. Ich kontrolliere die Lieferungen auf Qualität und nehme, was ich für das Gut brauche, den Rest holt Herr Strobel ab.«

»Nachdem Sie die Abnahme gemacht haben, gehen die Lebensmittel also direkt in die Fabrik?«

»Das weiß ich nicht, aber ich nehme es an.«

Frau Mertens wurde ungeduldig und Margarete beeilte sich, eine letzte Frage zu stellen. »Nur noch eine Sache. Wissen Sie, wer sich in der Fabrik um die Essenszubereitung kümmert?«

Frau Mertens schüttelte den Kopf. »Nein, und ich sollte jetzt wirklich mit meiner Arbeit weitermachen.«

»Ja, natürlich. Vergessen Sie bitte nicht, Frau Fischer mitzuteilen, dass ich heute Nachmittag in der Stadt sein werde und mich gerne mit ihr treffen würde. Und ... können Sie Nils bitten, mich hinzufahren?«

»Das werde ich auf der Stelle erledigen. Wann möchten Sie Ihr Mittagessen einnehmen?«

»Um zwölf Uhr wäre perfekt.«

Margarete kehrte in ihre Gemächer zurück und ließ sich am Fenster nieder, von wo aus sie einen guten Blick auf die Gärten und das Eingangstor hatte. Frau Mertens schien die Wahrheit zu sagen, und wenn sie ehrlich war, konnte Margarete sich nicht vorstellen, dass eine so aufrechte Frau eine Diebin sein könnte. Schon gar nicht, wenn das bedeutete, Menschen verhungern zu lassen.

Zu gerne hätte sie mit Lena darüber gesprochen. Wie sehr sie sie jetzt schon vermisste! Mit ihrer Hilfe hätte sie die Abläufe in der Fabrik besser verstehen können, vor allem jene, die mit den Lebensmittellieferungen zu tun hatten. Irgendwo gab es eine undichte Stelle, eine Person, die dreist und grausam genug war, Essen von denen zu stehlen, die es am nötigsten hatten.

Wut stieg in ihr auf, weshalb sie das Klopfen an der Tür erst hörte, als Dora diese öffnete. »Fräulein Annegret, ist alles in Ordnung? Ich habe mehrmals geklopft, aber Sie haben nicht aufgemacht.«

»Alles in Ordnung. Ich muss eingeschlafen sein.« Margarete rieb sich mit den Händen die Augen. Es würde nichts nützen, Dora in den Diebstahl einzuweihen, vor allem nicht, weil Oliver einer der Hauptverdächtigen war.

»Sie werden doch nicht etwa krank? Es ist ziemlich kühl draußen und man kann sich leicht erkälten.«

Vor allem, wenn man nicht einmal eine Decke besitzt. »Mir geht es gut. Wirklich.« Sie dachte wieder an Lena. Bisher war Dora allen Fragen nach der Ausreißerin ausgewichen. Sie versuchte es erneut. »Bitte, sag mir nur, ob Lena warm und sicher untergebracht ist.«

Dora machte einen Knicks, was sie immer tat, wenn sie nervös wurde. »Es geht ihr gut, Fräulein Annegret.«

»Warum kann sie nicht in meine Räume zurückkehren? Die Ausräucherung ist doch längst vorbei.«

Wieder ein Knicks. »Weil es für Sie und mich nicht sicher ist, wenn Lena sich hier versteckt. Bitte glauben Sie mir, Fräulein Annegret, sie ist in guten Händen.«

»Wer hat dir geholfen, sie zu verstecken? Und hör auf zu knicksen!«

Dora schaute schuldbewusst und stand stocksteif da, während sie antwortete: »Das darf ich nicht sagen. Bitte fragen Sie mich nicht mehr. Ich verspreche, es geht ihr gut. Sie bekommt genug Wasser und Essen und hat eine warme Decke gegen die Kälte.«

»Also versteckt sie sich irgendwo draußen?«

»Ich weiß es wirklich nicht. Er wollte es mir nicht sagen, weil er meinte, es sei besser, wenn ich nichts wüsste.«

Margarete seufzte. Dieses Argument war durchaus nachvollziehbar, aber es war trotzdem sehr frustrierend, keine Details zu erfahren. Aus Dora würde sie keine Informationen herausbekommen, aber wenigstens wusste sie jetzt, dass der Helfer ein Mann war. Vielleicht der stets hilfsbereite Nils oder gar Herr Fischer selbst? Natürlich konnte er in der Öffentlichkeit kein Mitgefühl mit den Häftlingen zeigen, aber da er so bereitwillig zugestimmt hatte, ihre Verbesserungsvorschläge für die Arbeitsbedingungen umzusetzen, war er vermutlich nicht der eingefleischte Nazi, der er zu sein vorgab. *Genau wie ich.* Für jeden, der sie nur oberflächlich kannte, war sie das Aushängeschild einer guten Arierin, die die Juden verachtete, und doch ... sie seufzte. Wenn die Menschen doch nur ihre wahren Überzeugungen zeigen könnten. Es würde ihre Mission, Gutes zu tun, so viel einfacher machen, wenn sie wüsste, wer mit ihrer Sache sympathisierte und wer nicht.

In der Zwischenzeit nahm sie sich vor, die Nachforschungen bezüglich des Diebstahls fortzusetzen. Die nächste Person auf ihrer Liste war Oliver, und obwohl es ihr widerstrebte, ihn aufzusuchen, stattete sie vor dem Mittagessen den Stallungen einen Besuch ab, in der Hoffnung nützliche Informationen über ihn herauszufinden.

Als sie dort ankam, teilte ihr einer der Stallknechte mit, dass

Oliver nach Parchim gefahren war, um den Verkauf einer neuen Ladung Pferde an die Wehrmacht zu verhandeln.

Da sie im Moment nichts Besseres zu tun hatte, teilte sie Frau Mertens mit, dass sie früher zu Mittag essen und dann in die Stadt fahren würde.

»Das passt ausgezeichnet«, sagte Frau Mertens. »Frau Fischer hat mir mitgeteilt, dass sie Sie gerne heute Nachmittag zu Kaffee und Kuchen einladen würde. Am Abend ist sie leider schon zu einem Treffen mit der Ortsfrauenschaft verabredet.«

Frau Fischer war nicht die Gesellschaft, nach der Margarete sich sehnte, aber sie war besser als nichts und vielleicht konnte sie von ihr weitere Informationen erhalten. Aus ihrer Erfahrung mit den Huber-Männern wusste Margarete, dass diese zwar keine Details über ihre Arbeit erzählten, aber nur allzu bereit waren, über die Mühen des Alltags zu schimpfen. Das sollte bei Herrn Fischer nicht anders sein.

Frau Fischer erwies sich jedoch als Sackgasse, denn sie sprach ausschließlich über das neue Badezimmer, das ihr Mann zu ihrem Geburtstag beauftragt hatte, sowie über die Kleider, die sie von der kürzlich erhaltenen Erbschaft kaufen würde.

»Gustav ist so ein wunderbarer Mann. Er arbeitet so hart, um Gut Plaun erfolgreich zu betreiben. Der Arme kommt an vielen Tagen erst spätabends nach Hause und ist dann völlig erschöpft.«

Margarete fand diese Bemerkung seltsam, denn so weit sie das mitbekommen hatte, verließ Herr Fischer normalerweise pünktlich das Gut. Wahrscheinlich musste er nach Feierabend noch an Besprechungen in der Fabrik oder sonst wo teilnehmen.

Als sie am Abend nach Hause zurückkehrte, nahm sie aus lauter Verzweiflung den Telefonhörer in die Hand und wählte Horst Richters Nummer.

»Guten Abend, meine Liebe«, meldete er sich. »Wie haben

sich meine Kollegen benommen? Ich hoffe, sie haben dir keinen Grund zur Klage gegeben?«

»Natürlich nicht, Horst. Sie waren eine wunderbare Gesellschaft und ich bin sehr stolz darauf, dass ich helfen konnte, wenn auch nur mit so einer unbedeutenden Kleinigkeit.«

»Das ist gut zu hören. Besonders die SS-Männer können ein raues Völkchen sein, wenn sie nicht ordentlich beaufsichtigt werden.«

Sie stellte sich vor, wie er in seinem Arbeitszimmer saß, eine Zigarre rauchte und Papiere durchsah. »Darf ich dir eine Frage stellen?«

»Aber natürlich. Dafür bin ich doch da.«

Sie wusste, dass sie ihn nicht auf die Notlage der Häftlinge ansprechen konnte, aber wenn es um das Thema Diebstahl ging? Das war eine ganz andere Sache. »Ich habe einen Blick in die Bücher geworfen und eine Diskrepanz bei den Vorräten entdeckt, die für die Fabrik gekauft und verbucht wurden.«

»Eine Diskrepanz?«

»Ich traue mich kaum das auch nur anzudeuten, aber es sieht so aus, als ob uns jemand bestehlen würde. Hauptsächlich Lebensmittel, die für die Zwangsarbeiter bestimmt sind, aber es könnte sich auch um Rohmaterialien handeln, die für die Produktion benötigt werden.«

»Hast du schon mit Herrn Fischer darüber gesprochen?«

»Das habe ich, und er hatte den gleichen Verdacht. Er versicherte mir, dass er sich bereits darum kümmert.«

»Gut, dann kannst du ihm alles überlassen.«

Margarete rümpfte die Nase. Das war genau die Antwort, die sie befürchtet hatte. *Überlass alles Fischer. Belaste dich nicht mit Männerangelegenheiten.* Nur hatte sie nicht die Absicht, seinem Rat zu folgen. »Ich weiß, es ist eine große Erleichterung, dass er bereits ermittelt, obwohl ... der arme Mann arbeitet so hart, damit Gut Plaun profitabel ist. Ich habe mich heute mit seiner Frau getroffen, und sie hat darüber geklagt, dass er an vielen Tagen erst spät in der Nacht nach Hause kommt und dann völlig erschöpft ist. Ich habe ein schlechtes Gewissen, ihm noch mehr Arbeit aufzubürden, und habe mich gefragt, ob ich irgendetwas tun kann.«

»Es ist wirklich schade, dass du nur eine Frau bist. Ansonsten würde ich dich sofort bei der Gestapo einstellen.« Horst lachte aus vollem Halse.

»Das ehrt mich, doch ich glaube nicht, dass ich das Zeug dazu hätte, für eine so ehrenwerte Institution zu arbeiten. Aber mit ein paar Tipps von dir kann ich zumindest den Vorgängen auf Gut Plaun auf den Grund gehen.« Margarete war ziemlich stolz darauf, dass sie gelernt hatte, den Mann um den Finger zu wickeln, vor dem sie bei ihrer ersten Begegnung Todesangst gehabt hatte. Sie hatte einen weiten Weg hinter sich gebracht, von der verängstigten jüdischen Magd zur Gutsherrin.

»Du hast recht, wenn die Qualität der Produktion auf dem Spiel steht, müssen wir unverzüglich handeln. Ich werde sehen, ob ich dir einen Beamten schicken kann, der jeden auf dem Gut verhört und herausfindet, wer der Dieb ist«, bot er an.

Ein ermittelnder Gestapoagent war die letzte Person, die sie auf dem Gut haben wollte. »Ich glaube nicht, dass das zum jetzigen Zeitpunkt notwendig ist, außerdem sind deine Leute bestimmt mit Wichtigerem beschäftigt und ich möchte der Gestapo keine wertvollen Ressourcen entziehen. Wenn ich herausgefunden habe, wer der Täter ist, sage ich dir sofort Bescheid, und dann können deine Leute anrücken und ihn auf frischer Tat ertappen.« Ausnahmsweise hatte sie kein schlechtes Gewissen, obwohl sie wusste, was mit dem Dieb passieren würde, denn ein Mensch, der so viel Leid verursacht hatte, verdiente alles, was ihm bei einer Verhaftung widerfuhr.

»Hmm ... da magst du recht haben. Es macht auf jeden Fall einen guten Eindruck, wenn wir den Dieb auf frischer Tat ertappen.« Horst schwieg für einige Sekunden. »Ich mache dir folgenden Vorschlag: Du nimmst dir zwei Wochen Zeit und schaust, ob du und Fischer den Übeltäter entlarven könnt. Wenn ihr bis dahin keine Anhaltspunkte habt, werde ich meine Leute einschalten.«

Margarete stimmte zu, obwohl ihr der Gedanke, dass die Gestapo ihre Angestellten verhören und möglicherweise foltern würde, ihr den Magen umdrehte.

»Vielen Dank. Wie immer weißt du am besten, wie man in solchen Fällen vorgeht.«

»Alter und Erfahrung, meine Liebe«, gluckste er ins Telefon.

Nach ein paar Höflichkeiten beendete sie das Gespräch und überlegte, was sie als Nächstes tun sollte. Wenn sie nicht den Rest ihrer Angestellten aushorchen wollte, musste sie unbedingt noch einmal die Fabrik inspizieren. Vielleicht fand sie dort etwas heraus.

24

Oliver starrte den Unterhändler der Wehrmacht an, während seine Laune von Minute zu Minute schlechter wurde.

»Wir brauchen in den nächsten zwei Monaten mindestens vierzig Pferde«, sagte der Mann.

»Ich habe es Ihnen schon gesagt, so viele haben wir einfach nicht.« Oliver fühlte sich, als ob er gegen eine Mauer spräche. »Dreißig, mehr kann ich Ihnen wirklich nicht verkaufen.«

»Es sollte nicht so schwer sein, mehr Pferde zu züchten.«

Oliver schüttelte frustriert den Kopf. »Sie scheinen das Problem nicht zu verstehen. Es geht nicht nur darum, ein Pferd zu haben, es gibt noch andere Faktoren. Erstens muss das Tier mindestens drei Jahre alt sein, bevor es mit der Ausbildung beginnen kann, die für den Kampfeinsatz erforderlich ist.«

»Die Pferde werden es schon noch im Einsatz lernen.«

»Nein, das werden sie nicht. Pferde sind Fluchttiere. Sie werden sich erschrecken und entweder sich selbst oder andere verletzen.« Oliver wurde langsam ungeduldig ob der Hartnäckigkeit dieses Mannes. »Glauben Sie mir, ich mache das, seit ich ein kleiner Junge bin, und mein Vater hat es schon Jahrzehnte vorher gemacht. Wenn Sie zu jung mit dem Training beginnen oder es halbherzig angehen, schaden Sie mehr, als Sie nützen. Jedes Pferd ist anders, man muss seine Stärken fördern und an den Schwächen arbeiten, um es zu einem wertvollen Schlachtpferd zu machen.«

»Im Gegenteil, Sie scheinen das Problem nicht zu verstehen.« Der Mann winkte mit einer Hand ab. »Fakt ist, dass wir für den Feldzug in Stalingrad jedes einzelne Pferd brauchen, das wir bekommen können, und zwar bevor der Winter ernsthaft einbricht. Die Lage ist dramatisch, und ein Pferd ist besser als keins. Ich erwarte dreißig voll ausgebildete Tiere und mindestens zehn weitere, die wir als Ersatzpferde einsetzen können.«

Olivers Herz brach angesichts der Kaltherzigkeit seines Gegenübers, der in seinen geliebten Pferden nichts weiter als Kanonenfutter sah, das man brauchte, um eine Schlacht zu gewinnen. »So einfach ist das nicht.«

»So wie ich es sehe, ist es sehr einfach. Wir zahlen, Sie liefern. Wenn Sie das nicht tun, gehen wir woanders hin und machen einen Vermerk in Ihre Akte, dass dieses Gestüt den Krieg nicht unterstützt.« Einige der Gestütsbesitzer hier in der Gegend waren skrupellos genug, alles zu verkaufen, was vier Beine hatte und kein Fohlen mehr war, aber die meisten waren verantwortungsbewusst genug, nur gut ausgebildete Tiere an die Wehrmacht zu liefern. Nicht nur um der Pferde willen, sondern auch zum Wohl der Soldaten. Ein durch Schüsse verstörtes Pferd konnte ein ganzes Lager niedertrampeln und mehr Soldaten töten als der Feind.

»Es hat keinen Sinn, mich erpressen zu wollen. Cut Plan unterstützt das Reich und unsere Soldaten, und genau aus diesem Grund wollen wir Ihnen keine schlecht ausgebildeten Tiere verkaufen.«

»Dann bilden Sie sie aus.«

»Die Pferde müssen eine gewisse Reife haben, um mit den

Situationen fertig zu werden, mit den sie auf dem Schlachtfeld konfrontiert werden.«

Der Mann starrte ihn an. »Ich mache Ihnen einen Vorschlag: Sie fangen sofort mit der Ausbildung der Zweijährigen an. Wählen Sie die zehn aus, die am schnellsten lernen, und verkaufen Sie sie bis zum Jahresende an mich. Und dann jeden Monat zehn weitere.«

Oliver war nicht glücklich über diesen Vorschlag, aber er wusste, dass es das Beste war, was er aus dem Mann herausholen konnte, also nickte er. »Abgemacht. Ich schicke die erste Fuhre innerhalb der nächsten zwei Wochen und die anderen, sobald ich sie für ausreichend zuverlässig halte.«

»Je früher, desto besser.«

Sie besprachen noch einige Details, darunter auch die Vergütung. Trotz des Zugeständnisses seitens der Wehrmacht war Oliver schlecht gelaunt. Er hasste es, ein Pferd weggeben zu müssen, insbesondere eines, das nicht ausreichend präpariert war, um eine Überlebenschance zu haben.

Als er die Verhandlungen abgeschlossen hatte, nahm er den Zug zurück nach Plau am See, wo Nils am Bahnhof auf ihn wartete.

»Wie lief die Verhandlung?«, fragte Nils.

»Unvernünftig wie immer. Sie erwarten, dass ich die Pferde zu jung trainiere, nur damit sie mehr Kanonenfutter haben. Diese Leute besitzen keine Seele!«

»Ruhig Blut, junger Mann. Es ist immer noch die Wehrmacht und alles, was du sagst ...« ermahnte Nils ihn.

Oliver kannte die Konsequenzen nur zu gut. Er vertraute Nils, der keiner Fliege etwas zuleide tun würde, aber man wusste nie wer zufällig mithörte. Deshalb schmunzelte er und fügte hinzu: »Genau wie du stehe ich voll und ganz hinter diesem Krieg, und ich bin nur deshalb dagegen der Wehrmacht mehr Tiere zu liefern, weil ich ihnen die bestmöglich ausgebildeten Pferde geben will, um gegen die Russen zu gewinnen.«

»Es gibt Ärger auf dem Gutshof«, sagte Nils, während der Fahrt.

»Was hat sie jetzt schon wieder angestellt?«, fragte Oliver, dem klar war, dass Annegret den Aufruhr verursacht haben musste.

»Sie hat Frau Mertens in heillose Aufregung versetzt, weil sie alle möglichen Fragen zu den Vorräten gestellt hat, und sogar angedeutet hat, dass jemand Lebensmittel stiehlt.«

»Frau Mertens? Niemals! Aber es sieht Annegret ähnlich, unbegründete Verdächtigungen zu äußern. Ich frage mich, was sie vorhat.«

Nils schnalzte mit der Zunge, um die Pferde zu einem schnelleren Trab anzutreiben. »Fräulein Annegret hat sich so sehr verändert. Sie ist nicht mehr das hinterhältige, durchtriebene Mädchen, das sie einmal war. Aber, ja, ich traue ihr durchaus zu, etwas Böses im Sinn zu haben. Halte lieber die Augen offen.«

Oliver fragte sich, wie viel Nils über den Vorfall mit Annegret und dem blinden Albert wusste, der so viele Jahre zurücklag. Wahrscheinlich alles, denn Klatsch und Tratsch verbreiteten sich auf Gut Plaun schneller als ein Lauffeuer.

Den Rest der Fahrt fuhren sie schweigend, doch Olivers Laune wurde immer schlechter, je näher sie dem Gut kamen.

»Danke, dass du mich abgeholt hast«, sagte er zu Nils, als er vom Kutschbock sprang.

»Nicht der Rede wert. Ich musste sowieso Besorgungen in der Stadt machen.«

Oliver lüftete seinen Hut und ging hinunter zu den Ställen, denn er brauchte dringend den Frieden und die Akzeptanz, die er nur bei den Pferden fand. Sie waren seine besten Freunde, und es gab keinen Ort, an dem er lieber war. Außer ... vielleicht bei Dora, aber die war im Moment mit ihrer Arbeit beschäftigt.

Als er in die große Scheune schlenderte, rief ihm einer der

Stallburschen zu: »Fräulein Annegret war vorhin hier und hat nach dir gesucht.«

Annegret ist letztendlich doch in die Stallungen gekommen? Er nickte und fragte: »Welches Pferd hat sie genommen?«

Der Mann schüttelte den Kopf. »Keines. Sie hat nach dir gefragt und als sie hörte, dass du geschäftlich unterwegs bist, ist sie wieder gegangen.«

Seine Lieblingsstute Sabrina streckte ihren Kopf aus der Box, als sie seine Stimme hörte, und wieherte. Er ging hinüber, um ihr den Hals zu tätscheln, und wünschte sich nichts sehnlicher, als die Tatsache zu ignorieren, dass Annegret nach ihm suchte, und stattdessen mit Sabrina einen Ausritt zu machen.

Aber wenn er nicht ins Haus ging und herausfand, was die Gutsherrin wollte, bekam sie womöglich einen Wutanfall, und den wollte er keinesfalls riskieren. Sabrina würde warten müssen.

Auf halbem Weg zum Herrenhaus kam eine geschmeidige Gestalt auf ihn zu. *Wenn man vom Teufel spricht...,* dachte Oliver.

»Oh gut, dass du zurück bist Oliver«, sagte Annegret und eilte auf ihn zu.

»Ich komme gerade von einem Treffen mit dem Einkäufer der Wehrmacht, aber ich habe gehört, dass du mich gesucht hast.«

»Das habe ich.« Ihre Stimme wurde kalt, sogar feindselig. »Ich wollte dir ein paar Fragen zu unseren Lebensmittelvorräten stellen.«

Er stöhnte auf. Nachdem sie Frau Mertens ausgequetscht hatte, war er nun ihr nächstes Opfer?

»Darüber weiß ich leider nichts.«

»Das ist nicht ganz richtig, oder?« Sie warf ihm ein scheinbar triumphierendes, und irgendwie auch bösartiges Lächeln zu.

»Wie meinst du das? Herr Fischer bestellt den Nachschub

und Frau Mertens kontrolliert ihn, bevor er ihn an die verschiedenen Empfänger verteilt.«

»Und du holst alles ab, was für das Gestüt bestimmt ist, nicht wahr?«

»Ja, das tue ich. Stroh und Heu werden direkt zu den Stallungen geliefert, aber das Hartfutter und das Gemüse gehen zuerst über Frau Mertens' Tisch.« Er konnte förmlich sehen, wie ihr Gehirn die Informationen verarbeitete. Irgendetwas machte klick, und er wartete darauf zu erfahren, welche unheilvolle Schlussfolgerung sie gezogen hatte.

»Also nimmst du dir einfach alles, was du für deine Pferde brauchst?«

»Was für eine dumme Frage!« Er konnte sich kaum zurückhalten, sie anzuschreien. »Natürlich nehme ich, was sie brauchen. Willst du etwa, dass ich die Tiere verhungern lasse?«

»Du würdest also lieber die Zwangsarbeiter in der Fabrik verhungern lassen, nur weil deine verwöhnten Gäule nicht auf die Wiese gehen und Gras fressen können?«

Diese dumme Pute hatte offensichtlich keine Ahnung, dass Pferde in der Ausbildung sich nicht allein von Gras ernähren konnten, schon gar nicht in der kalten Jahreszeit. »Das hat nichts mit den Zwangsarbeitern zu tun, sondern einzig und allein mit dem Training der Tiere.«

»Aha. Das ist also deine Rechtfertigung dafür, die für die Fabrik bestimmten Lieferungen zu stehlen?« Sie stand mit vor der Brust verschränkten Armen da und starrte ihn anklagend an. Aber sie irrte sich gewaltig, wenn sie glaubte, dass ihn ihre Drohgebärde beeindruckte. Er hatte schon lange keine Angst mehr vor wutgeifernden Schabracken wie ihr.

Er starrte zurück und konnte gerade noch verhindern, dass seine Hand in die Höhe schoss, um ihr den Vogel zu zeigen. Gerade als er sich damit abgefunden hatte, dass Annegret sich womöglich geändert haben könnte, stellte sich heraus, dass sie immer noch dieselbe hinterhältige Göre war, und beschuldigte ihn grundlos des Diebstahls.

»Ich habe noch nie etwas gestohlen. Ich hole nur das, was für die Ställe bestimmt ist. Basta.«

»Wie erklärst du dir dann, dass nur ein kleiner Teil der Lebensmittel tatsächlich in der Fabrikküche landet?«

»Was weiß ich? Warum fragst du nicht Gustav?«

»Das habe ich schon getan. Und er ist nicht der Dieb.«

Oliver ballte die Hände zu Fäusten, während er gegen den Drang ankämpfte, sie um Annegrets Hals zu legen und zuzudrücken, bis sie endlich die Klappe hielt. Er öffnete den Mund, um sich zu verteidigen, aber ihm fehlten die passenden Worte. Sie würde ihm sowieso nicht glauben. Schließlich spuckte er aus: »Nun, ich bin es auch nicht.«

Dann machte er auf dem Absatz kehrt und stürmte davon, unbeirrt davon, dass sie seinen Namen rief und ihn aufforderte, zurückzukommen und das Gespräch zu beenden.

So wütend war er schon lange nicht mehr gewesen, also ging er auf direktem Weg in den Stall, sattelte Sabrina und galoppierte in Richtung Wald. Annegret hatte sich kein bisschen verändert, ganz gleich, was die anderen behaupteten. Sie mochte Dora täuschen, aber nicht ihn. Er kannte ihren wahren Charakter, und der war durch und durch verderbt.

Als er zurückkam, war es bereits dunkel und eine leise Stimme erinnerte ihn daran, dass er Lena etwas zu essen bringen musste. Doch er war immer noch so wütend auf Annegret, dass er inzwischen überzeugt war, Lena müsse ein Maulwurf sein. Bestimmt steckte sie mit Annegret unter einer Decke, und verdiente es deshalb, elendiglich in der Quarantänebox zu verrotten.

Nach dem Abendessen jedoch, bei dem er heimliche Blicke und ein paar zufällige Berührungen mit Dora austauschte, hatte er sich wieder beruhigt. Dora hatte diese Wirkung auf ihn: Sie beschwichtigte sein aufbrausendes

Temperament und brachte ihn dazu, ein besserer Mensch sein zu wollen.

Er fühlte sich schuldig, weil er seine Wut an einer schwachen und verletzten Frau ausgelassen hatte. Deshalb ging er nach Hause, wo Dora eine Mahlzeit für Lena hingestellte hatte, und von dort direkt zu den Ställen, wobei er darauf achtete, dass ihm niemand folgte.

Tagsüber konnte er sich auf dem Gestüt frei bewegen, aber wenn er nach Einbruch der Dunkelheit dorthin ging, konnte das Verdacht erregen, besonders jetzt, da Annegret ihn anscheinend für einen Dieb hielt.

Er öffnete das Vorhängeschloss, zu dem er den einzigen Schlüssel besaß, und fand Lena im Stroh sitzend vor, die Pferdedecke um ihre dünnen Schultern gelegt. Der Anblick ihrer abgemagerten Gestalt gab ihm einen Stich und er fragte sich, ob sich wirklich jemand zu einem wandelnden Skelett hungern würde, um als Maulwurf zu arbeiten. Oder war sie in Wirklichkeit eine entflohene Gefangene, die wieder eingefangen worden war und nun für die Gestapo arbeitete, indem sie ihre Helfer im Tausch gegen ihr eigenes Leben verriet. Die Menschen taten vieles, um am Leben zu bleiben.

»Oliver«, begrüßte sie ihn mit sanfter Stimme.

»Lena. Tut mir leid, dass ich so spät dran bin ...«

»Bitte, du musst dich nicht entschuldigen. Du bist jetzt hier, und ich bin dir wirklich sehr dankbar für das, was du für mich tust, mehr als ich jemals ausdrücken kann.«

Ihre Haltung machte ihn demütig. Nach allem, was sie durchgemacht haben musste, war sie immer noch sanftmütig und freundlich, statt verbittert. Selbst in ihrem ausgemergelten Zustand hatte sie feine Gesichtszüge, und er erkannte, dass sie einmal sehr schön gewesen war. Die dunklen Haarstoppel auf ihrem Kopf ließen sie wie einen Landstreicher aussehen, doch ihr ansteckendes Lächeln nahm ihn gefangen. Er stellte sich vor, wie sie mit einem gesunden Gewicht, ohne die blauen

Flecken und Schrammen und mit nachgewachsenen Haaren wohl aussähe.

Er verbrachte viel mehr Zeit mit Lena, als er geplant hatte, und unterhielt sich mit ihr über Gott und die Welt, bis er den Schrei einer Eule hörte, der ihn daran erinnerte, dass es schon spät war und Dora sich Sorgen machen würde, wenn er nicht zu Hause war.

»Ich muss jetzt wirklich gehen«, entschuldigte er sich. »Nochmal, es tut mir leid, dass ich so spät gekommen bin. Ich werde morgen früher kommen.«

»Wann immer du kannst, ist gut. Ehrlich.«

Oliver nickte, nahm sich jedoch vor, es besser zu machen. Lena war so freundlich und bescheiden … das Gespräch mit ihr hatte ihn davon überzeugt, dass sie keinesfalls für die Gestapo arbeiten konnte. Sie schien durch und durch ehrlich zu sein, und er wusste tief in seinem Herzen, dass sie einfach nur einer der unglückseligen Juden war, die Hitler vom Angesicht der Erde tilgen wollte.

25

Margarete sah Oliver nach, und jede Sympathie, die sie für ihn empfunden haben mochte, verflog. Dieser unverschämte Mann hatte nicht nur ihre Anschuldigungen rundweg abgestritten, sondern sie auch noch mitten im Gespräch stehen lassen. Sie würde einen Besen fressen, wenn er nichts mit dem Diebstahl zu tun hatte. Kein Unschuldiger reagierte so, wie er es gerade getan hatte.

Die Schuld stand ihm ins Gesicht geschrieben, obwohl er so tat, als sei er empört. Sie würde Herrn Fischer aufsuchen und ihm von ihren Erkenntnissen berichten, aber vorher musste sie noch eine Sache erledigen.

Nils war von seinen Besorgungen in der Stadt zurück und stand bereit, um sie zur Fabrik zu fahren, wo sie weitere Erkundigungen einholen wollte. Zwar schauderte sie bei dem Gedanken, sich mit Heinz Strobel auseinandersetzen zu müssen, aber es musste sein.

So sehr sie sich auch wünschte, dass Herr Fischer sie begleitete, seine Anwesenheit würde ihr nicht helfen. Wenn Strobel in den Diebstahl verwickelt war, würde er in Gegenwart des Gutsverwalters nicht reden. Aber bei einer Frau, die er für dumm und oberflächlich hielt, könnten ihm wertvolle Informationen entschlüpfen, oder er könnte sich sogar vor ihr mit seinen Taten brüsten. Sie hatte oft die Erfahrung gemacht, dass Männer Frauen nicht ernst nahmen und ihnen deshalb Dinge erzählten, die besser geheim blieben.

»Sind Sie sicher, dass Sie zur Fabrik wollen?«, fragte Nils, als er ihr auf den Kutschbock half. »Es ist ein scheußlicher Ort.«

Einmal mehr fragte sie sich, wie viel die Menschen auf dem Gut davon wussten und warum es niemanden zu interessieren schien. Nichtsdestotrotz genoss sie die Fahrt durch den Wald. Es war so ruhig und friedlich, dass sie ihre Sorgen fast vergaß.

»Soll ich auf Sie warten?«, fragte Nils, als er die Pferde vor dem Tor zum Stehen brachte.

»Ja, bitte. Es wird nicht lange dauern.« Sie straffte ihr Rückgrat und wartete darauf, dass Nils um die Kutsche herumging, um ihr herunterzuhelfen.

»Ich bin dort drüben, dann können die Pferde so lange grasen.« Er wies auf eine Lichtung unweit des Stacheldrahtzauns und ließ seinen Blick unbehaglich zwischen den bunkerähnlichen Gebäuden dahinter hin und her schweifen.

»Gut. Ich lasse nach dir schicken, wenn ich fertig bin.«

In der Zwischenzeit war der Wachmann aus seiner Pförtnerloge herausgetreten, ein Gewehr im Anschlag. »Was wollen Sie?«

»Ich bin Annegret Huber, die Besitzerin dieser Fabrik, und ich möchte Herrn Strobel sprechen.«

Er warf ihr einen misstrauischen Blick zu, sagte dann aber: »Warten Sie hier.« Dann kehrte er in das Häuschen zurück und nahm den Telefonhörer in die Hand. Nach einer Weile trat er wieder vor Margarete. »Er wird gleich hier sein.«

»Danke.«

Wie der Wachmann versprochen hatte, kam kurz darauf Herr Strobel in langen Schritten auf sie zu, die Stiefel auf

Hochglanz poliert, die Miene ausgesprochen mürrisch über den unangekündigten Besuch.

»Fräulein Annegret, was führt Sie hierher?«

»Nur ein paar Fragen.« Da er keine Anstalten machte, sie hereinzubitten, fügte sie hinzu: »Können wir uns in Ihrem Büro unterhalten?«

Sein Gesicht verfinsterte sich noch mehr, dennoch gab er dem Wachmann ein Zeichen, das Tor zu öffnen. »Gewiss doch. Bitte folgen Sie mir.«

Sie überquerten den großen Hof und bogen gerade um eine Ecke, als die gleiche schwere Lore, die sie beim letzten Mal gesehen hatte, vorbeikam, geschoben und gezogen von vier zum Skelett abgemagerten Männern.

Strobel ergriff seinen Schlagstock, schlug dem ihm nächsten Mann auf den Rücken und brüllte: »Beeil dich, du faule Sau!«

Der Mann neben dem Geschlagenen blickte auf und als sich ihre Blicke trafen, gab es keinen Zweifel mehr, dass es Onkel Ernst war.

»Gretchen, mein Kind«, murmelte er, wobei er ihren Spitznamen von damals benutzte, als sie noch ein Kind war und auf seinem Schoß schaukelte, wenn sie bei ihm und Tante Heidi zu Besuch war.

Eine Sekunde später knallte Strobels Stock mit einem dumpfen Schlag auf seinen Rücken. »Blick zu Boden und sprich nicht mit Fräulein Annegret, es sei denn, sie spricht dich zuerst an.«

»Ja, mein Herr«, presste Onkel Ernst mit vor Schmerz verzerrter Miene hervor.

Margarete musste sich zwingen, still zu halten. Wenn sie ihm zu Hilfe geeilt wäre, hätte sie ihre Tarnung auffliegen lassen.

»Dieses Judenpack ist unverschämt. Er weiß, dass er mit niemandem reden darf, schon gar nicht mit einer Dame wie Ihnen«, sagte Strobel und befestigte den Schlagstock wieder an seinem Gürtel. »Woher kennen Sie überhaupt so ein verachtenswertes Subjekt?«

»Ich kann mich nicht erinnern, ihn jemals gesehen zu haben.« Kaum hatten diese Worte ihren Mund verlassen, wollte sie vor Scham vergehen. Sie war die schlimmste aller Verräterinnen, eine, die ihr eigen Fleisch und Blut verleugnete. »Vielleicht hat er mal für meine Eltern in Berlin gearbeitet.« Unwillkürlich zog sie ihre zitternden Schultern hoch, weil sie sich vorstellen konnte, wie verletzt ihr Onkel durch ihre Worte sein musste.

Herr Strobel jedoch missverstand ihre Geste und fragte: »Wollen Sie, dass ich ihn für seine Unverschämtheit bestrafe?«

»Nein, das ist nicht nötig.« Die Galle stieg ihr in der Kehle hoch, als Strobel daraufhin die Männer vorwärtstrieb und sie mit den widerlichsten Schimpfwörtern überschüttete.

Als sie in seinem Büro ankamen, bot er ihr einen Platz an und fragte: »Was wollen Sie so dringend besprechen? Wie Sie sehen, habe ich alle Hände voll zu tun, diese faulen Schweine zur Arbeit anzutreiben.«

Margarete hatte ihren ursprünglichen Plan, ihn über die Lebensmittelvorräte sowie darüber, wer sie in die Fabrikküche lieferte, zu befragen, schon fast vergessen und widmete sich zunächst einem anderen Thema. »Hat Ihnen Herr Fischer nicht gesagt, dass keine körperliche Züchtigung der Häftlinge mehr erlaubt ist?«

Strobel lachte lange und laut. Als er sich wieder beruhigt hatte, sagte er: »Warum um alles in der Welt sollte Gustav so eine absurde Regel aufstellen? Er genießt die Bestrafungen doch am allermeisten.«

Sie starrte ihn wütend an. »Diese absurde ›Regel‹ stammt übrigens von mir, und ich habe Herrn Fischer angewiesen, sie Ihnen zusammen mit einer Liste anderer Maßnahmen zur Verbesserung der Arbeitsbedingungen auszuhändigen.«

»Sehr witzig, junges Fräulein. Ich versichere Ihnen, dass

Gustav mir keine solche Liste gegeben hat. Was soll da denn noch alles draufstehen?«

Margarete zog die Brauen zusammen, doch jetzt war keine gute Gelegenheit, den Wahrheitsgehalt von Strobels Aussage zu überprüfen. »Ich werde Ihnen alle Punkte auflisten, wenn Sie so freundlich wären, mir Papier und Stift zu geben.«

Er schaute verblüfft, gehorchte aber und holte aus einer Schublade einen Notizblock und einen Kugelschreiber hervor. Margarete machte sich an die Arbeit und schrieb fünf Punkte auf:

- *Eine Schicht darf höchstens zwölf Stunden dauern*
- *Jeder Arbeiter hat alle zwei Stunden Anspruch auf eine zehnminütige Pause, sowie nach sechs Stunden eine längere Pause von dreißig Minuten*
- *An allen Arbeitsplätzen muss jederzeit frisches Wasser aus dem Brunnen stehen*
- *Arbeiter, die mit Sprengstoff hantieren, erhalten Schutzkleidung*
- *Körperliche Züchtigung ist strengstens verboten*

Sie las ihre Liste durch, fügte dem letzten Punkt ein Ausrufezeichen hinzu, und reichte sie Herrn Strobel.

Sein Gesicht wurde mit jedem gelesenen Wort röter und als er fertig war, leuchtete es wie eine reife Tomate. »Das können Sie nicht ernst meinen!«

»Doch.«

»Wenn Sie darauf bestehen, auch nur die Hälfte davon umzusetzen, wird hier die Hölle losbrechen. Es tut mir leid, Ihnen das sagen zu müssen, aber Sie haben nicht die geringste Ahnung, wie man eine Fabrik leitet. Die Leute, die hier arbeiten sind der Abschaum der Menschheit. Man muss sie durch Prügel gefügig machen, sonst fangen sie bald einen Aufstand an. Und wie würde Ihnen das gefallen?«

Margarete hatte gewusst, dass es ein unangenehmer Besuch werden würde, aber in ihren kühnsten Träumen hatte sie nicht damit gerechnet, dass sie sich mit ihm über die Umsetzung der neuen Regeln würde streiten müssen, schließlich hatte Herr Fischer versprochen sich darum zu kümmern. Jetzt wünschte sie sich, sie hätte ihn gebeten, sie zu begleiten, um herauszufinden, ob Strobel log oder Fischer ihre Liste tatsächlich nicht weitergeleitet hatte.

Unter keinen Umständen würde sie diesen Ort wieder verlassen ohne sich zu vergewissern, dass Onkel Ernst und mit ihm alle anderen Häftlinge vor weiteren Schlägen bewahrt wurden.

»Und Sie scheinen vergessen zu haben, wem diese Fabrik gehört. Es ist mir egal, was Sie davon halten. Ich will, dass diese Regeln umgesetzt werden, und zwar sofort!« Margarete war so wütend, dass sie völlig vergaß, vor dem stämmigen Mann Angst zu haben.

»Nun, Fräulein Annegret. Wenn Sie das wirklich wollen, dann geben Sie mir die Liste, und ich kümmere mich darum.«

Sie ließ sich von seinem plötzlichen Sinneswandel nicht täuschen. Herr Fischer hatte das Gleiche gesagt, und nun erkannte sie, dass er sie wie ein dummes, kleines Mädchen an der Nase herumgeführt hatte. Er hatte gar nicht vorgehabt, ihre Regeln umzusetzen und darauf vertraut, dass sie nie wieder einen Fuß in die Fabrik setzen würde. Und jetzt tat Strobel das Gleiche. Aber die beiden Männer unterschätzten sie, wenn sie glaubten, dass sie zweimal auf die gleiche Masche hereinfallen würde.

»Danke, aber ich erledige das lieber selbst. Wo ist das Schwarze Brett?« Sie schnappte sich die Liste von seinem Schreibtisch.

Er sprang sichtlich erregt auf. »Das können Sie nicht tun ... es ist zu gefährlich für Sie, so ganz allein da draußen. Diese

Leute sind wie ein Rudel Wölfe, die werden Sie in Stücke reißen.«

Margarete musste beinahe lachen. Diese angeblich so gefährlichen Leute waren eingeschüchterte Häftlinge. Selbst wenn echte Verbrecher unter ihnen waren, würde niemand es wagen, Hand an sie zu legen, schon gar nicht in Gegenwart von Strobels peitschenschwingenden Aufsehern. »Deshalb werden Sie mich begleiten.«

»Ich werde Ihnen ganz sicher nicht helfen, einen solchen Unfug anzustellen. Gustav macht mich einen Kopf kürzer, wenn Ihnen etwas zustößt.«

Ausnahmsweise war sie froh über Annegrets Ruf als rücksichtslose, sture und verzogene Göre, denn so konnte sie ihn erpressen, um zu bekommen, was sie wollte. »Dann erzähle ich Reichskriminaldirektor Richter, wie wenig Respekt Sie mir entgegenbringen, und Sie dürfen die Sache der Gestapo erklären, wenn Ihnen das lieber ist.« Mit Genugtuung beobachtete sie wie sein knallrotes Gesicht kalkweiß wurde.

»Das wird nicht nötig sein.«

»Also, wo wäre Ihrer Meinung nach der beste Ort, um diese Regeln auszuhängen, damit jeder sie sehen kann?«

Er zuckte unbehaglich mit den Schultern. »Wir haben zwar ein Schwarzes Brett, aber das dient nur der Information unserer zivilen Mitarbeiter. Die Häftlinge dürfen sich davor nicht aufhalten.«

Das konnte der Wahrheit entsprechen oder ein weiterer Trick sein, um sie davon abzuhalten, die verbesserten Arbeitsbedingungen bekannt zu geben. Einer Eingebung folgend sagte sie: »Folgen Sie mir«, und verließ sein Büro mit der Liste in der Hand. In seinem Vorzimmer saß eine mollige Frau in den Fünfzigern vor einer Schreibmaschine.

»Guten Tag«, grüßte Margarete. »Ich bin Annegret Huber, und mir gehört diese Fabrik.«

Die Frau hörte mit Tippen auf und schoss hoch. »Fräulein

Annegret. Herzlich willkommen! Sie erinnern sich vielleicht nicht an mich, aber wir haben uns vor einiger Zeit beim Gottesdienst in Plau gesehen. Mein Name ist Gerda Klein.«

»Ich freue mich sehr, Sie wiederzusehen, Frau Klein.« In Margaretes Kopf nahm ein Plan Gestalt an; die Sekretärin auf ihre Seite zu ziehen, war der erste Schritt. »Ich habe nur Gutes über Ihre Arbeit gehört und wollte mich persönlich bei Ihnen bedanken für alles, was Sie für die Kriegsanstrengungen tun.«

Frau Klein strahlte vor Freude. »Ich tue mein Bestes, um den Führer stolz zu machen.«

»Und das tun Sie hervorragend. Übrigens haben Herr Strobel und ich gerade darüber gesprochen, wie wir die Produktivität in der Fabrik steigern können, und haben uns auf neue Regeln geeinigt. Es mag auf den ersten Blick kontraintuitiv erscheinen, dennoch sind wir beide davon überzeugt, dass ausgeruhte Arbeiter effizienter arbeiten.«

Frau Klein nickte.

»Wären Sie so freundlich, zwanzig Abschriften dieser Liste zu tippen?«

»Gewiss, wenn Herr Strobel das möchte ...« Ihr Blick huschte zu ihrem Vorgesetzten, denn anscheinend war sie sich nicht sicher, ob Annegret ihr einen direkten Befehl erteilen durfte.

»Tun Sie, was Fräulein Annegret wünscht«, brummte Strobel.

Frau Klein nahm das Blatt aus der Schreibmaschine und stand auf, um mehrere Blätter weißes Papier und Kohlepapier zu holen, die sie akribisch übereinanderlegte, bis sie einen Stapel von etwa zehn Blättern hatte, den sie in die Schreibmaschine einspannte. Dann tippte sie in blitzschneller Geschwindigkeit.

Margarete stand ein paar Schritte entfernt und beobachtete, wie Frau Kleins Finger über die Tasten flogen, während ein rhythmisches Klack-Klack den Raum erfüllte. Innerhalb weniger Minuten hatte die Sekretärin alle zwanzig Kopien getippt und reichte sie Margarete. »Hier, bitte sehr. Wenn Sie sonst keine Wünsche haben, mache ich wieder mit meinen anderen Aufgaben weiter.«

»Vielen Dank für Ihre Hilfe. Es ist bewundernswert, wie schnell Sie tippen.«

»Ich war Klassenbeste an der Sekretärinnenschule.« Frau Klein grinste von einem Ohr zum anderen, doch ihr Lächeln erlosch, als sie den mürrischen Blick ihres Vorgesetzten sah. »Ich fange sofort an, Ihre Briefe zu schreiben, Herr Strobel.«

»Gut«, knurrte er.

Margarete mochte seinen ruppigen Ton nicht, und sie hoffte, dass Frau Klein nicht die Leidtragende sein würde, wenn er von dem kleinen Rundgang durch die Anlage zurückkehrte, den sie geplant hatte. »Nun, Herr Strobel, lassen Sie uns loslegen. Wir müssen in jedem Bunker eine dieser Listen aufhängen.«

»Das kann nun wirklich nicht Ihr Ernst sein. Dieses lächerliche Vorhaben wird den Produktionsablauf stören und uns beim Erreichen der Tagesquote zurückwerfen.«

Sie nahm an, dass er bluffte. »Machen Sie sich keine Sorgen. Die Produktionssteigerung aufgrund der neuen Regeln wird die kleine Verzögerung mehr als wett machen.«

Er starrte sie finster an, schwieg aber. Offenbar hatte die Drohung, ihn bei der Gestapo anzuschwärzen, gewirkt. Margarete spürte, wie ein Kribbeln durch ihre Adern rauschte. Macht zu haben, war in der Tat ein berauschendes Gefühl.

Sie wies Strobel an, die Ankündigung in jedem Gebäude der Fabrik – und es gab viele – unter den wachsamen Augen der Zwangsarbeiter auszuhängen. Allerdings wollte sie ihr Glück lieber nicht herausfordern und hielt sich im Hintergrund, beobachtete aber mit Argusaugen, wie schnell sich die Neuigkeiten unter den Häftlingen verbreiteten.

Als Herr Strobel fertig war, fragte sie: »Wann gibt es Abendessen?«

»Sobald die faulen Schweine ihr Tagespensum erfüllt haben, was dank Ihnen heute viel länger dauern wird.«

Gott, war dieser Mann nervig. Sie lächelte ihr charmantestes Lächeln. »Sie sind unvernünftig. Ich habe einen Blick auf die Anschlagtafeln geworfen und es scheint, dass die meisten Produktionslinien ihr Tagesziel bereits erreicht haben. Was machen Sie mit dem Überschuss?«

»Wenn wir mal einen Überschuss haben, sagen wir der Wehrmacht Bescheid und verkaufen ihnen mehr Sprengstoff.« Er verschluckte sich fast an der Antwort, sodass in Margarete der Verdacht aufkeimte, hinter dem Diebstahl steckte mehr als nur Lebensmittelklau. Sie musste unbedingt noch einmal mit Herrn Fischer reden.

»Da bin ich aber froh, das zu hören. Wenn Sie jetzt bitte alle Insassen auffordern würden, sich im Hof einzufinden«, sagte Margarete.

»Wie soll ich das denn anstellen? Wir sind doch kein Kindergarten!«

»Ach... ich hatte den Eindruck, dass jede gut geführte Fabrik, die Häftlinge einsetzt, Vorkehrungen für genau diesen Fall getroffen hat. Appelle, glaube ich, werden sie genannt.« Sie beglückwünschte sich selbst zu ihrer Voraussicht, Lena über jedes Detail des Lageralltags und speziell nach dem Ablauf eines Arbeitstages in der Fabrik befragt zu haben.

Die Sonne ging bereits unter und sie hieß einen der Aufseher an, dem wartenden Nils auszurichten, es würde nicht mehr lange dauern, bevor sie zum Gutshaus zurückkehren konnten. Währenddessen versammelte Herr Strobel die Häftlinge zum Appell.

Erfreut über sein Unbehagen, las Margarete den Zwangsarbeitern die Liste der neuen Regeln vor. Nachdem sie bereits einmal von ihren eigenen Angestellten für dumm verkauft worden war, fügte sie als letzten Satz hinzu: »Ich werde regelmäßig vorbeikommen, um die Umsetzung der neuen Regeln zu überprüfen.«

Einige der ausgemergelten Frauen und Männer schienen zu lächeln, während die meisten der Aufseher ein verärgertes Gesicht machten. Auch gegen diese würde sie etwas unternehmen müssen. Aber für heute hatte sie alles getan, was sie tun konnte, um denjenigen zu helfen, die unter ihrer Obhut standen – und sei es auch nur ein kleiner erster Schritt.

26

Gustav wollte gerade sein Büro verlassen, als das Telefon klingelte.

»Gustav Fischer, Gut Plaun«, meldete er sich.

»Ich bins, Heinz. Du musst diese Frau von der Fabrik fernhalten!«

»Immer mit der Ruhe! Was ist denn passiert?«

Heinz erzählte ihm, wie Annegret aufgetaucht war und ihn gezwungen hatte, den Häftlingen ihre unangemessenen Forderungen zu verkünden. Wenn es nicht so absurd gewesen wäre, hätte Gustav bei der Vorstellung, wie Fräulein Annegret Heinz die Meinung sagte, laut gelacht. Insgeheim applaudierte er ihr dafür, dass sie es mit einem Mann wie ihm aufnahm. Obwohl er sich fragte, warum in aller Welt sie sich plötzlich dazu berufen fühlte, diesen verabscheuenswerten Juden zu helfen.

»Du machst weiter wie bisher, und ich kümmere mich um sie.«

»Diese unverschämte Hexe hat mir mit der Gestapo gedroht, wenn ich nicht nach ihrer Pfeife tanze.«

»Ich werde mit ihr reden. Halte dich eine Weile bedeckt, ja?« Gustav seufzte. Er hätte nie gedacht, dass die Anwesenheit der jungen Erbin die Dinge so komplizieren würde. Warum weigerte sie sich in die Fußstapfen ihrer Mutter zu treten und bei Kaffee und Kuchen mit den Damen der Stadt zu plaudern?

Obwohl, wenn er darüber nachdachte, könnte sie eine mächtige Verbündete sein. Es musste ihm nur gelingen, ihre Entschlossenheit so zu kanalisieren, dass sie etwas Sinnvolles verfolgte.

»Na gut. Aber ich kann mich darauf verlassen, dass du sie mir vom Hals schaffst? Nächste Woche kommt ein neuer Käufer, und das Letzte, was ich gebrauchen kann, ist, dass Ihre Hoheit hier herumschnüffelt!«, regte Heinz sich über Annegrets Einmischung auf.

»Ich habe alles unter Kontrolle. Gib mir das Datum und die Uhrzeit des Treffens, und ich werde dafür sorgen, dass meine Frau sie auf ein Kaffeekränzchen einlädt.« Gustav schmunzelte. Beate war von Annegret sehr beeindruckt gewesen und würde sie gerne wieder einladen. Das war auch gut für ihn, denn eine Freundschaft mit der Besitzerin konnte seine Position als der Mann, der auf Gut Plaun wirklich das Sagen hatte, nur weiter festigen.

Wenn Annegret schon nicht auf seinen Rat hörte, hätte sie jedoch Beates gewinnender Art nichts entgegenzusetzen, und würde schon bald aufgrund der Vielzahl an Einladungen zu Veranstaltungen der örtlichen Frauenschaft keine Zeit mehr haben, ihre Nase in Männerangelegenheiten zu stecken.

Er legte den Hörer auf und schaute auf die Uhr. Fast Zeit zum Abendessen. Er ging in die Küche und informierte Frau Mertens: »Ich werde heute mit Fräulein Annegret zu Abend essen.«

»Natürlich Herr Fischer. Ich decke den Tisch für zwei, sie sollte in einer halben Stunde unten sein.«

»Danke.« Das gab ihm gerade genug Zeit, sich frisch zu machen, bevor er sich das aufsässige Mädel vornahm, das glaubte, hier das Sagen zu haben.

Annegret saß bereits am Tisch, als er eintraf. Sie sah unschuldig genug aus mit ihrem braunen Haar, das sie zu einem eleganten Dutt frisiert hatte, und ihrem dunkelblauen Wollkostüm. Beate hatte ihm erzählt, dass man auch auf dem Gut die Rationierung von Stoffen zu spüren bekam und Fräulein Annegret nach einer Schneiderin gefragt hatte, um die Kostüme der verstorbenen Frau Huber ändern zu lassen. Dies war wohl eines davon. Schick und zeitlos. Wenn doch nur die Trägerin ebenso edel wäre wie das Kleid.

»Fräulein Annegret, ich hoffe, es stört Sie nicht, dass ich Ihnen beim Abendessen Gesellschaft leiste?« Er begrüßte sie mit einem perfekten Handkuss und nahm den erfreuten Ausdruck auf ihrem Gesicht wohlwollend zur Kenntnis.

»Natürlich nicht, Herr Fischer. Ich wollte sowieso mit Ihnen sprechen.«

Er setzte sich ihr gegenüber an den Tisch und wartete, bis das propere Dienstmädchen das Abendessen – Rehbraten mit Kartoffelklößen – serviert hatte. Ausnahmsweise verzichtete er sogar darauf, in Doras Hintern zu kneifen, um direkt mit seinem geplanten Angriff auf Annegret zu beginnen.

»Meine Frau hat sich so sehr über Ihren Besuch gefreut, dass sie kaum über etwas anderes spricht und Sie nächste Woche zu einem Kaffeekränzchen einladen möchte, wenn Ihnen das recht ist?«

»Ich würde mich sehr über eine Einladung freuen, und bitte sagen Sie Ihrer Frau, dass die Näherin, die sie mir empfohlen hat, fantastische Arbeit geleistet hat.«

Er steckte sich eine Gabel Rehbraten in den Mund. »Bitte halten Sie mich nicht für respektlos, doch da Sie nun so viel Zeit mit meiner Frau verbringen, möchte ich, dass Sie mich Gustav nennen.«

Sie errötete leicht, und er dachte schon, er sei zu kühn gewesen. »Es wäre mir eine Ehre.«

»Darauf müssen wir trinken. « Er hob sein Weinglas. »Auf unsere Freundschaft, Annegret.«

»Auf unsere Freundschaft, Gustav.«

Sofort ging er zum nächsten Angriff über: »Wie war dein Tag? Hast du etwas über den Dieb herausgefunden?« Nach dem, was Heinz ihm erzählt hatte, war offensichtlich, dass sie nicht vorhatte zu warten, bis Gustav den Fall löste.

Sie schnitt eine Grimasse. »Zunächst einmal habe ich Oliver mit meinem Verdacht konfrontiert.«

»Das hast du? Was hat er gesagt?«

»Er hat alles abgestritten und ist dann mitten im Gespräch davongestürmt.«

»Was für ein ungehobelter Bursche. Ich sage das nur ungern, aber seine Reaktion war zu erwarten.«

»Warum?«

»Er ist ein Feigling, das war er schon immer. Statt sich wie ein Mann zu benehmen und die Konsequenzen seiner Taten zu akzeptieren, beteuert er seine Unschuld. Allerdings würde ein Unschuldiger nicht mitten im Gespräch davonstürmen, was stark dafür spricht, dass er der Täter ist.«

»Glaubst du das wirklich?« Sie nahm einen Schluck von ihrem Wein und stellte das Glas dann mit einem Stirnrunzeln ab. »Vielleicht war er nur empört über die Beschuldigung? Ich habe gehört, er ist ziemlich jähzornig.«

»Nicht nur jähzornig, er ist sogar gewalttätig und verprügelt öfter die Stallknechte.«

»Wie entsetzlich! Warum hast du mir das nicht schon früher gesagt?«

»Sei mir nicht böse, meine Liebe. Ich wollte dir die unangenehmen Dinge, die auf Gut Plaun geschehen, ersparen.«

Sie seufzte. »Das ist lobenswert, aber unnötig. Wie sollen wir nun mit Oliver verfahren?«

»Eine schwierige Frage, da wir ihn nicht auf frischer Tat

ertappt haben. Andererseits: Willst du wirklich warten und ihm Zeit geben, seine Spuren zu verwischen?«

»Nein … wir können ihn keinen weiteren Tag so weitermachen lassen.« Sie hielt inne, und er wartete geduldig, bis sie die einzig richtige Schlussfolgerung gezogen hatte. »Also gut. Du entlässt ihn und suchst einen neuen Gestütsleiter.«

Das war mal ein Befehl ganz nach seinem Geschmack, zumal er aufgrund der öffentlich zur Schau getragenen Abneigung zwischen Annegret und Oliver ihr die ganze Schuld in die Schuhe schieben konnte. »Wenn das dein Wunsch ist, werde ich mich gleich morgen früh darum kümmern. Zufälligerweise kenne ich einen Mann, der mit nur einem Arm von der Front zurückgekehrt ist, aber viel Erfahrung mit Pferden hat. Ich bin sicher, dass er die Chance nur zu gern ergreift und dir gegenüber niemals unloyal sein wird.«

Annegret trank von ihrem Wein und sagte dann, »Ich war in der Fabrik.«

Er täuschte Überraschung vor. »Wirklich? Was wolltest du dort?«

»Da du so viel zu tun hast, wollte ich meine eigenen Nachforschungen über den Diebstahl anstellen.«

»Und … hast du etwas herausgefunden?« Vielleicht war es an der Zeit, dafür zu sorgen, Heinz die Unregelmäßigkeiten anzuhängen, falls sie entdeckt wurden.

Sie starrte ihn mit unangenehmer Entschlossenheit an. »Das habe ich in der Tat.«

Er kippte fast um und betete inständig, dass Heinz nicht versehentlich etwas verraten hatte. Diesem Idioten konnte man nicht trauen, seine große Klappe zu halten. Irgendwie schaffte Gustav es unbeteiligt zu wirken und fragte: »Wie interessant. Was genau hast du herausgefunden?«

»Dass du meine Liste mit den neuen Regeln nie weitergeleitet hast«, zischte sie, wobei sie ihre Empörung kaum unterdrücken konnte.

Gustav legte die Stirn in nachdenkliche Falten. »Das kann nicht sein. Bist du dir sicher?«

»Hundertprozentig.«

»Mir fehlen die Worte. Das ist so eine schamlose Verleumdung!« Er kratzte sich am Kopf. »Gleich am Tag nachdem du mir die Liste gegeben hast, kam einer der Vorarbeiter zum Gutshof, um mich über einen Mangel an Ersatzteilen zu informieren. Ich habe ihm die Liste gegeben, mit dem Auftrag, sie Heinz auszuhändigen.«

Das Misstrauen in Annegrets Miene war noch nicht ganz verschwunden.

»Der Vorarbeiter muss meinen Befehl aus irgendeinem Grund nicht befolgt haben. Vielleicht hatte er Angst, denn Heinz kann manchmal sehr heftig reagieren.« Gustav schaute sie an und schüttelte zerknirscht den Kopf. »Bitte entschuldige, das war einzig und allein mein Fehler. Ich hätte die Liste persönlich überbringen sollen. Ich werde direkt nach dem Essen zur Fabrik fahren und mit Heinz reden.«

»Das ist nicht nötig, ich habe ihm bereits meine Anweisungen gegeben und dafür gesorgt, dass Kopien der Regeln an jedem Gebäude angebracht wurden.«

»Nun, das erleichtert mich ungemein. Bitte verzeihe mir mein Versehen. Ich hätte dem Vorarbeiter nicht vertrauen dürfen. Das war so dumm von mir. Das ist alles meine Schuld. Ich bin untröstlich über all das Leid, das hätte verhindert werden können.« Er fuhr sich noch einmal mit der Hand durch das Haar und ließ es absichtlich etwas zerzaust zurück.

»Es war nicht deine Schuld, wir alle machen Fehler. Ab sofort gelten die neuen Regeln.«

»Danke für dein Verständnis, es wird nie wieder vorkommen.« Er leerte seinen Teller und legte sein Besteck fein säuberlich nebeneinander ab.

»Möchtest du Nachtisch?«, fragte Annegret.

»Natürlich. Wer kann schon einem von Frau Mertens' köstlichen Rosinenbrötchen widerstehen?«

»Ich fürchte, sie hat heute keine Rosinenbrötchen gebacken, aber ich glaube, ich habe einen Apfelkuchen gerochen.«

»Das ist sogar noch besser.«

Gustav lehnte sich zurück und beobachtete Annegret mit Argusaugen. Heinz mochte keine Ahnung haben, wie er mit ihr umgehen musste, aber bei Gustav war sie wie Wachs in seinen Händen. Es bestand kein Grund zur Sorge. Als zusätzlichen Bonus würde er Oliver loswerden und könnte ihn durch einen ihm ergebenen Freund ersetzen. Eine ganz neue Welt von Möglichkeiten, auch aus dem Verkauf der Pferde Profit zu schlagen, tat sich auf. Diese Wendung war ein Gewinn auf der ganzen Linie.

Er aß den Apfelkuchen in bester Laune und plauderte mit Annegret über das Wetter sowie Kleinigkeiten auf dem Gutshof, wie zum Beispiel, dass sie Stoff für neue Vorhänge in den Gästezimmern brauchte. Frauen waren so leicht zufriedenzustellen. Sobald Annegret alle Hände voll zu tun hatte, das Nähen der Vorhänge zu beaufsichtigen, hätte sie die Zwangsarbeiter schon bald vergessen und alles konnte wieder seinen gewohnten Gang gehen.

* * *

Am nächsten Morgen betrat Gustav sein Büro und rieb sich vor Vorfreude die Hände. Er wartete nicht, bis die Angestellten gefrühstückt hatten, sondern fing Oliver in dem Moment ab, als er das Anwesen betrat. »Hast du eine Minute Zeit?«

»Kann das nicht bis nach dem Frühstück warten?« Oliver war wie üblich schon seit mehreren Stunden auf den Beinen und hatte wahrscheinlich einen Bärenhunger. Ihn ohne Essen vom Hof zu jagen, wäre das Tüpfelchen auf dem i.

»Nein. Es ist dringend. Lass uns in mein Büro gehen, ja?«

Oliver folgte ihm mit einer mürrischen Miene. Kaum hatte Gustav die Tür hinter ihnen geschlossen, platzte Oliver heraus: »Worum geht es?«

»Du bist entlassen!«

»Was? Wovon redest du denn?«

»Dass du nicht mehr auf Gut Plaun arbeitest. Pack deine Sachen und verlasse unverzüglich das Gelände. Ich werde einen Knecht schicken, der dafür sorgt, dass du nichts mitnimmst, was dir nicht gehört.« Gustav konnte die Freude in seiner Stimme kaum verhehlen.

»Hat das irgendetwas mit den absurden Anschuldigungen zu tun, die Annegret mir vorgeworfen hat?«

»Genau das. Du hast das Gut bestohlen, und das hört jetzt auf.«

»Ich habe nichts gestohlen, und das weißt du verdammt gut, du hintertriebene Schlange.«

»Alle Indizien deuten auf dich. Wenn ich du wäre, würde ich abhauen, irgendwo in den Wald gehen und mir eine Kugel in den Kopf jagen. Du bist eine Schande für das deutsche Volk.«

Oliver starrte ihn entgeistert an, aber er konnte nichts tun, denn Gustav hatte nicht nur Annegrets Rückhalt, sondern war auch ein angesehenes Parteimitglied, während Oliver nichts weiter war als ein ehemaliger Wehrmachtssoldat ohne einflussreiche Freunde.

Gustav läutete, und einer der Knechte kam herein. »Bitte begleite Oliver zu seinem Haus. Er ist entlassen worden, weil er auf dem Gut gestohlen hat, und wir müssen sicherstellen, dass er nur das mitnimmt, was ihm gehört, bevor er auf Nimmerwiedersehen verschwindet.«

Der Knecht, ein Mann in den Fünfzigern, hob eine Augenbraue. »Wird gemacht. Sonst noch was?«

»Ja. Nimm ihm die Schlüssel ab, und zwar alle.«

»Geht klar, Herr Fischer.«

Gustav würde dem Mann einen Extrabonus dafür geben müssen, dass er seine Befehle so eifrig ausführte. Schon früh hatte er gelernt, dass die meisten Menschen nur dem Geld gegenüber loyal waren, und das Schmieren bei kleinen Dingen erleichterte den Weg für große Gefallen, wenn sie nötig wurden.

»Du dreckiges Arschloch«, schimpfte Oliver, bevor er aus dem Büro stürmte und die Tür hinter sich zuschlug.

»Worauf wartest du noch? Geh ihm nach!«, befahl Gustav dem Knecht, der wie bestellt und nicht abgeholt herumstand.

»Jawohl.«

Gustav wartete, bis er keine Schritte mehr hörte, dann brach er in Gelächter aus. Heute war ein guter Tag. Nein, ein fantastischer Tag! Jetzt, da Oliver weg war, konnte er sich wieder an Dora heranmachen. Er rezitierte eine Strophe aus Goethes Gedicht »Erlkönig«: *Ich liebe dich, mich reizt deine schöne Gestalt; und bist du nicht willig, so brauch ich Gewalt.*

Wenn sie wusste, was gut für sie war, wäre sie willig. Wenn nicht, wirkten Erpressung oder ein paar Drohungen bei Fremdarbeitern wie ihr wahre Wunder. Gustav lehnte sich in seinem Stuhl zurück, schloss die Augen und ließ seiner Fantasie freien Lauf. Wahrlich ein fantastischer Tag!

Das Einzige, was noch fehlte, um sein Leben perfekt zu machen, war, dass man diese jüdische Schlampe fand, die die Dreistigkeit besessen hatte, wegzulaufen. Wahrscheinlich war sie inzwischen längst tot, aber sie zu schnappen und für ihre Unverschämtheit zu bestrafen, wäre die Krönung eines wundervollen Tages.

27

»Dora.« Margarete rief die Magd zurück, als sie gerade das Esszimmer verlassen wollte.

»Ja, Fräulein Annegret?«

»Ich möchte, dass du deine Putzsachen holst und mich zum Haus des Gestütsleiters begleitest.«

»Der Gestütsleiter?«

»Ja. Ich weiß, dass du in ihn verschossen bist, deshalb wird es ein Schock für dich sein, aber er wurde beim Stehlen erwischt und musste entlassen werden. Herr Fischer hat bereits einen Ersatz gefunden, der morgen anfängt. Ich möchte, dass alles in tadellosem Zustand ist, damit er einziehen kann.«

»Ich ... ja, Fräulein Annegret. Ich bringe nur schnell das Geschirr in die Küche und sage Frau Mertens Bescheid.« Dora knickste gleich zweimal.

Margarete fragte sich, ob sie von Olivers Betrug gewusst oder zumindest etwas vermutet hatte.

Auf dem kurzen Weg gingen die Beiden schweigend nebeneinander. Um sich abzulenken, studierte Margarete die Umgebung und entdeckte, dass sich die letzten Rosenblüten in Hagebutten verwandelt hatten. Das war ein sicheres Zeichen dafür, dass der Herbst bald dem Winter weichen musste. Fast ohne es zu merken, hatte sich die kalte Jahreszeit herangeschlichen und mit ihr der Dezember und Hanukka.

Wieder einmal war sie nicht in der Lage zu feiern, mal abgesehen davon, zwei einfache weiße Kerzen in den beiden Kerzenhaltern anzuzünden, die sie und Wilhelm in Paris gekauft hatten. Doch sie hatte größere Probleme, über die sie nachdenken musste. Eines davon war die Frage, wie sie mehrere hundert Zwangsarbeiter mit Decken ausstatten sollte, wenn der Markt für Stoffe leergefegt war. Gustav hatte mit seiner Warnung recht behalten, dass alle warmen Materialien an die Ostfront geschickt wurden, um die Wehrmachtssoldaten vor der beißenden russischen Kälte zu schützen.

Mit viel Glück hatte sie einige Dutzend Meter Stoff aus einem Haus kaufen können, dessen jüdische Besitzer vertrieben worden waren. Nachdem sie ihre Skrupel heruntergeschluckt hatte, hatte sie den Mann bezahlt, der den rechtmäßigen Besitzern das Haus gestohlen hatte. Daraufhin beauftragte sie mehrere junge Frauen aus Plau am See mit dem Nähen von Decken. Das reichte zwar bei weitem nicht aus, um alle Zwangsarbeiter auszustatten, aber es war immerhin ein Anfang.

Sie konnte es kaum erwarten, Gustav mit ihrer genialen Idee zu überraschen. Er würde hocherfreut sein, wenn er hörte, dass sie einen Weg gefunden hatte, die Zwangsarbeiter warm zu halten, ohne das Geld der Fabrik ausgeben zu müssen, was ihm offensichtlich so sehr am Herzen lag.

»Die Tür ist verschlossen«, sagte Dora und holte Margarete in die Gegenwart zurück.

»Ich habe den Schlüssel.« Sie holte einen Schlüsselbund mit etwa einem Dutzend Schlüsseln aus ihrer Tasche. »Weißt du, welcher es ist?«

»Nein, Fräulein Annegret, Oliver hat seine Tür nie abgeschlossen. Wir müssen sie ausprobieren.«

Margarete trat vor und versuchte zu erraten, welcher der

richtige war. Die meisten sahen ähnlich aus, bis auf einen, der etwa doppelt so groß war und aussah, als würde er ein Scheunentor öffnen, und einen winzig kleinen, möglicherweise für ein Vorhängeschloss. Sie nahm den ersten der mittelgroßen Schlüssel und beim dritten Versuch öffnete sich die Tür.

Da sie noch nie in dem kleinen Häuschen gewesen war, nahm sie sich die Zeit, jedes der Zimmer anzuschauen, während Dora putzte. Unten war das Wohnzimmer, die Küche und ein Badezimmer, während sie oben ein Schlafzimmer mit einem großen, leeren Kleiderschrank vorfand. Einfach, aber gepflegt. Wie jedes andere Haus im Reich war auch dieses mit schweren Verdunklungsvorhängen ausgestattet, was ihr einen Geistesblitz verschaffte. Was wäre, wenn sie die Verdunkelungsvorhänge durch abnehmbare Pappe ersetzen würde?

Sie trat näher heran und befühlte das schwere Material mit ihren Fingern. In Stücke geschnitten, würde jeder Vorhang drei oder vier warme Decken für ihre Zwangsarbeiter ergeben. Sie stellte sich bereits Onkel Ernst vor, wie er sich in eine dieser Decken einwickelte, während der eisigen Nächte, die vor der Tür standen.

»Fräulein Annegret, ich bin hier unten fertig.«

»Gut, komm hoch.« Sie wartete, bis das Dienstmädchen mit dem schweren Eimer in der Hand die Treppe hinaufgestiegen war. »Ich möchte, dass du die Verdunkelungsvorhänge abnimmst und sie waschen lässt.«

»Das haben wir noch nie gemacht ... vielleicht sollte ich Frau Mertens vorher fragen?«

»Nicht nötig. Ich werde es ihr erklären. Du bringst die Gardinen einfach in die Waschküche.«

»Ja, Fräulein Annegret.« Wieder ein Knicks.

»Und hör auf zu knicksen.«

»Es tut mir leid, Fräulein Annegret. Es wird nicht wieder vorkommen.« Dora war außerordentlich zittrig, und Margarete fragte sich einmal mehr, ob sie vielleicht mit Oliver unter einer

Decke steckte, und fürchtete, dass auch ihre Anstellung in Gefahr war.

Margarete überlegte, wen sie nach der schwarzen Pappe fragen sollte, denn sie wollte Gustav die Überraschung nicht verderben. Die Wahl fiel auf Nils, allerdings musste sie ihn zur Verschwiegenheit verpflichten. Zufrieden mit ihrem neuen Plan, drehte sie sich um und beobachtete Dora beim Aufräumen des Zimmers, eine Arbeit, die sie selbst jahrelang im Huber-Haushalt erledigt hatte.

Erinnerungen wurden wach, unangenehme, wie sie als Haussklavin ausgebeutet wurde und kaum etwas zu essen bekam, aber auch freudige an die Zeit als sie Wilhelms Haushalt in Paris führte. Sie seufzte. Armer, verblendeter Wilhelm. Wie sehr wünschte sie sich, sie hätte ihn retten können, ihn dazu bringen können, die Wahrheit zu sehen und seine Unterstützung der Naziideologie aufzugeben.

»Fräulein Annegret, kann ich Sie um etwas bitten?« Dora unterbrach ihre Grübeleien.

»Sicher.«

»Es ist nur ... ich meine ... bitte ... Sie werden nicht böse auf mich sein?«

Margarete wurde langsam ungeduldig. »Das kann ich dir erst sagen, wenn ich weiß, was du fragen willst. Spuck es schon aus!«

»Es ist nur ... erinnern Sie sich an Lena?«

»Natürlich erinnere ich mich an sie.«

»Oliver hat sie versteckt. Er hat mir nie gesagt, wo, aber ich bin ihm eines Tages gefolgt. Sie ist in dem kleinen Schuppen hinter der Scheune.« Dora stand händeringend da wie eine ertappte Sünderin.

»Oliver hat Lena versteckt? Nachdem ich dir ausdrücklich gesagt habe, ihn da nicht mit hineinzuziehen?«

»Bitte, seien Sie mir nicht böse. Ich wusste nicht, wem ich sonst vertrauen kann. Wollen Sie nicht darüber nachdenken, ihn wieder einzustellen? Er ist ein guter Mann. Er würde nie jemanden bestehlen.«

»Hör zu, Dora, das liegt nicht mehr in meiner Hand. Für Lena ändert sich nichts, nur weil er weg ist.«

»Sie wird verhungern!«, schrie Dora auf.

»Jemand anderes kann ihr Essen bringen.«

»Nein, das geht nicht. Oliver ist der Einzige, der den Schlüssel für das Vorhängeschloss hat.«

Margarete wunderte sich, woher Dora das alles wusste. War die Verliebtheit zwischen ihr und diesem abscheulichen Kerl mehr als nur eine Schwärmerei? Waren sie womöglich ein Paar? Für den Moment spielte es keine Rolle. »Wir suchen den Schlüssel.« Dann erinnerte sie sich an den Schlüsselring in ihrer Tasche und holte ihn hervor. »Vielleicht passt einer von denen?«

Doras Augen leuchteten auf. »Schon möglich.«

»Jetzt hör gut zu. Ich soll den Schlüsselbund in Fischers Büro zurückbringen, aber da der neue Gestütsleiter ihn nicht vor morgen braucht, lasse ich ihn bei dir. Leider kann ich es nicht selbst tun, denn ich bin in einer Stunde zu einem Kaffeekränzchen in Plau eingeladen. Sobald die Stallknechte Feierabend machen, schleichst du dich zu dem Schuppen und schaust, ob einer der Schlüssel passt. Wenn er passt, nimmst du ihn vom Ring und behältst ihn. Aber pass auf, dass dich niemand sieht.«

»Das werde ich, Fräulein Annegret. Ich möchte nicht, dass Lena da drin verhungert.«

Einige Minuten später war Dora mit dem Putzen fertig und nahm die Vorhänge ab. »Ich muss mindestens zweimal gehen, um alles in die Waschküche zu tragen.«

»Gut. Ich muss jetzt weg«, sagte Margarete. »Vergiss nicht den Schlüsselbund wieder in Fischers Büro zu bringen, wenn du fertig bist.«

28

Oliver fühlte sich wie ein Stier, dem jemand mit einer roten Fahne vor der Nase herumwedelte. Wenn er könnte, würde er über das Gelände von Gut Plaun trampeln, sich auf Gustav stürzen und ihn für immer unter sich begraben. Leider war er kein Stier.

Er schulterte das Bündel mit seinen persönlichen Sachen und marschierte in die Stadt, wo er geradewegs auf die Kneipe zusteuerte, ohne sich darum zu kümmern, dass es noch nicht einmal Mittagszeit war. »Gib mir einen Schnaps!«

Mehrere Kurze später verschwammen die Dinge vor seinen Augen, doch der Alkohol schaffte es nicht, die Wut zu dämpfen, die durch seine Adern floss. Dieser verfluchte Mistkerl! Er war sich ziemlich sicher, dass Gustav der wahre Schuldige war, doch das konnte er nicht beweisen. Er schlug mit der Faust auf den Tresen.

»He, ruhig Blut, oder ich schmeiß dich raus«, warnte ihn der Wirt.

»Blöde Schlampe!«

»Kummer mit deiner Frau?«

»Dieses intrigante Miststück ist zum Glück nicht mit mir

verheiratet!« Keinen Augenblick zu früh hielt er seine große Klappe. Annegret und Gustav waren das perfekte Gespann, und er malte sich aus, wie die beiden über ihre jüngste Schandtat lachten, denn es war nur allzu offensichtlich, dass die dumme Schlampe in den älteren Mann verliebt war. Er würde seinen rechten Arm darauf verwetten, dass sie miteinander ins Bett hüpften, denn Gustavs Vorliebe für blutjunge Frauen, um das langweilige Eheleben mit seiner prüden Gattin aufzupeppen, war allgemein bekannt. Und Annegret ... nun, ihr eilte ihr wilder und rücksichtsloser Ruf voraus. Diese beiden waren wie geschaffen füreinander.

Als Oliver das Geld ausging, taumelte er zu seinem Elternhaus. Er lehnte sich schwerfällig gegen die Tür und hämmerte dagegen, bis endlich jemand öffnete.

»Was ist das für ein Lärm? Willst du die Tür zertrümmern?«, fragte sein Vater.

»Lass mich rein.« Ohne den Halt der Tür schwankte Oliver wie ein Blatt im Wind.

»Nicht in deinem Zustand. Wenn deine Mutter dich so sieht, wird es ihr das Herz brechen.« Sein Vater versperrte ihm den Weg.

»Du schickst mich weg?« Das Denken fiel ihm schwer und die Entscheidung, welcher der beiden Väter, der echte war, noch mehr.

»Das tue ich. Und komm erst wieder, wenn du nüchtern bist.«

»Ich brauche einen Platz zum Schlafen.«

»Hier nicht.« Sein Vater schlug ihm die Tür vor der Nase zu, und Oliver rutschte am Rahmen herunter, bis er mit dem Hintern auf dem harten Beton aufschlug.

»Was jetzt?«

Fürs Erste blieb er einfach dort sitzen, den mitleidigen, verächtlichen oder hasserfüllten Blicken der vorbeigehenden Stadtbewohner ausgesetzt. Nicht eine einzige dieser Ratten streckte ihm die Hand entgegen, um ihm aufzuhelfen. Und das alles nur wegen der vermaledeiten Annegret und ihrem Komplizen auf dem Gutshof.

Er konnte nicht einmal zu Dora gehen, denn sie lebte in der Höhle des Löwen unter Frau Mertens' wachsamen Augen. Wenn er versuchte, sich einzuschleichen und dabei entdeckt wurde, bekäme Dora Ärger. Nein, er durfte sie nicht in diesen Schlamassel hineinziehen. Außerdem hatte Gustav sehr deutlich gemacht, dass Oliver auf dem Anwesen nicht mehr willkommen war. Zur Hölle mit der Welt und allen, die in ihr lebten!

Irgendwie schaffte er es, sich aufzurichten und ziellos die Straße hinunter zu torkeln, als einer der Stallburschen aus der Sattlerwerkstatt trat.

»He, Piet!«, rief er.

Piet starrte Oliver erschrocken an. »Was machst du hier? Fischer sagte, er hat dich wegen Diebstahls gefeuert.«

»Ich habe nichts gestohlen!«

»Das macht keinen Unterschied. Du weißt, wie schnell sich Neuigkeiten verbreiten. Die Leute in der Stadt werden Fischer eher glauben als dir. Er ist in der Partei.«

Oliver ließ die Schultern hängen und schob trotzig seine Unterlippe vor. »Ich bin kein Dieb.«

»Chef, es tut mir leid, wirklich. Niemand wird dir glauben. Selbst der Sattler ist erstaunt, dass du dich in der Stadt blicken lässt.«

»Ich brauche einen Schlafplatz.«

»Meine Frau würde das niemals erlauben. Wenn Fischer es herausfindet, feuert er mich, und das kann ich mir nicht leisten.«

»Nur eine Nacht«, bettelte Oliver, aber als er die Angst in Piets Augen sah, änderte er seine Taktik. »Vergiss, was ich gesagt habe. Hast du Geld? Ich zahle es zurück.«

Piet griff in seine Jackentasche und holte ein paar Münzen

hervor. »Das ist alles, was ich habe. Bis zum Zahltag ist es noch lang.«

»Trotzdem danke.« Oliver wollte an dem anderen Mann vorbeigehen, stolperte aber und fiel der Länge nach auf die Straße, wo er eine ganze Weile liegen blieb, bis er die Kraft aufbrachte, wieder aufzustehen.

Da er nicht wusste, wohin er gehen sollte, taumelte er aus der Stadt hinaus in den Wald. Wie oft hatte er ihn schon auf dem Rücken eines Pferdes durchquert? Etwa eine halbe Stunde später begann es zu nieseln, dann verwandelte sich das Tröpfeln bald in einen jener Novemberregen, die gewöhnlich drei Tage andauerten, bevor sie wieder aufhörten.

Innerhalb von Minuten war Oliver nass, kalt und unglücklich. Er kauerte sich in einen hölzernen Jägerstand, der den Regen kaum abhielt. Selbst in seinem Alkoholrausch war ihm klar, dass er den Elementen entfliehen musste, sonst würde das schlimme Folgen haben.

Obwohl er die Wälder kannte wie seine Westentasche, fiel ihm außer den Ställen von Gut Plaun im näheren Umkreis kein geeigneter Unterschlupf ein. Er würde sich in die unbenutzte Quarantänebox schleichen und dort die Nacht verbringen. Lena hatte bestimmt nichts dagegen, wenn er ihr Gesellschaft leistete. Er kicherte wie ein Verrückter, denn die Ironie, einen Flüchtling zu bitten, ihm Unterschlupf zu gewähren, entging selbst seinem umnebelten Verstand nicht.

Da er sich nicht traute, das Haupttor zu benutzen, schlüpfte er durch den Zaun und schlich geduckt im Schatten der Büsche, bis er die Stallungen erreichte. Um diese Tageszeit waren die Stallknechte alle zum Abendessen im Gutshaus. Er hatte etwa eine halbe Stunde Zeit, bevor sie zurückkehrten, um eine letzte Runde durch die Pferdeboxen zu drehen.

Fröstelnd strich er sich eine triefnasse Haarsträhne aus der Stirn und rannte im Zickzack zum Quarantäneschuppen, wo Lena sich versteckt hielt. Doch kaum hatte er die Tür erreicht, erinnerte ihn das glänzende Vorhängeschloss daran, dass er den Schlüssel nicht mehr hatte, um es zu öffnen.

Frustriert sank er zu Boden, wobei er kaum bemerkte, wie der Regen auf ihn niederprasselte und in Rinnsalen an seinem Hals entlang unter den durchnässten Mantel lief. Seine Kleidung war so nass als ob er darin durch den See geschwommen wäre.

»Lena, bist du da?«, fragte er, während er leise an die Tür klopfte. Es kam keine Antwort. Er versuchte es erneut. »Ich bins, Oliver.«

Von drinnen kam ein schlurfendes Geräusch, aber immer noch keine Antwort.

»Es tut mir leid, dass ich dir heute kein Essen bringen konnte, aber ich werde dafür sorgen, dass du morgen was bekommst. Hörst du mich?«

Keine Antwort. Die Angst schnürte ihm die Kehle zu, bis ihm klar wurde, dass sie zu ängstlich oder zu vorsichtig war, um ihm zu antworten, weil es eine Falle sein könnte.

»Du brauchst nichts zu sagen. Ich hole jetzt den Schlüssel.« Sein Gehirn war immer noch leicht benebelt, aber zumindest konnte er wieder halbwegs klar denken. Der wahrscheinlichste Ort, wo sich der Schlüssel befand, war ... in Gustavs Büro. Die Dunkelheit senkte sich bereits über das Anwesen, so dass kaum Gefahr bestand, entdeckt zu werden. Also schlich er sich zum Herrenhaus, inständig hoffend, dass Gustav bereits nach Hause gegangen war.

Aus der Küche schallte das Klappern von Geschirr sowie Stimmen der Arbeiter, die dort zu Abend aßen. Oliver nutzte die Gelegenheit und schlich sich schnell an der Tür vorbei zum Ende des Flurs, wo Gustavs Büro lag. Nach einem flüchtigen Lauschen an der Tür öffnete er sie, schlüpfte hindurch und tastete nach dem Schlüsselbrett an der Wand. Aber sein Schlüsselbund hing nicht dort. Er murmelte einen Fluch und erstarrte eine Sekunde später, als sich leise Schritte näherten.

Mit angehaltenem Atem wartete er in dem stockfinsteren Raum. Falls Gustav zurückgekehrt war, musste er sich unbedingt verstecken. Doch wo? Im nächsten Moment blendete ihn das Deckenlicht. Als er wieder sehen konnte, fiel ihm die Kinnlade herunter.

»Dora? Was machst du denn hier?«

Sie sprang mit weit aufgerissenen Augen rückwärts. Bevor sie schreien konnte, legte er ihr seine Hand auf den Mund. »Keinen Mucks, ja?«

»Oliver?«, kam ihr dumpfes Flüstern und er nahm seine Hand weg. »Ich dachte, du … oh je, du bist ja klatschnass.«

»Psst. Dazu ist jetzt nicht der richtige Zeitpunkt. Weißt du, wo mein Schlüsselbund ist?«

»Hier.« Sie hielt die Schlüssel hoch. »Ich habe ihn genommen, um zu probieren, welcher in das Vorhängeschloss am Schuppen passt.«

»Aber woher wusstest du…« Er war unheimlich stolz auf sie. »Du bist so eine intelligente Frau.«

»Eigentlich war es Fräulein Annegrets Idee.«

Ihre Antwort verdüsterte seine Stimmung, dennoch ließ er sie unkommentiert. Es war ihm unbegreiflich, wie Dora immer noch auf Annegrets Machenschaften hereinfallen konnte. Merkte denn außer ihm niemand, was für eine durchtriebene Schlange sie war?

»Ich muss für eine Weile verschwinden«, flüsterte er.

»Du bist klatschnass, und holst dir noch den Tod, wenn du wieder nach draußen gehst.« Sie schaute ihn voller Liebe an. »Du kommst mit mir. Heute Nacht bleibst du in meinem Zimmer.«

Er protestierte nur halbherzig, denn wenn er ehrlich war, nahm er das Angebot nur zu gerne an. Die Aussicht, die Nacht draußen im kalten Regen zu verbringen, war wenig verlockend. »Na gut, aber nur diese eine Nacht.«

»Komm mit. Wir müssen uns beeilen.« Sie schaltete das

Licht aus und prüfte, ob die Luft rein war. Als sie ihm winkte, folgte er ihr und stand eine Minute später erschöpft, aber erleichtert in ihrem Zimmer.

»Zieh deine nassen Klamotten aus und leg dich unter die Bettdecke«, befahl sie.

»Willst du mir nicht Gesellschaft leisten, um meine frierenden Knochen zu wärmen?«, fragte er spitzbübisch.

»Hörst du dir eigentlich selbst zu, du Trunkenbold! Wenn dich jemand hier findet, sind wir beide in ernsten Schwierigkeiten. Also legst du dich ins Bett, und ich wische deine nassen Fußspuren weg, die in Herrn Fischers Büro führen. Und dann schaue ich, ob ich etwas zu essen für dich auftreiben kann. Wenn ich mit meiner Arbeit fertig bin und du immer noch nicht aufgewärmt bist, kannst du mir diesen Schlamassel erklären, und erst dann werde ich es vielleicht in Erwägung ziehen, zu dir unter die Decke zu schlüpfen.«

»Bei dem Angebot stehe ich gerne nass und frierend am Fenster, bis du zurückkommst, um die Hitze wieder in meine Glieder zu treiben.«

Sie gab ihm einen Klaps auf den Hintern. »Du wirst nichts dergleichen tun. Du wirst ein braver Junge sein und sofort ins Bett gehen. Das ist ein Befehl!«

»Jawohl!« Oliver hätte nie gedacht, dass er eine Frau so sehr lieben könnte. »Es tut mir leid.«

»Was tut dir leid?« Sie starrte ihn an.

»Dass ich dich in diese Sache hineingezogen habe. Du musst mir glauben, dass ich nicht der Dieb bin.«

»Ich weiß«, sagte sie, küsste ihn und verschwand.

»Ich liebe dich. Das werde ich immer tun«, murmelte er und fühlte sich mutterseelenallein, als sie die Tür hinter sich schloss.

Am Nachmittag saß Margarete in ihrem Lieblingssessel im Schlafzimmer und blickte auf den Garten, obwohl es außer einem grauen Himmel und unaufhörlichem Regen nichts zu sehen gab. Ihr tat das Herz weh für die Zwangsarbeiter, die ohne Schutz vor dem eisigen Regen den schweren Karren über den Fabrikhof schieben mussten.

Besonders Onkel Ernst. Sie musste einen Weg finden, um ihn von dieser harten Arbeit zu verschonen. Vielleicht konnte er in die Küche versetzt werden oder eine andere leichte Tätigkeit verrichten?

Sie nahm einen Zettel und setzte Regenmäntel sowie Gummistiefel auf die Liste der Dinge, die sie besorgen wollte. Nicht, dass sie sich der Illusion hingab, sie könnte einfach in einen Laden spazieren und kaufen, was sie brauchte, aber ihr Vater hatte immer gesagt: »Was nicht aufgeschrieben ist, wird nicht erledigt.« Außerdem glaubte sie fest daran, dass ihr Unterbewusstsein arbeitete, wenn sie Dinge auf eine Liste schrieb, und irgendwann eine Lösung für das Problem präsentierte, so wie es bei den Decken geschehen war, die sie aus alten Vorhängen hatte nähen lassen.

Ein Lächeln umspielte ihre Lippen. Morgen früh wollte die Näherin die ersten drei Dutzend Decken liefern, und dann würde sie Gustav damit überraschen. Es würde so befriedigend sein, mit ihm in die Fabrik zu fahren und die Decken an die Zwangsarbeiter zu verteilen – obwohl sie noch nicht wusste, wem sie zuerst eine geben sollte. Sie hatte nur drei Dutzend Decken für ungefähr fünfhundert Häftlinge zur Verfügung. Vielleicht wartete sie besser, bis sie mehr hatte, um kein böses Blut zu provozieren?

Sie schüttelte den Kopf. Niemals hätte sie geahnt, wie kompliziert sich ihre Mission gestalten würde. Niemand hatte sie auf die moralischen Dilemmata vorbereitet, mit denen sie konfrontiert werden würde.

War es akzeptabel, Zwangsarbeiter in ihrer Fabrik auszubeuten, wenn sie ihnen eine Decke gab, um sich gegen die Kälte zu schützen, und genug zu essen, um nicht zu verhungern? Oder war sie in Wirklichkeit genauso niederträchtig wie die Nazis selbst, weil sie mit ihnen kollaborierte? Sprengstoff für ihren unrechten Krieg herstellte? Hätte sie stattdessen in Paris bleiben und helfen sollen, deutsche Soldaten zu töten? War das besser oder schlechter als das, was sie jetzt tat?

Sie schloss ihre Augen und versuchte, die wirbelnden Gedanken in ihrem Kopf zu zähmen. Wenn es eine Lösung für dieses Dilemma gab, dann hatte sie keine Ahnung welche, und sie konnte auch mit niemandem darüber sprechen. Einen Moment lang erschien Onkel Ernst vor ihrem geistigen Auge. Er war Philosophieprofessor gewesen und könnte ihren moralischen Kompass zurechtrücken. Aber wie sollte sie mit ihm sprechen, ohne ihre Tarnung auffliegen zu lassen?

Vielleicht konnte der Pfarrer in Plau helfen? Sie hatte ihn als gelehrten und freundlichen Mann kennengelernt, aber war er auch vertrauenswürdig? Das wusste sie nicht. Nein, sie würde mit ihren Zweifeln ganz allein fertig werden müssen.

Ein schriller Schrei durchschnitt die Luft und Margarete sprang auf. Als sie in den Hof hinunterblickte, sah sie draußen einen Tumult, aber sie konnte nicht erkennen, was vor sich ging, und beschloss, hinunterzugehen und nachzusehen.

Am Fuße der Treppe blieb sie stehen, als sie Gustav erspähte, der ein zerzaustes Wesen den Flur entlangzerrte.

Als er Margarete sah, blieb er stehen. »Du wirst nicht glauben, was ich gefunden habe!« Er zerrte am Arm der Kreatur, bevor er ihr Kinn packte und es nach oben schob, so dass Margarete das Gesicht sehen konnte. Sie fiel beinahe in Ohnmacht, als sie Lena erkannte.

»Lass diese Frau sofort los! Was hat sie getan?« Margarete schaffte es irgendwie, sich zusammenzureißen, und war unendlich dankbar, dass Lena kein Zeichen des Erkennens von sich gab.

»Was sie getan hat? Sie ist dieselbe Gefangene, die vor Wochen aus der Fabrik ausgebrochen ist!« Die Ader in Gustavs Schläfe pulsierte heftig und seine Stimme war hart wie Stahl.

»Woher willst du das wissen? Für mich sieht sie aus wie eine Tagelöhnerin.« Margarete fragte sich, wie er so sicher sein konnte, dass Lena ein entflohener Häftling war.

»Ach, Annegret, es gibt so viele Dinge, die du noch lernen musst. Selbst wenn sie keine Gefangene wäre, würde ich mit einem einzigen Blick erkennen, dass sie eine dreckige Jüdin ist.«

Margarete biss sich auf die Zunge. So sehr sie auch wollte, sie konnte keine Jüdin verteidigen, ohne sich selbst – und viele andere – in Gefahr zu bringen. Also täuschte sie Entsetzen vor. »Wie skandalös!«

»Ich frage mich, ob sie womöglich mit in den Diebstahl verwickelt war«, überlegte Gustav.

»Wie kann das überhaupt möglich sein?«

»Nun, du kannst sicher sein, dass ich die Wahrheit aus ihr herauspeitschen werde.«

»Gustav, du kennst meine Meinung über körperliche Züchtigung. Sollten wir nicht lieber die Polizei rufen?« Margarete schöpfte verzweifelt Hoffnung, dass Lena entkommen könnte, während sie auf die Polizei warteten.

»Wir brauchen keine Polizei«, knurrte er. »Ich schaffe sie zurück in die Fabrik und ... « Seine Miene wurde weicher als er Margarete in die Augen sah. »Ich weiß, wie sehr du gegen Schläge bist, liebste Annegret, aber du wirst mir zustimmen, dass wir ein so schweres Vergehen nicht ungestraft lassen können. Vergiss nicht, wer diese Frau ist. Eine Verräterin des Reichs, eine Ausbrecherin und eine Jüdin. Gott allein weiß, was sie noch alles verbrochen hat.«

Schweren Herzens musste Margarete einsehen, dass eine entflohene Gefangene nicht einfach mit offenen Armen wieder zurückgenommen werden konnte, also schlug sie vor: »Vielleicht ein paar Sonderschichten?«

Er schürzte die Lippen und sie dachte schon, er würde ihren Vorschlag als lächerlich abtun, doch zu ihrer großen Erleichterung stimmte er zu. »Das ist in der Tat eine sehr gute Idee. Ich werde dafür sorgen, dass sie sofort in die Fabrik gebracht wird.«

»Wo hast du sie eigentlich gefunden?«

»Ich habe dir doch gesagt, dass Oliver Gundelmann nicht vertrauenswürdig ist. Wie ich schon befürchtet hatte, ist er letzte Nacht zurückgekehrt, möglicherweise um weitere Dinge zu stehlen.«

»Oh Gott! Ich hoffe, du hast du ihn fortgejagt?«

»Nicht sofort. Zuerst bin ich ihm gefolgt, in der Hoffnung, den Ort zu finden, an dem er die gestohlenen Waren versteckt hat. Er hatte die Dreistigkeit, in mein Büro einzubrechen, um den Schlüsselbund des Gestütsleiters zu stehlen«, sagte Gustav mit stolzgeschwellter Brust.

»Wie grässlich!« Margarete täuschte Empörung vor,

während sie sich gleichzeitig fragte, warum Gustav log. Oliver konnte den Schlüsselbund nicht gestohlen haben, denn sie selbst hatte ihn Dora gegeben.

»Nun, ich bin ihm bis zu einem Schuppen hinter den Stallungen gefolgt, den wir nie benutzen. Da ich immer noch dachte, dass er die Beute dort versteckt hatte, habe ich ihn zur Rede gestellt und dafür gesorgt, dass er nie wieder einen Fuß auf Gut Plaun setzen wird.«

»Du hast ihn umgebracht?«, kreischte sie. So sehr sie Oliver auch verabscheute, das hatte sie nicht gewollt.

»Natürlich nicht, sehe ich etwa wie ein Mörder aus?«, fragte Gustav sanft.

Sehe ich wie eine Mörderin aus? Margarete hatte höchstpersönlich in Paris eine Gruppe von SS-Männern in eine Falle gelockt, wohl wissend, dass sie allesamt in die Luft gesprengt werden würden. Statt einer Antwort schüttelte sie nur den Kopf.

»Sagen wir einfach, er wird sich nie wieder trauen einen Fuß nach Gut Plaun zu setzen. Aber stell dir vor, wie überrascht ich war, als ich mit einer Zange zum Schuppen zurückkehrte, um das Vorhängeschloss zu knacken, und dort dieses liederliche Weibsstück vorfand.« Er riss Lenas Kiefer herum und sie kreischte schmerzvoll auf.

Margarete rief entsetzt: »Hör auf, ihr weh zu tun.«

»Es tut mir leid. Ich bin nur schrecklich wütend, dass diese beiden mit ihren niederträchtigen Diebstählen den anderen Häftlingen so viel Leid zugefügt haben.« Gustavs Gesicht zeigte aufrichtige Reue und Mitleid, und er lockerte seinen Griff um Lenas Kiefer.

»Du glaubst, Oliver hat sie versteckt?« Margarete wusste, dass es der Wahrheit entsprach, obschon aus anderen Motiven, als Gustav annahm. Wenn er nur verstehen könnte, dass die Juden nicht die verkommenen Kreaturen waren, als die Hitler sie darstellte. Dass die wahren Feinde des deutschen Volkes die Nazis waren.

»Auf jeden Fall. Es passt alles zusammen. Sie war seine Helferin in der Fabrik. Zusammen müssen sie Material im Wert von Hunderttausenden von Reichsmark gestohlen und auf dem Schwarzmarkt verkauft haben.«

30

Es war ein wunderbarer Tag für Gustav. Diejenige, die fast entkommen war, stand wie ein Häufchen Elend vor Angst zitternd vor ihm. Er würde sie für ihre Dreistigkeit bestrafen, zuerst unter vier Augen und dann nochmal öffentlich. Sie würde schon bald lernen, was es bedeutete, sich ihm zu widersetzen, und der Unterricht würde nur für ihn ein Vergnügen sein.

Aber zuerst musste er ein paar Anrufe tätigen. Derweil sperrte er Lena in einen Lagerraum im Keller und ging mit einem süffisanten Grinsen in sein Büro. Diese jüdische Schlampe war nicht die Einzige, die eine Lektion erhalten würde.

Zuerst rief er Lothar Katze an, einen seiner Bekannten bei der SS in der Kreisstadt Parchim, von dem er wusste, dass er sich an Spektakeln wie öffentlichen Auspeitschungen erfreute.

»Gustav, ich würde ja gerne kommen, aber wir ersticken hier in Arbeit.«

Er überlegte kurz. Ohne die Anwesenheit der SS war es Annegret zuzutrauen, seine Pläne zu durchkreuzen. »Das ist eine Schande. Dann muss ich mir jemand anderen suchen, dem die Ehre zuteilwird.«

»Du willst die Peitsche nicht selbst schwingen?«

»Nein.« Gustav schmunzelte. Lothar hatte Blut geleckt und würde sich diese Gelegenheit nicht entgehen lassen. So konnte Gustav die Judenschlampe bestrafen ohne sich mit Annegret zu überwerfen, während er der neuen Gutsherrin gleichzeitig eine wertvolle Lektion erteilte, für die sie ihm noch viele Jahre dankbar sein würde. »Ich will an dieser Schlampe ein Exempel statuieren, das niemand vergessen wird.«

»Was hat sie denn angestellt?«

Lothar mochte sadistischer als intelligent sein, aber Gustav musste trotzdem vorsichtig sein. »Sie ist ausgebrochen, weil dieser Idiot Heinz beschlossen hat, an bewaffneten Aufsehern zu sparen. Zum Glück war ihre Flucht nicht von langer Dauer. Ich habe sie wiedergefunden, versteckt in einem unbenutzten Schuppen.«

»Gut gemacht.« Lothar schien nachzudenken, und Gustav konnte seine Erregung förmlich riechen. »Wir müssen dafür sorgen, dass niemand ihrem schlechten Beispiel folgt. Wie sähe es aus, wenn entflohene Häftlinge unseren Bezirk unsicher machen?«

»Sehr schlecht. Die Zivilbevölkerung würde zu Unrecht die SS dafür verantwortlich machen und behaupten, dass ihr nicht für Recht und Ordnung sorgen könnt«, sagte Gustav.

»Das darf auf keinen Fall passieren. Ich werde mir Zeit dafür nehmen. Hast du etwas dagegen, wenn ich ein oder zwei Kollegen mitbringe?«

»Natürlich nicht. Je mehr, desto besser.« Dass er die kleine Jüdin nicht selbst auspeitschen durfte, war ein hoher Preis, aber Gustav würde seine persönliche Rache heute Nacht nehmen. Nur sie beide, so lange er wollte.

»Das ist die richtige Einstellung! Ich muss unbedingt etwas

üben, diese Schreibtischtätigkeit lässt einen nach etwas körperlicher Betätigung lechzen. Wann und wo?«

»Morgen Mittag auf dem Appellplatz in der Fabrik. Und bring unbedingt deine Kollegen mit.«

»Wird gemacht.«

Gustav legte den Hörer auf die Halterung und lehnte sich zurück. Sein ganzes Leben hatte sich in den letzten Stunden aufgehellt, und der einzige Wermutstropfen war, dass Oliver ihm entwischt war. Gustav hatte gesehen, wie er an der Schuppentür rüttelte, und in seinem Eifer, herauszufinden, was — oder besser gesagt, wer – sich darin verbarg, war er von Olivers Fährte abgelenkt worden, und der Kerl war entkommen.

Der nächste Anruf galt seiner Frau. »Beate, mein Schatz. Es tut mir so leid, aber wir haben soeben eine Ankündigung für einen Kontrollbesuch morgen früh erhalten und ich muss Überstunden machen. Bitte warte nicht auf mich.«

»Oh.« Sie klang enttäuscht, und er fragte sich, ob sie etwas von seinen außerehelichen Eskapaden ahnte. »Das Abendessen ist fast fertig.«

»Wir können es morgen aufwärmen. Ich verspreche, früh nach Hause zu kommen und bringe eine Flasche Wein mit. Dann können wir beide die verlorene Zeit wiedergutmachen.«

Immer wenn er eine Frau gequält und vergewaltigt hatte, fühlte er sich so energiegeladen, dass er sogar die ehelichen Pflichten mit seiner sittsamen Gattin genoss.

»Das werden wir tun, Gustav, du brauchst wirklich etwas Entspannung. Du arbeitest zu hart.«

Er beschloss, die Vorfreude in die Länge zu ziehen und mit Annegret zu Abend zu essen, aber zu seinem Leidwesen hatte sie sich mit Kopfschmerzen zurückgezogen. Auch für sie hatte er eine Überraschung geplant.

Nachdem er sein Abendessen allein zu sich genommen hatte, plauderte er noch ein paar Minuten mit Frau Mertens und wünschte ihr eine gute Nacht, bevor er in den Keller hinabstieg, um die nächsten Stunden mit Lena zu verbringen.

Viele Stunden später, erschöpft, aber befriedigt schnallte er seinen Gürtel wieder um, warf sich die kaum noch lebende Frau über die Schulter und schleppte sie zum Lastwagen. Auf dem Heimweg machte er einen Abstecher zur Fabrik und sagte dem Wachmann: »Ich habe die Ausreißerin gefunden. Bringe sie für die Nacht in den Strafblock und organisiere für morgen Mittag eine öffentliche Auspeitschung. Das Lager muss blitzblank sein, denn wir werden Besuch von der SS bekommen.«

»Ich werde Herrn Strobel informieren, und alles wird zu Ihrer Zufriedenheit erledigt. Sonst noch etwas?«

»Nein, das wäre alles. Sorg dafür, dass sie am Leben bleibt, ja? Es wäre doch schade, wenn wir einen Ersatz suchen müssten, der noch arbeitsfähig ist.«

»Keine Sorge, Chef.« Der Wachmann nahm Lenas schlaffen Körper von der Ladefläche des Lastwagens und schleppte sie über den Hof in den Strafblock. Gustav kletterte hinter das Steuer und fuhr nach Hause, wobei er sich auf sein warmes, weiches Bett und einen aufregenden nächsten Tag freute.

* * *

Am nächsten Morgen kehrte er in freudiger Erwartung nach Gut Plaun zurück. Er fand Annegret in der Stube mit der Schneiderin. Was für eine schöne Überraschung, sie endlich bei damenhaften Tätigkeiten zu sehen. Was auch immer sie mit den Vorhängen im Herrenhaus anstellte, es würde sie beschäftigt halten, so dass sie keine Zeit hatte weiter herumzuschnüffeln.

Doch zuerst würde er ihr eine Lektion erteilen, die sie niemals vergaß. Wenn sie deswegen heulend nach Berlin rannte, umso besser. Er würde sie sicher nicht vermissen.

»Liebste Annegret, es ist erfrischend, dich so gut gelaunt zu sehen«, begrüßte er sie.

»Guten Morgen, Gustav.« Sie blickte auf. »Hast du die Gefangene sicher in die Fabrik zurückgebracht?«

»Das habe ich. Mach dir keine Sorgen um sie, sie ist noch am Leben.« Er schmunzelte über ihre entsetzte Miene und fügte in ernsterem Ton hinzu: »Ich habe dem Wachmann gesagt, er soll sie vorläufig in Einzelhaft nehmen, aber darf ihr kein Haar krümmen.«

»Das freut mich.« Sie schien wirklich erleichtert zu sein, und er fragte sich, was genau sie an diesen abscheulichen Kreaturen fand. »Ich habe gute Nachrichten. Hast du einen Moment Zeit?«

Gustav nickte. »Nicht viel, aber für dich immer.« Er hoffte, dass sie ihn nicht nach seiner Meinung über Muster für die neuen Vorhänge oder ähnlich stupide Angelegenheiten befragen würde.

»Das wäre alles, danke. Gehen Sie bei Frau Mertens vorbei, um Ihren Lohn abzuholen«, sagte Annegret zu der Näherin, bevor sie sich wieder an Gustav wandte. »Du wirst dich freuen! Ich habe die perfekte Lösung für unser Deckenproblem gefunden.«

Welches Deckenproblem? Er konnte sich an nichts erinnern. Zum Glück bemerkte sie sein Zögern nicht und plapperte unbeirrt weiter: »Schau nur, was die Näherin geleistet hat! All diese Decken hat sie aus den Vorhängen aus dem Haus des Gestütsleiters genäht. Und ich habe ihr noch mehr Vorhänge aus den Räumen im linken Flügel gegeben, die wir nie benutzen. Ist das nicht fantastisch?«

»Wozu brauchst du all diese Decken?«

»Gustav! Hast du das etwa vergessen? Wir haben darüber gesprochen, Decken für die Zwangsarbeiter zu besorgen, und da es keinen Stoff zu kaufen gibt ...«

Ihm fiel die Kinnlade herunter. Dieses Weib war vollkommen übergeschnappt. Sie opferte die schönen Vorhänge des Anwesens, um Decken für ... jüdische Häftlinge herzustellen? Es war höchste Zeit, sie einzubremsen, oder sie würde noch das Tafelsilber verkaufen, um die Zwangsarbeiter in Pelzmäntel zu kleiden. Dennoch zwang er sich, eine wohlwollende Miene aufzusetzen. »Das ist in der Tat eine wunderbare Nachricht. So eine geniale Idee!«

»Nicht wahr? Ich wusste, dass du dich freuen würdest.«

Wütend wäre ein besseres Wort, um das Gefühl zu beschreiben, das durch seine Adern pulsierte. Gustav war ein Meister der Täuschung, dennoch fiel es ihm täglich schwerer, Gefallen an ihr zu heucheln. »Ich bin so stolz auf dich. Und weißt du was? Wir werden gleich zur Fabrik fahren und die Decken verteilen.«

»Meinst du?«, zauderte sie. »Ich bin mir nicht sicher ... vielleicht sollten wir warten, bis wir mehr haben, denn mit nur drei Dutzend, wie sollen wir die auf mehrere hundert Menschen verteilen?«

»Wir könnten eine Tombola daraus machen? Oder diejenigen damit belohnen, die eine Woche lang die höchste Quote produzieren?« Seine Fantasie war geweckt. Es gab unendlich viele Möglichkeiten, die Häftlinge zu demütigen und zu quälen, die alles tun würden, nur um eine der begehrten Decken zu ergattern.

»Hmm ... ich weiß nicht.«

»Darüber können wir unterwegs reden, meine Liebe. Ich sage Nils Bescheid, damit er in der Zwischenzeit die Decken in den Lastwagen lädt. Wir treffen uns um halb zwölf beim Wagen.« Er ging, ohne ihr die Gelegenheit zu weiteren Einwänden zu geben, weil er noch andere Vorbereitungen treffen musste.

Pünktlich um halb zwölf ging er, eine Melodie summend, zum Lastwagen. Nicht einmal das Bündel Decken auf der

Ladefläche konnte seine gute Laune trüben. Nach dem heutigen Tag würde Annegret nie wieder einen Fuß in die Fabrik setzen, und er konnte wieder schalten und walten wie es ihm gefiel.

251

Ladefläche konnte seine gute Laune trüben. Nach dem heutigen Tag würde Annegret nie wieder einen Fuß in die Fabrik setzen, und er konnte wieder schalten und walten wie es ihm gefiel.

31

Margarete freute sich schon darauf, den Arbeitern die erste Ladung Decken auszuhändigen, obwohl sie gerne gewartet hätte, bis sie für jeden eine hatte. Aber vielleicht hatte Gustav recht: Nur weil sie nicht allen auf einmal helfen konnten, war das kein Grund, zu warten.

Nach dem, was Lena ihr über die Zustände erzählt hatte, konnte eine Decke den Unterschied zwischen Leben und Tod bedeuten. Also wäre es unverzeihlich, zu warten.

Gustav war so ein guter Mensch, sie würde ihm ein kleines Geschenk als Zeichen ihrer Dankbarkeit besorgen. Der einzige Wermutstropfen war Lenas Ergreifung und seine unnötige Grausamkeit ihr gegenüber. Aber musste sie nicht nachsichtig mit ihm sein? Selbst der gütigste Mann konnte wütend werden, wenn er mit einer entflohenen Gefangenen konfrontiert war, deren Rasse er für die Quelle allen Übels hielt.

Sie würde daran arbeiten müssen, seine Indoktrination aufzuweichen und ihm klarzumachen, dass die Juden, auch wenn er sie für den Erzfeind hielt, es dennoch verdienten, wie Menschen behandelt zu werden. Wilhelm kam ihr in den Sinn. Auch er war zu verblendet gewesen, um sich von der

Naziideologie abzuwenden, doch zumindest hatte er irgendwann akzeptiert, dass es falsch war, die Juden ausrotten zu wollen.

Voller Tatendrang nahm Margarete sich vor, in der Fabrik nach Lena Ausschau zu halten und sich zu vergewissern, dass es ihr gut ging. Lena und Onkel Ernst. Sie konnte ihn nicht befreien, aber wenigstens eine schützende Hand über ihn halten. Vielleicht sogar eine weniger anstrengende Arbeit für ihn finden?

Als sie mit dem Wagen auf das Gelände der Fabrik fuhren, war der Appellplatz voller Menschen, die in Reih und Glied standen.

»Was ist denn hier los?«, fragte sie.

»Das muss ein Appell sei«, antwortete Gustav, der ebenso ratlos zu sein schien wie sie. »Obwohl das um diese Tageszeit recht ungewöhnlich ist. Eigentlich müssten die Arbeiter in ihren Schichten sein.«

»Hast du Herrn Strobel unseren Besuch angekündigt?«

»Das habe ich, aber ich hätte nie gedacht, dass er extra einen Appell anberaumt. Das stört schließlich den Produktionsablauf. Nein, da muss etwas anderes im Busch sein.«

»Ich schätze, wir werden es bald herausfinden.« Margarete hatte ein mulmiges Gefühl bei der Sache.

Das Gefühl verstärkte sich, als sich fünf Männer in schwarzen SS-Uniformen ihrem Wagen näherten, noch bevor sie ausgestiegen war. Einer von ihnen öffnete die Beifahrertür und half ihr beim Aussteigen. »Unterscharführer Katze. Sie müssen Fräulein Annegret sein. Sehr erfreut, Sie endlich kennenzulernen, wenn auch unter nicht idealen Umständen.«

»Herr Unterscharführer, die Freude ist ganz meinerseits. Ich habe schon viel von Ihnen gehört.«

»Ich hoffe nur Gutes?«, antwortete er mit unleserlicher Miene.

»Natürlich«, antwortete Gustav.

»Was führt Sie heute hierher?« Margarete wollte unbedingt eine Antwort haben.

»Das wissen Sie nicht?« Katze warf einen fragenden Blick in Gustavs Richtung.

»Fräulein Annegret kümmert sich in der Regel nicht um geschäftliche Belange, da sie so sehr mit dem Haushalt und dem Personal beschäftigt ist«, erklärte Gustav.

Und schon wieder hatte er sie in die Ecke gestellt, welche die Nazis für Frauen reserviert hatte.

»Dann wollen wir ihre kostbare Zeit nicht verschwenden, Fräulein Annegret«, gluckste Katze jovial. »Kommt und lasst die Spiele beginnen.«

Spiele? Wie die Gefangenen, die im alten Rom dazu verurteilt wurden, von wilden Tieren zerfleischt zu werden? Bei dieser Assoziation wurde Margarete schwindelig. Dennoch zwang sie sich dazu, Unterscharführer Katze auf die andere Seite des Appellplatzes zu folgen. Als sie aufblickte, entdeckte sie eine provisorische Bühne und eine Person, die an den Handgelenken gefesselt zwischen zwei senkrechten Stangen befestigt war.

»Was soll das?«, keuchte sie entsetzt.

»Das ist die eingefangene Ausbrecherin«, erklärte Katze mit einem widerlichen Ausdruck von Vorfreude im Gesicht.

Lena. Um Himmels Willen! Nein! »Was haben Sie mit ihr vor?«

Der unerträgliche Mann machte seinem Namen alle Ehre und grinste wie eine Katze, die gerade eine Maus erlegt hat. »Sie bestrafen, natürlich.«

Margarete brachte irgendwie ein Nicken zustande. Als sie die erste Reihe erreichten, wandte sie sich an Gustav und flüsterte ihm zu: »Du musst dem ein Ende bereiten! Ich dachte, wir waren uns einig ...«

»Glaub mir, ich bin ebenso erschüttert wie du. Ich hatte ja

keine Ahnung. Herr Strobel muss die SS informiert haben und sie sind gekommen, um ein Exempel zu statuieren.«

»Kannst du denn gar nichts tun?« Margarete stellte die Frage, obwohl sie die Antwort bereits kannte. Keiner von ihnen, beide Zivilisten, konnte etwas gegen einen Haufen SS-Männer ausrichten. Nicht einmal Annegret Huber, Besitzerin dieser Fabrik und Tochter des verstorbenen SS-Standartenführers Wolfgang Huber, hatte in dieser Situation etwas zu sagen. Die SS kam in ihr Haus, machte, was sie wollte, und sie konnte nur hilflos zusehen.

Gustav schüttelte den Kopf. »Mir blutet das Herz, aber selbst ich bin nicht in der Lage mich der SS zu widersetzen. Niemand kann das. Wenn Dein Vater noch lebte ...«

Dann würde er dem Spektakel mit Genuss beiwohnen, dachte Margarete während sie sich mit wackeligen Knien von Gustav zu einem Stuhl direkt vor dem Podium führen ließ. Dort saß sie nah genug, um die frischen Brandwunden und Schnitte auf Lenas Körper zu sehen sowie das blanke Entsetzen in ihren geschwollenen Augen, als Unterscharführer Katze plötzlich eine eingerollte Peitsche in der Hand hielt.

Margarete saß mit versteinerter Miene da und zuckte bei jedem Peitschenhieb zusammen, der auf Lena niederging. Noch nie in ihrem Leben hatte sie sich so hilflos gefühlt wie jetzt. Mit all dem Geld und der Macht, die sie geerbt hatte, konnte sie trotzdem nur zusehen wie diese bedauernswerte Frau gefoltert wurde.

Als es endlich vorbei war, zückte ein Aufseher ein Messer und schnitt die Stricke durch, die Lena aufrecht hielten. Sie sackte mit offenen Augen zu Boden, der leere Blick ein untrügliches Zeichen dafür, dass sie den Kampf aufgegeben hatte. Lenas Herz mochte noch schlagen, aber es war nur eine Frage der Zeit, bis ihr Lebenslicht erlosch.

Margarete war dem Erbrechen nahe und ausnahmsweise war sie froh, dass Gustav sie wegschickte, weil die Männer etwas Geschäftliches zu besprechen hatten. Sie setzte eine gleichgültige Miene auf, bis sie den Lastwagen erreichte, der neben dem Verwaltungsgebäude parkte.

Nils hatte beim Wagen gewartet, und als er sie sah, verzog sich sein Gesicht zu einer traurigen Grimasse. »Sie dürfen sich nicht die Schuld geben. Sie hätten nichts ändern können.«

Sie wusste, dass das stimmte, trotzdem überkam sie nicht nur Abscheu vor den SS-Männern und Mitgefühl für Lena, sondern auch Scham und Schuldgefühle ob ihrer eigenen Untätigkeit. Was nützte diese ganze Scharade, wenn sie nicht einmal eine Freundin davor bewahren konnte, zu Tode gepeitscht zu werden? Eine weitere Welle der Übelkeit überkam sie, und sie sagte hastig: »Warte hier«, bevor sie in das Verwaltungsgebäude rannte und sich dort in die Toilette übergab, bis nur noch Galle kam.

Mit wackeligen Beinen kehrte sie benommen in den Flur zurück. Sie hatte vollkommen die Orientierung verloren und wusste nicht mehr, aus welcher Richtung sie gekommen war. Nach einem kurzen Zögern wandte sie sich nach rechts. Erst als sie durch die Tür hinaus ging, merkte sie, dass es der falsche Ausgang war, denn statt auf den Parkplatz mit dem Lastwagen blickte sie auf eine Reihe von Bäumen.

Immer noch zitternd lehnte sie sich gegen die Hauswand und schloss die Augen, um eine weitere Welle der Übelkeit niederzuringen, als sie ihren Namen hörte.

»Gretchen«, flüsterte eine sanfte Stimme.

Sie wusste sofort wem die Stimme gehörte. Eine Sekunde lang war sie versucht, ihre Augen geschlossen zu lassen, denn sie hasste den Anblick dessen, was aus Onkel Ernst geworden war. Dann holte sie tief Luft und suchte mit den Augen die Umgebung ab, bevor sie sagte: »Onkel Ernst.«

»Mein liebes Kind.«

Hektisch schaute sie über ihre Schulter, weil sie befürchtete, dass jederzeit ein peitschenschwingender SS-Mann auftauchen und Onkel Ernst zum nächsten Opfer seines Blutrausches machen könnte.

»Es ist alles in Ordnung. Ich war auf dem Weg zur Latrine.« Sein Gesicht verzerrte sich schmerzhaft, als hätte er Magenkrämpfe.

Zerrissen von widersprüchlichen Gefühlen schlang sie ihre Arme um ihn, ohne sich darum zu kümmern, dass er von Läusen und anderen Parasiten befallen war. »Wir haben dich für tot gehalten. Tante Heidi und ich.«

Seine Augen leuchteten auf. »Meine geliebte Heidi ist wohlauf?«

»Ja, das ist sie. Sie musste in einen anderen Stadtteil ziehen und lebt in einer winzigen Zweizimmerwohnung, aber es geht ihr gut.«

»Gott sei Dank! Ich habe mir solche Sorgen um sie gemacht.« Es war typisch für ihren Onkel, dass er sich um seine Frau sorgte, obwohl er derjenige war, der deportiert worden war und an diesem schrecklichen Ort schuften musste. »Aber was ist mit dir? Warum bist du hier? Und gibst du dich als Nazi aus?«

Das war eine lange Geschichte, zu lang, um sie zwischen Tür und Angel zu erzählen, während sie gleichzeitig hektisch die Gegend nach Aufsehern absuchte. »Es war meine einzige Chance zu überleben. Als eine Bombe das Haus der Hubers traf und alle ums Leben kamen, nahm ich die Identität ihrer Tochter an und floh mit ihren Papieren aus Berlin. Tante Heidi nahm mich auf.« Wieder schimmerten seine Augen bei der Erwähnung seiner geliebten Ehefrau. »Doch es war für uns beide nicht sicher, also musste ich Leipzig wieder verlassen.« Sie überlegte, wie viel sie ihm noch sagen sollte. »Als Annegret Hubers – so heiße ich jetzt – Brüder ebenfalls starben, hat sie – oder besser gesagt ich – das Familienvermögen geerbt. Deshalb bin ich nach Gut Plaun gekommen, um einen Weg zu finden, mit all dem Geld Gutes zu tun.«

»Das ist ein sehr lobenswertes Vorhaben, mein Kind.« Er legte seine bis auf die Knochen abgemagerte Hand auf ihren Arm, woraufhin sie in Tränen ausbrach.

»Ich konnte Lena nicht helfen. Es tut mir so leid. Ich habe sie bei mir versteckt, aber dann kam der Kammerjäger, und Oliver, oh nein Oliver, ich habe ihn verdächtigt, aber er hat ihr geholfen. Und dann, als Gustav ihn entlassen hat, hat er sie gefunden, und ich habe ihn angefleht, sie nicht zu schlagen, aber die SS ist gekommen und hat dieses schreckliche Spektakel veranstaltet. Und jetzt habe ich dich gefunden, und ich habe Angst, dass dir das Gleiche passiert ...« Die Worte purzelten nur so aus ihrem Mund.

»Pst, Gretchen.« Seine Stimme hatte eine beruhigende Wirkung, und sie fühlte sich in ihre Kindheit zurückversetzt. Einmal hatte sie sich beim Sturz von der Schaukel das Knie aufgeschürft und untröstlich geweint, aber als Onkel Ernst sie auf seinen Schoß genommen, auf ihr Knie geblasen und »Heile, heile Segen, drei Tage Regen, drei Tage Schnee, dann tuts nicht mehr we«, gesungen hatte, hatte der Schmerz augenblicklich nachgelassen und sie war von seinem Knie gehüpft, um weiter zu schaukeln.

Jetzt war es an ihr, ihm seinen Kummer zu nehmen. »Ich verspreche, dass ich alles tun werde, um dich zu beschützen. Ich werde einen Weg finden, dich hier rauszuholen.«

Er schüttelte seinen rasierten Schädel mit den großen braunen Augen, die tief in ihre Höhlen gesunken waren. »Nur weil ich dein Onkel bin, heißt das nicht, dass ich mehr wert bin als jeder andere in dieser Fabrik. Ohne die Hilfe und Fürsorge meiner Mithäftlinge wäre ich schon lange nicht mehr am Leben. Sie verdienen deinen Einsatz genauso sehr wie ich.«

Beschämt über seine Selbstlosigkeit nickte sie. »Als ersten Schritt habe ich überall Listen mit den neuen Arbeitsregeln aufgehängt.«

Er sah sie traurig an. »Sofort nachdem du weg warst, hat Herr Strobel sie eigenhändig wieder abgehängt.«

Wut kochte in ihren Adern. Sie musste dringend mit Gustav sprechen und ihn dazu überreden, Strobel zu entlassen. Allerdings hatte Gustav das schreckliche Schauspiel vorhin für ihren Geschmack etwas zu sehr genossen, und sie fragte sich, ob sich hinter seinem charmanten Äußeren womöglich eine dunkle Seite verbarg. Seine Lüge über Olivers Diebstahl des Schlüsselbunds kam ihr in den Sinn, und sie beschloss, ihn von nun an im Auge zu behalten.

»Ich werde Strobel entlassen. Ich werde alle Aufseher feuern, jeden einzelnen, der dein Leben so unerträglich macht.«

»Das kannst du nicht tun. Du musst vorsichtig sein.«

Sie schüttelte den Kopf, obwohl sie wusste, dass er recht hatte. Es würde niemandem nützen, wenn sie alle Angestellten entließ und dann die SS kam, um die Fabrik selbst zu leiten? Oder noch schlimmer, sie als Verräterin verhaftete, die sich für Juden einsetzte? »Ich werde einen Weg finden. Ich schwöre es. Aber du, du musst stark bleiben, bis ich dich hier rausholen kann.«

»Bring dich nicht in Gefahr, indem du mir bei der Flucht hilfst. Investiere deine Energie lieber darin, für uns alle das Leben erträglicher zu machen. Du darfst keine Favoriten haben, sondern musst alle Häftlinge gleichermaßen bedenken.«

Ihr Herz schmolz dahin angesichts von so viel Demut und Weisheit. »Das werde ich, Onkel Ernst, das werde ich. Und ich werde Heidi mitteilen, dass du am Leben bist. Sie wird außer sich sein vor Freude.«

»Es ist mein sehnlichster Wunsch, meine Heidi wiederzusehen. Nur der Gedanke daran bestärkt mich, jeden Tag weiter zu kämpfen.«

Das Geräusch von Schritten ließ sie beide aufschrecken. Margaretes Seele schmerzte beim Anblick der panischen Angst in den Augen ihres Onkels.

»Ich gehe besser«, flüsterte er und schlurfte in Richtung der Latrinen.

Margarete blieb zurück, beschämt, schuldbewusst und mit gebrochenem Herzen. Sie hatte Lena nicht helfen können, aber so wahr Gott ihr Zeuge war, sie würde ihren Onkel retten, ob er nun wollte oder nicht. Natürlich würde sie auch den anderen Häftlingen helfen, aber er war ihre erste Priorität.

Jemand kam um die Ecke und sagte: »Da sind Sie ja, Fräulein Annegret, ich habe mir schon Sorgen gemacht.«

Sie sah auf und erkannte Nils. »Es tut mir leid, ich habe mich verlaufen und nicht mehr den richtigen Ausgang gefunden.«

»Sind Sie sicher, dass es Ihnen gut geht? Sie sehen aus, als ob Sie einen Geist gesehen hätten.«

»Alles in Ordnung«, log sie. »Bring mich bitte zurück zum Gutshaus.« So sehr ihr auch nach Heulen zumute war, sie musste sich zusammenreißen, denn Annegret Huber weinte nicht wegen der Qualen eines Juden.

Auf dem Gutshof angekommen, schlüpfte sie aus dem Wagen, noch bevor Nils ihr die Beifahrertür öffnen konnte. Sie wollte für den Rest des Tages, ja, für den Rest ihres Lebens, keine Menschenseele mehr sehen oder hören.

In ihrem Zimmer warf sie sich bäuchlings auf das Bett, die Tränen strömten ihr über das Gesicht und benetzten die Bettdecke. Ihr Herz war in Stücke gerissen worden, fast so wie Lenas Haut von der Peitsche zerfetzt worden war. Sie konnte nicht einmal in die Fabrik zurückkehren, um zu sehen, ob sie irgendetwas für Lena tun konnte, oder zumindest ein ordentliches Begräbnis zu organisieren, weil sie ihre eigene Tarnung um jeden Preis aufrechterhalten musste.

»Zur Hölle mit meiner Tarnung! Zum Teufel mit meinem nutzlosen Dasein! Was ist meine Existenz wert, wenn ich keinen Deut besser bin als die Nazis selbst?« Sie weinte noch lange darüber, dass sie gerade miterlebt hatte, wie eine Frau zu

Tode gepeitscht wurde und nichts dagegen unternommen hatte. Lenas Blut klebte genauso an ihren Händen wie an denen von Unterscharführer Katze.

Draußen war es bereits dunkel, als jemand an die Tür klopfte.

»Herein«, krächzte Margarete.

Dora brachte eine Schüssel mit dampfender Suppe auf einem Tablett. »Frau Mertens hat mich geschickt, um nach Ihnen zu sehen, Fräulein Annegret. Herr Fischer hat gesagt, dass es Ihnen nicht gut geht.«

»Mir geht es zum Kotzen.« Margarete setzte sich auf und wischte sich mit dem Ärmel über das feuchte Gesicht.

»Man hat uns erzählt, was in der Fabrik passiert ist. Es tut mir so leid.« Dora stellte das Tablett auf den Nachttisch.

»Ist sie ... hat sie ...?« Noch bestand ein Hoffnungsschimmer, dass Lena trotz aller Widrigkeiten überlebt haben könnte.

Doch Dora schüttelte den Kopf. »Sie ist gestorben. Die Männer haben beim Essen damit geprahlt.«

»Gustav hat die SS hierher eingeladen?«

»Natürlich hat er das, das tut er immer.«

Ein ungutes Gefühl kroch Margarete den Rücken hinauf. »Ist so etwas schon einmal passiert?«

Dora nickte.

»Und Gustav unternimmt nie etwas dagegen?«

Dora schaute verwirrt. »Ich verstehe Ihre Frage nicht. Soweit ich weiß, macht er die Auspeitschungen sonst selbst.«

»Ich glaube dir kein Wort!«

Das Dienstmädchen starrte sie fassungslos an. »Bitte, Fräulein Annegret, seien Sie mir nicht böse, aber Herr Fischer ist nicht der gütige und fürsorgliche Mann, für den Sie ihn halten. Jeder hier lebt in Angst vor ihm, vor allem die Frauen.«

Margarete starrte sie ausdruckslos an. »Lass mich jetzt bitte allein.«

Kaum war Dora weg, schmiss sie ein Kissen gegen die

Wand und schrie vor Frust. Sie konnte nicht glauben, dass sie so leichtgläubig gewesen war. Dass Gustav sie auf so abscheuliche Weise hintergangen hatte. Dass sie ihm bei seinen menschenverachtenden Machenschaften geholfen hatte. Nein, das konnte einfach nicht wahr sein! Gustav konnte nicht der grausame Sadist sein, als den Dora ihn darstellte. Das war unmöglich.

Sie ließ die Suppe kalt werden und schluchzte sich in den Schlaf. Das, was heute geschehen war, war einfach zu viel, und ihr Gehirn weigerte sich, klar zu denken.

In aller Herrgottsfrühe wachte sie auf und fühlte sich, als wäre sie von einem Zug überfahren worden. Sie kletterte mühsam aus dem Bett, ging zum Fenster und ließ sich in ihren Lieblingssessel, mit Blick auf die Gärten und die Einfahrt von Gut Plaun, fallen.

Stunde um Stunde saß sie dort und starrte in den herannahenden Tag hinaus. Das Personal kam zur Arbeit oder zur Frühstückspause zum Gutshaus, und der Hof unter ihr füllte sich mit Leben. Der Trubel legte sich wieder, sobald jeder von Frau Mertens Frühstück bekommen hatte und danach an die Arbeit zurückkehrte. Nach einer Weile war der Hof wieder wie leergefegt und nirgendwo eine Menschenseele zu sehen. Margarete scheute sich nach unten zu gehen, wo sie unweigerlich Frau Mertens oder jemand anderen träfe, also blieb sie reglos in ihrem Sessel sitzen und beobachtete, wie die Wolken sich über den Himmel jagten.

Irgendwann fuhr ein schwarzes Auto mit Anhänger in den Hof und ein Mann, den sie noch nie zuvor gesehen hatte, stieg aus. Gustav eilte heraus, um ihn zu begrüßen, und kurz darauf verschwanden die beiden um die Hausecke, wo Margarete sie nicht mehr sehen konnte. Das war ungewöhnlich, denn Gustavs Büro lag auf der anderen Seite. Sie wunderte sich, wo die Männer hinwollten, denn der Ostflügel wurde nicht genutzt. Als die beiden nicht zurückkehrten, beschloss sie, der Sache auf den Grund zu gehen. Sie zog Mantel und Schal an, schlich die Außentreppe hinunter und um die Ecke.

Dort war eine Tür angelehnt, die sie bisher nicht bemerkt hatte. Sie führte in den Keller. Obwohl sie noch nie unten gewesen war, wusste sie, dass Frau Mertens dort die Lebensmittel lagerte. Stimmen wehten herüber und sie drückte sich wie eine Diebin gegen die feuchtkalten Ziegelsteine.

Eine der Stimmen war Gustavs, aber sie konnte nicht verstehen, was er sagte. Sie schlich näher an die Stelle heran, von der die Geräusche kamen, bis sie zur Salzsäule erstarrte, als der andere Mann fragte: »Wie viele Zentner haben Sie?«

»Im Moment zwanzig, doch wir bekommen jede Woche Nachschub für die Fabrik. Wenn Sie mehr brauchen, kann ich Ihnen am Montag so viel verkaufen, wie Sie wollen«, sagte Gustav laut und deutlich.

»Gut. Ich brauche fünfzig Zentner.«

»Wird gemacht. Sie bezahlen die Hälfte jetzt und die andere Hälfte bei Lieferung.«

Margarete presste sich die Faust in den Mund und biss darauf, um keinen Laut der Empörung von sich zu geben.

»Sind Sie sicher, dass niemand etwas merken wird?«, fragte der andere.

Gustav stieß ein spöttisches Schnauben aus, das partout nicht zu Margaretes Bild von ihm passte. »Selbst wenn die Häftlinge sich beschweren würden, wer würde ihnen schon zuhören?«

»Und die neue Besitzerin, Fräulein Annegret? Ich habe gehört, sie setzt sich für bessere Arbeitsbedingungen der Häftlinge ein.«

»Nach der gestrigen Auspeitschung bezweifle ich, dass sie jemals wieder einen Fuß in die Fabrik setzen wird. Sie sah aus als ob sie gleich dort kotzt, wo alle zuschauen können. Ich dachte wirklich, sie sei aus härterem Holz geschnitzt.«

»Frauen. Hitler hat recht, wenn er sie nur mit Kindern, Küche und Kirche betraut.«

Margarete hatte genug gehört und schlich aus dem Keller. Sie hielt sich nicht lange draußen auf und rannte so schnell sie konnte die Hintertreppe zu ihren Zimmern hinauf, wo sie mit den Fäusten gegen die Wand hämmerte. »Ich bin so ein verdammter Idiot!«

32

Oliver stand in der Warteschlange des Arbeitsamtes in Schwerin, etwa zwei Stunden Zugfahrt von Plau am See entfernt. Bisher hatte er nur eine befristete Stelle angeboten bekommen, denn ohne ein Arbeitszeugnis seines vorigen Arbeitgebers war die Suche mühsam. Gerade als er mit einer Liste möglicher Stellen in der Hand aus dem Gebäude trat, stieß er mit einer kleinen Person zusammen.

»Verzeihung«, sagte er, noch bevor er herunterblickte und in Annegrets haselnussbraune Augen starrte.

»Oliver, kann ich bitte mit dir reden?«

Augenblicklich kochte er vor Wut. Es war ihre Schuld, dass er seine geliebten Pferde hatte verlassen müssen, um sich eine Stelle als Fabrik- oder Hafenarbeiter zu suchen. »Herrschaftszeiten! Hast du nicht schon genug Schaden angerichtet? Lass mich in Ruhe!«

»Ich bin gekommen, um mich zu entschuldigen.«

»Du? Dich entschuldigen? Ich hätte nicht gedacht, dass du weißt, wie das geht.«

»Oliver, bitte, es tut mir so leid. Ich lag völlig falsch, ich hätte nie an dir zweifeln dürfen. Dora hat versucht, es mir zu sagen, aber ich wollte nicht hören.«

Bei der Erwähnung von Doras Namen machte sein Herz einen Freudenhüpfer, nur um sich in der nächsten Sekunde verraten vorzukommen. Wie konnte sie es wagen, Annegret zu sagen, wohin er gegangen war? »Nicht zuhören und andere zu quälen, sind zwei deiner größten Talente.«

Annegret zuckte zusammen und ihr Gesicht nahm einen verletzten Ausdruck an. »Ich schätze, diese Abfuhr habe ich verdient. Aber, bitte, kannst du mich wenigstens anhören? Ich will dir ein Angebot machen.«

»Ein ebenso verlockendes Angebot wie damals, als du dem blinden Albert den Stock gestohlen und mir die Schuld dafür gegeben hast?«

Ihre schockierte Miene war eine Million Reichsmark wert. Wenn er es nicht besser wüsste, hätte er geschworen, dass sie keine Ahnung hatte, wovon er sprach.

»Nein, so nicht. Hör mal, es war alles meine Schuld ...« Sie stockte und fuhr sich mit der Hand durch die Haare.

»Einsicht ist der erste Schritt zur Besserung.«

»Gustav war der Dieb. Ich habe ihn auf frischer Tat ertappt und werde ihn entlassen.«

»Warum erzählst du mir das überhaupt? Falls du dich erinnerst, *mich* hast du bereits gefeuert.«

»Ich habe doch schon gesagt, dass es mir leid tut. Kannst du mir verzeihen?«

»Dir verzeihen?«, zischte er. Mehrere Passanten waren in sicherer Entfernung stehen geblieben und beäugten die beiden misstrauisch. Er stöhnte auf. Sich zum Gespött der Leute zu machen, würde ihm nicht helfen, eine Anstellung zu finden. »Lass uns woanders hingehen.«

Annegret warf ihm einen verwirrten Blick zu, doch als sie die neugierigen Zuschauer bemerkte, nickte sie. »Gut.«

Sie liefen einige Minuten, bis sie einen Park erreichten und sich auf einer der Holzbänke niederließen. Der Spaziergang gab ihm Zeit, seinen Ärger zu verarbeiten, und er sagte in einem viel versöhnlicheren Ton: »Also, wie lautet dein Angebot?«

»Wenn ich Gustav entlasse, brauche ich jemanden, der ihn ersetzt. Einen ehrlichen Mann, dem ich vertrauen kann. Ich möchte, dass du mein Gutsverwalter wirst.«

»Ich?«, fragte Oliver verblüfft. »Seit wann vertraust du mir?«

»Seit ich erkannt habe, was für ein Vollidiot ich war. Gustav hat mich mit seinem Charme an der Nase herumgeführt und ich dummes Huhn habe die ganze Zeit kein einziges Mal an seinen schönen Worten gezweifelt. Du hingegen warst vom ersten Mal als ich dir begegnet bin feindselig zu mir ...« Sie schlug sich eine Hand vor den Mund. »Ich meine, als ich zurückkam.«

»Und du fragst dich wirklich, warum? Nach allem, was du mir angetan hast? Die Tracht Prügel, die dein Vater mir für deinen Streich an Albert verpasst hat, war nicht die erste, wie du dich bestimmt erinnerst.«

»Es tut mir so leid. Ich war egoistisch. Aber ich habe mich geändert, es wird nicht mehr vorkommen.«

»Sag mir einen Grund, warum ich dir glauben sollte?«

Sie starrte ihn eine ganze Weile an, und er merkte, dass sie mit ihrer Antwort haderte. »Weil ich nicht diejenige bin, für die du mich hältst.«

Er schüttelte den Kopf. Wenn sie glaubte, ihn mit dieser fadenscheinigen Beschwichtigung umstimmen zu können, dann war sie schief gewickelt. »Oh, ich weiß genau, wer du bist. Eine falsche Schlange, die nur an sich selbst interessiert ist.«

Annegret nickte, wobei ihr innerer Aufruhr in ihrer Miene zu lesen war. »Ich schätze, das habe ich verdient, wenn auch nicht in der Hinsicht, wie du es meinst.«

Diese Frau war unverbesserlich. Was wusste sie schon über

ihn und was er glaubte? Er stand auf und ging weg, aber sie rief ihm nach: »Warte! Ich bin nicht Annegret.«

Oliver drehte sich auf dem Absatz um und starrte die Verrückte vor sich an. Wenn dies ein weiterer ihrer hinterlistigen Tricks war ... »Ich glaube dir kein Wort.«

»Es stimmt aber. Niemand außer Wilhelm weiß davon.«

»Wie praktisch, dass er tot ist«, spottete Oliver, doch tief in seinem Inneren regte sich ein Zweifel. Hatte er nicht selbst zugegeben, wie sehr Annegret sich verändert hatte, hatte er nicht sogar zu Dora halb im Scherz gesagt, dass sie ein Maulwurf für die Gestapo sein könnte. Womöglich stimmte das sogar. All das könnte eine ausgeklügelte Falle sein. Er wusste nicht mehr, wem oder was er glauben sollte.

»... und Lena.«

»Gut, dann werde ich sie fragen, obwohl ich davon ausgehe, dass sie schwören würde, dass du ihre Großmutter bist, wenn es ihr Leben retten würde.«

»Ich meinte, sie ist auch tot. Gustav hat sie gefunden«, krächzte Annegret.

Seine Beine wurden bleiern, so als würde sich sein ganzes Wesen in kalten, gefühllosen Stahl verwandeln. Er wusste, was Strobel und Gustav mit entflohenen Häftlingen machten, trotzdem stellte er die Frage: »Was ist passiert?«

»Eine öffentliche Auspeitschung. Glaub mir, das war das Schlimmste, was ich in meinem ganzen Leben erlebt habe ...« Sie stockte und blinzelte heftig. Als sie sich wieder in der Gewalt hatte, fuhr sie fort: »Wenn mir vor einem Jahr jemand gesagt hätte, dass ich ein Landgut erben würde, hätte ich ihn für verrückt erklärt. Du magst das nicht verstehen, aber ich glaube, eine höhere Macht hat dafür gesorgt, dass ich Gutsherrin geworden bin und mir die Nitropenta Fabrik gehört. Als ich Lena im Wald fand, wurde mir schlagartig klar, dass es meine Berufung ist, denen zu helfen, die sich nicht selbst helfen können.«

Sein Mund klappte so weit auf, dass er sich beinahe den Kiefer ausrenkte. Annegret Huber hatte noch nie in ihrem Leben etwas für andere getan, und doch hatte er den Eindruck, ihr skandalöses Geständnis entsprach der Wahrheit. »Du bist komplett durchgedreht, weißt du das?«

»Vielleicht.«

»Erst eröffnest du mir, dass du nicht Annegret bist, und jetzt willst du sogar den Nazis die Stirn bieten und den Juden helfen? Wer zum Teufel bist du wirklich? Warte, nein, sag es mir nicht. Ich will es lieber nicht hören.«

»Mein richtiger Name ist Margarete Rosenbaum und ich bin Jüdin.«

Diesmal fiel seine Kinnlade wirklich bis auf den Boden, denn ihm dämmerte langsam, dass sie die Wahrheit sprach. »Warum erzählst du mir das überhaupt? Ausgerechnet mir? Dem Jungen, den du vor Jahren unaufhörlich gepiesackt hast. Dem Mann, den du zu Unrecht gefeuert hast. Dem Mann, der dich so sehr verabscheut. Warum ausgerechnet mir?«

»Das habe ich dir schon gesagt: Ich möchte, dass du zurückkommst und Gustavs Nachfolger wirst. Und dafür musst du mir vertrauen. Da du Annegret so sehr hasst, kannst du dich vielleicht dazu durchringen, mit der Schwindlerin zusammenzuarbeiten, die vorgibt Annegret zu sein? Ich brauche einen ehrlichen Verwalter, der das Gut und die Fabrik beaufsichtigt, die von mir aufgestellten Regeln zur Verbesserung der Arbeitsbedingungen umsetzt und der mir nicht in den Rücken fällt, sobald ich mich umdrehe.«

Ihm fehlten schlichtweg die Worte. Nach einer Weile schüttelte er den Kopf. »Was hält mich davon ab, einfach zur örtlichen Gestapo zu gehen und dich anzuschwärzen? Denen zu sagen, dass du eine Jüdin bist?«

Für den Bruchteil einer Sekunde schimmerte Angst in ihren Augen, aber dann antwortete sie in einem hochmütigen Ton: »Nur zu. Ich werde alles abstreiten, was du sagst, und wem werden sie wohl eher glauben? Mir oder dem Gestütsleiter, den ich kürzlich wegen Diebstahls entlassen musste?«

So seltsam es auch war, Erleichterung durchflutete ihn, denn das war die Annegret, die er kannte und verabscheute. »Sieht so aus, als ob du zwar nicht Annegret bist, aber trotzdem seid ihr zwei nicht sehr unterschiedlich. Immer bereit, über Leichen zu gehen, um zu bekommen, was ihr wollt.«

Sie zuckte bei seinen Worten zusammen und ihr Gesicht nahm einen nachdenklichen Ausdruck an. »Vermutlich hast du damit recht. Im letzten Jahr bin ich ihr sehr ähnlich geworden. Es war eine harte Schule, aber inzwischen schrecke ich nicht mehr vor drastischen Maßnahmen zurück. Der Unterschied zwischen ihr und mir sind die Dinge, die wir haben wollen. Ich bin entschlossen, meinen Beitrag zur Gerechtigkeit zu leisten, indem ich denen helfe, die sonst sterben müssen. Aber ich kann es nicht allein tun, sondern brauche Menschen mit einem guten Herz, die mir helfen.«

»Und ich habe ein gutes Herz?« Er konnte ihre Enthüllungen nicht fassen. Es war so weit hergeholt, obwohl ... »Du hast gar keinen verletzten Rücken. Du kannst nicht reiten.«

Wieder zuckte sie zusammen als habe er ihr ins Gesicht geschlagen. »Ja. Ich hatte Todesangst, denn jeder hätte sofort meine Täuschung durchschaut, sobald ich ein Pferd bestiegen hätte.«

»Deshalb hast du dich auch nicht an das Turnier erinnert, das du gewonnen hast.« Oliver fuhr sich mit der Hand durch die Haare. »Sagst du mir wirklich die Wahrheit?«

»Ja.«

»Weiß Dora davon?«

»Nein. Sie kannte Annegret nicht, also kann sie keine Vergleiche anstellen. Aber sie hat mich überrascht, wie ich Lena versteckt habe, also weiß sie, dass ich nicht der Nazi bin, der ich vorgebe, zu sein.«

Er schüttelte den Kopf. »Ich kann es immer noch nicht

glauben. Wie hast du das überhaupt geschafft, vor aller Augen?«

»Mit Glück, Schauspielerei und meinem Talent, Stimmen zu imitieren.«

»Ich weiß nicht, was ich sagen soll.«

»Sag, dass du für mich arbeiten wirst, bitte? Du hast ein großes Risiko auf dich genommen, um Lena zu verstecken, deshalb weiß ich, dass du die ideale Person bist, um das Gut zu verwalten und einen Ersatz für diesen skrupellosen Heinz Strobel zu finden.«

»Du willst Gustav also wirklich feuern?« Er konnte ihren Gesinnungswandel immer noch nicht ganz fassen.

»Ja. Ich will ihn nicht nur feuern, ich will ihn für den Rest seines Lebens hinter Gitter bringen, damit er nie wieder einem Menschen etwas zu leide tun kann.«

»Hmm ...« Oliver überlegte kurz. »Er hat einflussreiche Freunde in der Gegend ... und er ist sehr rachsüchtig. Wir müssen einen Plan aushecken. In jedem Fall brauchen wir handfeste Beweise, bevor wir ihn denunzieren.«

»Du hast ›wir‹ gesagt. Heißt das, du nimmst mein Angebot an?«

»Ich werde darüber nachdenken, aber zuerst muss ich mit Dora sprechen.«

»Sie wird begeistert sein. Sie hat mich regelrecht angefleht, dich zurückzunehmen, und bei Gott und allem, was ihr heilig ist, geschworen, dass du kein Dieb bist.«

»Ich muss trotzdem mit ihr reden«, beharrte er. »Und ihr die Wahrheit sagen.«

Annegret – denn in seinem Kopf war sie immer noch Annegret – sog erschrocken den Atem ein. »Ist das wirklich nötig? Es wäre sicherer für sie, wenn sie nichts wüsste.«

»Ich lüge sie nur ungern an, aber vielleicht hast du recht. Ich muss darüber nachdenken.« Er schüttelte den Kopf, der von all den neuen Informationen zu schmerzen begann.

»Gut. Nils wartet mit dem Wagen, um mich nach Hause zu fahren, da ist noch Platz für dich.«

Oliver stöhnte auf. Diese neue und bessere Version von Annegret hatte offensichtlich an alles gedacht.

Während der Rückfahrt nach Gut Plaun wirbelten die Gedanken in seinem Kopf. Er war sich nicht sicher, ob er die Leitung des Guts einschließlich der Fabrik übernehmen wollte. Er würde gezwungen sein, sich regelmäßig mit der SS auseinanderzusetzen, und das allein war schon Grund genug, Annegrets Angebot abzulehnen. Außerdem würde er viel lieber weiter mit seinen geliebten Pferden arbeiten.

Frau Mertens hatte eines der Gästezimmer für ihn hergerichtet, und später in der Nacht kam Dora zu Besuch. Als er ihr liebliches Gesicht betrachtete, entschied er, ihr vorerst nichts von der wahren Identität ihrer Herrin zu erzählen, denn er wollte sie nicht in die Sache hineinziehen, falls – Gott bewahre – jemand Margaretes Geheimnis herausfinden sollte.

»Ich habe dich so sehr vermisst«, hauchte Dora nach ihrem leidenschaftlichen Liebesspiel.

Oliver gluckste. »Das habe ich gar nicht gemerkt.«

»Wirst du das Angebot von Fräulein Annegret annehmen?«

»Warum willst du unbedingt, dass ich für sie arbeite?«

»Weil wir dann zusammen sein können.« Sie klimperte mit ihren langen Wimpern, um ihre Worte zu unterstreichen.

Er küsste sie auf die Nase und sagte: »Das ist zwar ein sehr verlockender Grund, aber er reicht nicht aus, um mich zu überzeugen.«

»Ich weiß, dass du ihr nicht traust, aber glaub mir, sie ist der liebenswürdigste Mensch, den ich je getroffen habe. Sie ist ganz und gar nicht so, wie du und andere aus ihrer Vergangenheit sie dargestellt haben. Ich glaube, der Verlust ihrer Familie hat sie einiges gelehrt. Außerdem ...«, sie sah ihn erwartungsvoll an, »... hat sie mir sogar geholfen, einige Formulare auszufüllen und meine Eindeutschung zu beantragen.«

»Wie das?«

»Nun, es gibt wohl ein Gesetz für Deutschblütige. Als ich ihr erzählte, dass meine Urgroßmutter mütterlicherseits aus Deutschland stammt, rief sie ihren Freund bei der Gestapo an und er sagte, wenn ich ihm die Geburtsurkunde meiner Urgroßmutter beschaffe, sorgt er dafür, dass mein Einbürgerungsantrag bewilligt wird.«

»Jetzt ist nicht der richtige Zeitpunkt für Scherze«, sagte Oliver.

»Ich meine es todernst.«

Er rollte sie auf sich und verlor sich in den Tiefen ihrer dunklen Augen. »Weißt du, was das bedeutet?«

»Dass Frau Mertens mich nicht wegen unkeuschen Benehmens wegschicken kann?«

Er grinste sie an. »Das, und dass wir endlich heiraten können, zukünftige Frau Gundelmann.«

»Ich kann mich nicht erinnern, ja gesagt zu haben«, antwortete sie mit einem verschmitzten Grinsen und quietschte laut auf, als er sie kitzelte.

»Frechdachs. Nun denn, dann frage ich in aller Form: Willst du meine Frau werden?«

Dora strahlte über das ganze Gesicht. »Von ganzem Herzen.«

»Ich liebe dich, meine Süße«, sagte er und drückte ihr einen leidenschaftlichen Kuss auf den Mund, der sich jetzt, da sie seine Verlobte war, ganz anders anfühlte.

33

Gustav rieb sich die Hände. Allmählich fielen alle Puzzleteile an ihren Platz. Lothar Katze und seine Kollegen waren von der öffentlichen Auspeitschung begeistert gewesen und hatten angedeutet, dass sie das gerne wiederholen würden, sicher mit kleinen Aufmerksamkeiten für Gustav und Heinz im Gepäck. Außerdem hatte er einen neuen Abnehmer für die Lebensmittel gefunden, die sonst an die Häftlinge verschwendet würden.

Seit der Auspeitschung war Annegret meist auf ihrem Zimmer geblieben, mal abgesehen von einem Einkaufsbummel nach Schwerin. Sie hatte sogar das unsägliche Thema, Decken an die Gefangenen zu verteilen, vergessen. Das wäre eine weitere ungeheuerliche Materialverschwendung gewesen, denn diese Decken brachten so viel mehr Geld ein, wenn man sie an wertvolle Deutsche verkaufte, statt sie den abscheulichen Juden und anderen Volksschmarotzern zu schenken.

Um Annegret nicht auf dumme Ideen zu bringen, sprach er das Thema nicht an, obwohl es ihn in den Fingern juckte, sich nach dem Verbleib der Decken zu erkundigen, die er partout nicht finden konnte. Wenn Oliver noch hier wäre, hätte er ihm das Verschwinden in die Schuhe schieben können, doch Gott sei Dank hatte er diesen furchtbaren Mann für immer vom Gut gejagt. Er mochte ein talentierter Gestütsleiter sein, aber seine Unbestechlichkeit war schlichtweg unerträglich.

Der einzige Wermutstropfen war, dass Gustav es immer noch nicht geschafft hatte, sich über das vollbusige Dienstmädchen herzumachen, weil sie ständig bei Annegret war. Vielleicht war es an der Zeit, mit Frau Mertens darüber zu sprechen, ein zweites Dienstmädchen einzustellen, weil die neue Hausherrin so viel Arbeit machte. Er leckte sich über die Lippen und stellte sich bereits vor, wie er sich mit zwei drallen Mädels verlustierte.

Das Klingeln des Telefons unterbrach seine Fantasien. Lothar Katze war am anderen Ende der Leitung. »Was für eine freudige Überraschung. Kann ich etwas für dich tun?«

»Das kannst du in der Tat.« Katze klang nicht so jovial wie gestern noch. »Wir haben einige Unregelmäßigkeiten bei der Belieferung der Fabrik festgestellt.«

Eiskalte Schauer liefen über Gustavs Rücken. »Ich muss vergessen haben, dir davon zu berichten. Wir haben den Dieb bereits gefunden. Es war der Gestütsleiter, Oliver Gundelmann.«

»Das habe ich gehört. Du musst zu uns ins Büro kommen. Es war eine vorsätzliche Unterlassung, die Behörden nicht zu informieren und den Verräter ungestraft davonkommen zu lassen.«

»Der Kerl tat mir leid, ich dachte, er hätte seine Lektion gelernt.« Gustavs Gedanken überschlugen sich bei dem Versuch, eine glaubwürdige Ausrede zu erfinden. Falls die SS Oliver gefunden und ein Geständnis aus ihm herausgeprügelt hatte, war Gustav in der Bredouille. Selbst wenn sie Oliver kein Wort glaubten, würden sie herkommen und Nachforschungen anstellen, und dann würden sie unweigerlich die fehlenden Kupferbleche entdecken.

Katze lachte laut auf. »Das ist wohl das erste Mal in deinem Leben, dass du Mitleid mit jemand anderem als dir hast. Also, schwing deinen Hintern in mein Büro, damit wir das klären können.«

Schweißperlen bildeten sich auf Gustavs Stirn. Er griff nach einem Taschentuch, um sie abzuwischen. Einen Moment lang überlegte er, abzuhauen, was eine völlig unangemessene, ja sogar dumme, Reaktion war. Nur Verbrecher flüchteten. Und er war unschuldig. Das würde es diesem minderbemittelten Unterscharführer beweisen. Ein paar winzige Anmerkungen in den Büchern, und schon sah selbst das blindeste Huhn, dass Heinz gemeinsame Sache mit Oliver gemacht hatte. Gustav selbst konnte höchstens bezichtigt werden, gegenüber den Verrätern zu nachsichtig gewesen zu sein, dann würde er öffentlich Reue zeigen und anbieten die Verbrecher der härtesten Strafe zu unterziehen, die ihm einfiel – und nicht etwa den leichten Ausweg, den er dieser jüdischen Hure gewährt hatte, die ihren Tod herbeigesehnt haben musste, nachdem er mit ihr fertig war.

Er nahm Mantel und Hut vom Haken neben der Tür und trat auf den Flur hinaus, wobei er beinahe mit Annegret zusammenstieß. Ausgerechnet jetzt musste sie ihn aufsuchen. Warum konnte sie nicht noch ein bisschen länger schmollend auf ihrem Zimmer bleiben? Zum Beispiel für immer?

»Liebste Annegret, geht es dir besser?«

»Mir war nie unwohl.« Sie schaute ihn mit eiskalten Augen an, was eine beunruhigende Veränderung in ihrem Verhalten darstellte. Doch er hatte keine Zeit, sich damit zu befassen, denn er musste schwerwiegendere Probleme lösen.

»Das freut mich zu hören. Du musst mich allerdings entschuldigen, ich bin gerade auf dem Weg nach Parchim ins SS-Hauptquartier. Die wollen meine Aussage zu Olivers Verbrechen aufnehmen.«

»Bist du sicher, dass sie niemand anderen verdächtigen?«
Ihr Tonfall jagte ihm einen Schauer über den Rücken.

»Warum sollten sie das tun? Der Schuldige ist doch schon
gefunden. Im Übrigen«, er senkte seine Stimme zu einem
verschwörerischen Flüstern, »hat mich Katze dafür gescholten, zu
nachsichtig mit Oliver gewesen zu sein.« Er hatte einen Geistesblitz. »Ich habe ihm gesagt, dass es dein Wunsch war. Du konntest den Gedanken nicht ertragen, dass er in einem KZ verrottet.«

Sie hob eine Augenbraue. »Nun, das ist richtig. Oliver hat
es wahrlich nicht verdient, für seine Taten in ein KZ geschickt
zu werden. Übrigens, Unterscharführer Katze hat mich auch
angerufen.«

»Was wollte er?« Gustav quollen vor Schreck fast die
Augen aus dem Kopf.

»Nichts Besonderes. Meine Sicht der Dinge. Ich habe ihm
gesagt, dass ich von nichts weiß, weil du ja für das Anwesen
und die Fabrik zuständig bist.«

Bei ihren Worten entspannte er sich wieder; wenn Annegret seine Aussage bestätigte, konnte die SS Oliver unmöglich
glauben, vorausgesetzt, sie hatten überhaupt mit ihm
gesprochen.

»Das ist schön zu wissen, meine liebste Annegret.«

»Ich bin froh, dass ich helfen kann, denn mein innigster
Wunsch ist es, dass der wahre Schuldige die Strafe bekommt,
die er verdient. Für den Diebstahl und all die anderen bösar-
tigen Dinge, die er getan hat. Ich hoffe, dein Gespräch mit der
SS verläuft nach deinen Vorstellungen.«

Hatte er sich das nur eingebildet, oder lächelte sie schaden-
freudig? So oder so jagte ihr Verhalten ihm weitere Schauer
über den Rücken. Zum ersten Mal, seit Annegret auf Gut
Plaun angekommen war, hatte er das Gefühl, dass sie ihrem
Ruf als hinterhältige Intrigantin gerecht wurde, und das gefiel
ihm überhaupt nicht.

»Einen schönen Tag noch. Ich komme heute vermutlich nicht mehr hierher zurück. Wenn etwas Dringendes anliegt, sollten Frau Mertens oder der neue Gestütsleiter das regeln können.«

»Da bin ich mir sicher.« Sie machte auf dem Absatz kehrt und ging mit beunruhigend schwungvollen Schritten den Flur entlang.

Gustav zuckte mit den Schultern und ging nach draußen zum Lastwagen. Auf dem Weg nach Parchim grübelte er, wie viel Katze wirklich wusste.

Tief im Wald kam ihm ein Militärfahrzeug entgegen und winkte ihn heran. Gustav hielt an, um herauszufinden, was sie wollten. Das Letzte, was er sah, bevor ihm ein Knüppel auf den Kopf knallte, war das fette Gesicht von Lothar mit dem zufriedenen Grinsen einer Katze, die eine Maus für ihr grausames Spiel gefunden hatte.

34

Margarete saß wie auf glühenden Kohlen. Sie und Oliver hatten Unterscharführer Katze besucht und ihm Beweise für Gustavs Betrug geliefert, und nun wartete sie darauf, dass die SS ihn verhaftete, aber nichts geschah.

Heute Morgen hatte Gustavs Frau angerufen, um ihn wegen einer heftigen Erkältung zu entschuldigen. Das war gelinde gesagt eine merkwürdige Situation, denn sie konnte ihn nicht entlassen, wenn er nicht da war, und sie konnte Oliver auch nicht einstellen solange Gustav noch Gutsverwalter war.

Es blieb ihr also nichts anderes übrig, als abzuwarten. In der Zwischenzeit machte sie Nils ausfindig, der im Werkzeugschuppen irgendetwas reparierte. »Nils, hättest du bitte eine Minute Zeit?«

»Natürlich, Fräulein Annegret.« Er legte die große Zange beiseite und rieb sich die ölverschmierten Hände mit einem Lappen ab. »Was kann ich für Sie tun?«

»Ich habe mich gefragt ...« Sie machte eine Pause. Nils war ein guter Mann, aber sie wusste nichts über seine politische Einstellung. Sicherheitshalber wollte sie ihn nicht in ihre subversiven Machenschaften einweihen. »Als ich das letzte Mal in der Fabrik war, wollten wir den Häftlingen Decken liefern, aber ich habe es völlig vergessen, weil die SS ...« Inzwischen wusste sie, dass Gustav die Auspeitschung inszeniert und die SS als Deckmantel benutzt hatte. Der schmierige Unterscharführer Katze hatte ihr mit großem Vergnügen erzählt, wie sehr er sich über Gustavs Einladung und die Ehre, selbst die Peitsche schwingen zu dürfen, gefreut hatte. Der Ärmste würde von nun an auf diesen Zeitvertreib verzichten müssen – zumindest in ihrer Fabrik.

»Herr Fischer wollte sie verkaufen, deshalb habe ich sie bis auf Weiteres im Lagerkeller in Sicherheit gebracht. Ich kann sie jederzeit holen«, sagte Nils mit unschuldiger Miene.

Verdammter Gustav! Wieder verfluchte sie sich dafür, dass sie auf seine Süßholzraspelei hereingefallen war und geglaubt hatte, er sei ein guter Mensch, obwohl er die ganze Zeit gegen die Interessen der Zwangsarbeiter und für seinen eigenen finanziellen Vorteil gearbeitet hatte. Sie könnte sich selbst ohrfeigen, dass sie ihm sogar bei seinen finsteren Machenschaften geholfen hatte. Aber damit war ab sofort Schluss! Denn von nun an hatte sie das Sagen und traute niemandem mehr, außer Oliver natürlich, dem sie ihr Leben auf dem Silbertablett serviert hatte, als sie ihm von ihrer wahren Identität erzählt hatte. Es war ihre einzige Chance gewesen, ihn davon zu überzeugen, dass Annegret nicht mehr das widerwärtige Mädchen war, das er gekannt hatte.

Trotz der Gefahr, die ein Mitwisser bedeutete, hatte ihr das Geständnis doch eine große Last von den Schultern genommen. Sie war nicht mehr allein auf sich gestellt und lief nicht mehr Gefahr, sich zu verlieren. Auch wenn sie mit Oliver niemals über ihre Zweifel und Ängste sprach, so reichte doch allein das Wissen, dass sie es tun könnte, um bei Verstand zu bleiben.

»Fräulein Annegret?«, fragte Nils. »Möchten Sie, dass ich die Decken hole«

»Das wäre ganz wunderbar. Die Näherin wird gleich eine weitere Ladung von zweihundert Stück liefern und ich möchte sie so schnell wie möglich an die Zwangsarbeiter verteilen.«

Nils nickte. »Ich kümmere mich darum.« Er schien einen Moment lang nachzudenken. «Was sage ich, wenn Herr Fischer danach fragt?«

»Hat er sie denn schon verkauft?«

Nils zog den Kopf ein. »Davon weiß ich nichts. Ich bin nur ein einfacher Mann und tue, was man mir befiehlt.«

»Dann gibt es keinen Grund zur Sorge. Nach dem Mittagessen will ich in die Fabrik fahren. Herr Fischer hat sich krankgemeldet, aber wir waren uns einig, dass es die Produktivität erhöhen wird, wenn wir die Decken an die Häftlinge verteilen.« Nils mochte nur das Faktotum sein, trotzdem fühlte sie sich genötigt, ihm eine Erklärung zu geben, in der Hoffnung, dass er sie so weit wie möglich verbreitete. Wenn ihre guten Taten die Waffenproduktion erhöhten, konnte selbst die SS ihr keinen Strick daraus drehen.

Sie kehrte in ihre Gemächer zurück, hocherfreut, dass die fehlenden Decken wieder aufgetaucht waren, und gleichzeitig wütend auf Gustav, der sie verkaufen wollte. Ihm war das Wohlergehen der Häftlinge völlig gleichgültig gewesen. Noch wütender war sie allerdings über sich selbst und darüber, dass sie so dumm gewesen war, auf seine freundliche Fassade hereinzufallen.

Sie wischte alle unangenehmen Gedanken beiseite, setzte sich an ihren Schreibtisch und nahm eine Postkarte zur Hand, die sie in Schwerin gekauft hatte. Dora hatte sich bereit erklärt, sie an ihrem freien Tag bei der Post abzugeben.

Den Text hatte sie in Gedanken bereits tausendmal entworfen und wieder umgeschrieben. Sie und Heidi hatten sich auf Namen geeinigt, unter denen sie sich gegenseitig schreiben wollten, und *Marika* bedeutete, dass alles in Ordnung war. Dieter war Onkel Ernsts zweiter Vorname, so dass Margarete hoffte, Heidi würde den versteckten Code in der Nachricht entziffern.

Liebste Heidi,

wir haben ein schönes Wochenende in dieser wunderbaren Stadt verbracht. Stell Dir vor, ich habe überraschend Dieter getroffen! Er ist zwar kränklich, aber durch die frische Luft so nah am Meer erholt er sich gut. Wir hoffen beide, Dich bei guter Gesundheit anzutreffen und freuen uns auf einen Besuch, wenn es die Umstände erlauben.

Deine Freundin Marika

* * *

Zwei Tage später raste ein schwarzes Militärfahrzeug mit quietschenden Reifen in den Hof. Drei Männer in schwarzen SS-Uniformen sprangen heraus und polterten die Freitreppe hinauf.

Margarete hörte ihre Ankunft, lange bevor Frau Mertens die Gäste in die Bibliothek führte.

»Was kann ich für Sie tun, meine Herren?«, fragte Margarete.

»Sind Sie Annegret Huber?«

»Ja.«

»Gustav Fischer ist Ihr Gutsverwalter?« Sie kannte keinen der Männer und fragte sich, ob es sich um einen Fall handelte, in dem die rechte Hand nicht wusste, was die linke tat.

»Das ist er, aber seine Frau hat uns Anfang der Woche angerufen, um ihn wegen einer schweren Erkältung krank zu melden.«

»Sie sollten besser anfangen, uns die Wahrheit zu sagen.«

Margarete war weit davon entfernt, sich von einem hitzköpfigen, simplen SS-Mann einschüchtern zu lassen. »Ich weiß nichts über seinen Aufenthaltsort. Mein Gestütsleiter, Herr Gundelmann, und ich sind sogar ins SS-Hauptquartier nach Parchim gefahren, um ihn wegen Diebstahls und Wehrkraftzersetzung anzuzeigen. Unterscharführer Katze ermittelt in dem Fall und hat mich gebeten bis auf Weiteres nichts zu unternehmen. Möchten Sie eine Erfrischung, während ich ihn anrufe, damit er Ihnen den Stand der Ermittlungen darlegen kann? Ich bin sicher, er kann Ihnen alle Fragen beantworten.«

Der Mann, der sich immer noch nicht vorgestellt hatte, nickte knapp und setzte sich aufs Sofa. Es war außerordentlich unhöflich, doch Margarete übersah den Affront geflissentlich.

Nachdem Frau Mertens den Männern Kaffee und frisch gebackene Brötchen gebracht hatte, schien ihr Anführer etwas milder gestimmt zu sein und sagte: »Es ist nicht nötig, im Hauptquartier anzurufen. Ihr Gutsverwalter ist tot.«

»Tot?«

»Hingerichtet, wie es scheint. Auf extrem grausame Art.«

»Wie furchtbar.« Margarete war aufrichtig erschüttert, dennoch riss sie sich zusammen. »Verzeihen Sie mein Mitgefühl. Ich kann immer noch nicht begreifen, dass der langjährige Gutsverwalter meines Vaters ein Reichsverräter war. Sicherlich hat er verdient, was ihm zugestoßen ist, obwohl ich es lieber gesehen hätte, wenn er in ein KZ geschickt worden wäre, um dort für seine Verbrechen zu büßen. Selbstjustiz zu üben ist immer verwerflich, schließlich sind die Behörden so viel besser für die Verfolgung von Kriminellen gerüstet als wir normale Bürger.«

Der SS-Mann warf ihr einen anerkennenden Blick zu. »Gut gesagt. Möchten Sie seinen Leichnam in Empfang nehmen?«

Sie schüttelte den Kopf. »Vielleicht möchte das seine Frau.«

Beate war immer nett zu ihr gewesen, deshalb wollte sie ihr keine Schwierigkeiten bereiten und fügte hinzu: »Aber wenn sie erfährt, was ihr Mann getan hat, wird sie vermutlich erleichtert sein, dass er nicht zurückkommt.«

»Dann gibt es für uns hier nichts mehr zu tun. Ich danke Ihnen für Ihre Gastfreundschaft. Unterscharführer Katze wird Sie über das Ergebnis der Ermittlungen informieren.« Er schien es plötzlich eilig zu haben.

»Hier auf Gut Plaun stehen wir immer im Dienst des Reichs«, sagte Margarete und begleitete die beiden zu ihrem Fahrzeug. Sobald sie durch das Tor hinausfuhren, seufzte sie erleichtert auf.

Sie hatte nicht gewollt, dass Gustav stirbt, oder doch? Sie konnte sich nicht erinnern, wann genau sie so blutrünstig geworden war, dennoch empfand sie nicht das geringste Bedauern über seinen vorzeitigen Tod. Nicht nach dem, was er Lena angetan hatte. Im Gegenteil, sie war froh, dass er für immer weg war und sie Oliver als neuen Gutsverwalter einsetzen und einen loyalen Mann als Fabrikleiter einstellen konnte.

Endlich konnte sie ihren Reichtum, auch wenn er ihr nicht wirklich gehörte, für einen guten Zweck einsetzen und das Leben der Zwangsarbeiter erträglich machen. Sie würde dafür sorgen, dass sie ausreichend zu essen bekamen, angemessene Kleidung hatten und anständig behandelt wurden. Im Laufe der Zeit konnte sie damit hoffentlich ihr Versagen bei Lena wiedergutmachen.

Sie wusste jedoch, dass sie sich im Verborgenen halten musste, denn sie hatte zu viel Angst, sich zu verraten, wenn sie die jüdischen Häftlinge regelmäßig besuchte. Vor allem von Onkel Ernst musste sie sich aus so vielen Gründen fernhalten. Wie sollte sie ihn beiläufig grüßen, wenn ihr Herz sich danach sehnte, ihm die Arme um seinen ausgemergelten Körper zu legen und ihm gute Nachrichten von Tante Heidi ins Ohr zu flüstern?

Nein, es war für alle Beteiligten das Beste, dass die beiden sich nicht mehr begegneten, solange Hitler an der Macht war. Aber sie würde darauf bestehen, dass Oliver den gebrechlichen Mann in die Fabrikküche versetzte.

35

Unmittelbar nach der Nachricht von Gustavs Tod war Oliver zum Gutsverwalter ernannt worden. Seine erste Amtshandlung bestand in der Entlassung des neuen Gestütsleiters, eines unfähigen Mannes, der den Kopf eines Pferdes nicht von seinem Hinterteil unterscheiden konnte, sowie der Beförderung von Piet, einem fähigen und fleißigen Stallknecht, auf diese Position. Dann war Oliver zurück in sein altes Haus gezogen.

Da er und Dora inzwischen offiziell verlobt waren, drückte Frau Mertens ein Auge zu, wenn Dora länger bei ihm blieb, als es die guten Sitten erlaubten.

»Meinst du, ich sollte mich schuldig fühlen?«, fragte Oliver Dora, als sie nebeneinander in seinem Bett lagen.

»Weshalb denn?« Sie kuschelte sich eng an ihn.

»Wegen so vielem ...« Er wurde das Gefühl nicht los, dass er Gustavs Tod auf dem Gewissen hatte, weil er die richtigen Leute über dessen Verrat informiert hatte. Vielleicht hatte er es ein wenig übertrieben ... oder vielleicht auch nicht. Nach dem, was Annegret ihm über Lenas öffentliche Auspeitschung erzählt hatte, hatte Gustav wahrlich verdient, was auch immer die SS ihm angetan hatte.

»Du brauchst dich nicht schuldig zu fühlen.« Dora streichelte seinen Arm.

»Das tue ich aber ... Weißt du, an der Front zu sein und feindliche Soldaten zu erschießen war schlimm genug, aber das? Ich wollte nicht, dass er stirbt.«

»Es ist gut, dass er tot ist«, sagte sie mit einer solchen Inbrunst, dass er sich auf die Ellbogen stützte und ihr Gesicht musterte. Er hatte seine süße und sanfte Dora noch nie so aufgewühlt gesehen, nicht einmal, als er ihr von den falschen Anschuldigungen gegen ihn erzählt hatte, und damals war sie sehr wütend gewesen.

»Warum sagst du das?«

Sie zuckte unter seinem prüfenden Blick zusammen. »Er war ein schlechter Mensch.«

Oliver spürte, dass an der Geschichte mehr dran war, denn Gustavs Ruf als Schürzenjäger war wohlbekannt. »Hat er dir jemals ... wehgetan?«

Ihre Augen trübten sich vor Furcht, doch sie schüttelte den Kopf. »Nein ... aber nicht, weil er es nicht versucht hätte. Ich hatte Glück, dass Frau Mertens so streng ist. Sie scheint einen sechsten Sinn zu haben und kam mir mehrmals zu Hilfe ...«

Zornig ballte er seine Hände zu Fäusten. Ein Mann, der diesen Funken des Entsetzens in Doras schönen dunklen Augen entfachte, verdiente den schmerzhaftesten aller Tode. »Du hättest mir davon erzählen sollen.«

»Und was hättest du getan? Zu wissen, dass er uns beiden weh tun kann, hätte es für ihn nur noch reizvoller gemacht.« Sie senkte den Blick. »Ich will nie wieder über ihn reden.«

»Das musst du auch nicht, mein Schatz.« Er küsste sie und liebte sie dann sanft, bevor er sie zurück auf ihr Zimmer im Herrenhaus begleitete.

* * *

Am nächsten Morgen stand er noch vor dem Morgengrauen auf und ging an den Ställen vorbei, um mit seinem Lieblingspferd Sabrina einen Ausritt zu machen. Überrascht stellte er fest, dass Annegret bereits auf ihn wartete.

»Guten Morgen, was kann ich für dich tun?«

Sie sah ihn unsicher an. »Ich habe mich gefragt ... ich meine ... die Geschichte mit meinem verletzten Rücken werden die Leute nicht ewig glauben. Vielleicht könntest du mir das Reiten beibringen?«

Er starrte sie ungläubig an, bevor er in Gelächter ausbrach. »Das ist dann bereits das zweite Mal.«

»Wirklich? Du hast es Annegret beigebracht?«

»Das habe ich. Sie war schon immer ein Wildfang, aber erst als sie in die Schule kam, wurde sie zu dem boshaften Mädchen, das ich so verabscheut habe.«

»Also bringst du es mir bei?«

Er nickte. »Wir müssen allerdings einen Ort finden, an dem uns niemand beobachten kann.«

»Das überlasse ich dir, du kennst dich in der Gegend besser aus. Und vielen, vielen Dank.«

»Wofür denn?«

»Für alles.« Sie lächelte. »Dafür, dass du mir hilfst, den Häftlingen zu helfen.«

»Ich hätte nie gedacht, dass ich zum Helden tauge, aber es fühlt sich gut an, Widerstand zu leisten, wenn auch nur im Kleinen. Mir hat nie gefallen, was Hitler den Juden antut, aber zu meiner eigenen Schande muss ich gestehen, dass mir nie in den Sinn kam, etwas dagegen zu unternehmen.«

Sie legte den Kopf schief und betrachtete ihn lange Zeit. »Es mag dich überraschen, aber mir auch nicht. Ich habe die Schikanen und das alles immer als selbstverständlich hinge-nommen, nicht als etwas, wogegen ich mich wehren sollte. Erst als ich Leute von der französischen Résistance kennenlernte, hat sich das geändert. Sie haben mir die Augen geöffnet, was es heißt, für sein Land und sein Volk zu kämpfen. Doch den letzten Schubs hat mir Wilhelm gegeben, dessen letzter Wunsch es war, dass ich mit dem Huber-Erbe Gutes tue. Und jetzt bin ich hier.«

»Bist du glücklich?«, fragte er.

»So seltsam es klingt, das bin ich. Eines Tages, wenn der Krieg vorbei ist, werde ich hoffentlich diese Identität ablegen, um wieder ich selbst zu sein. Aber bis dahin begnüge ich mich damit, in Annegretes Namen so viele Menschen zu retten wie möglich.«

Er sah ihr hinterher, als sie ging, und fragte sich, was diese Frau noch alles vorhatte. Sie war eine Naturgewalt, mit der man rechnen musste, und er war dankbar, dass Dora sie angefleht hatte, ihn wieder einzustellen. Es war eine große Verantwortung, aber sehr erfüllend.

Er hatte sogar einen Weg gefunden, weiterhin Zeit mit seinen Pferden zu verbringen, denn er hatte es sich zur Gewohnheit gemacht, nicht den Lastwagen zu benutzen, sondern zu reiten oder mit der Kutsche zu fahren, wann immer es ging. Besonders genoss er den langen Ritt zur Fabrik durch den winterlichen Wald.

Wenn er allein auf dem Rücken eines Pferdes saß, dachte er oft über die Probleme auf Gut Plaun nach oder genoss einfach nur die Stille und den Frieden zwischen den Bäumen. Er dachte daran, welche positive Wendung sein Leben genommen hatte, seit eine Kugel sein Bein zerschmettert hatte und er aus der Wehrmacht entlassen worden war.

Als er bei der Fabrik ankam, band er Sabrina an einen Baum unweit des Eingangstors und grüßte den Wachmann: »Guten Morgen.«

»Guten Morgen, Herr Gundelmann. Im Büro des Geschäftsführers wartet ein Besucher auf Sie.«

Oliver fragte sich, wer das wohl sein mochte, und ging mit langen Schritten über den Appellplatz. Noch immer lief ihm jedes Mal ein Schauer über den Rücken, wenn er herkam, obwohl der Ort allmählich seinen Schrecken verlor.

Annegret hatte deutlich gemacht, dass die Zwangsarbeiter wie Menschen behandelt werden mussten, und hatte strenge Regeln eingeführt, die unter anderem jegliche körperliche Bestrafung untersagten. Selbst einige der hartgesottenen Aufseher mussten bald zugeben, dass die Häftlinge seitdem härter und besser arbeiteten. Die Arbeit war immer noch kein Zuckerschlecken, aber vermutlich das Beste, was ein KZ-Häftling sich wünschen konnte.

»Herr Gundelmann, mir wurde gesagt, dass Sie heute herkommen«, sagte eine Frau, als Oliver das Büro betrat.

»Frau ...? «

»Landgrebe, ich bin die Blockälteste in Block acht«, stellte sie sich etwas schüchtern vor.

»Was führt Sie zu mir, Frau Landgrebe? Gibt es ein Problem?«

»Nein, ganz im Gegenteil. Ich bin im Namen aller Häftlinge gekommen, um Ihnen zu danken. Noch vor einem Monat hätte keiner von uns einen Pfennig darauf gegeben, den Winter zu überleben, aber bei all den Veränderungen ...« Sie biss sich auf die Lippe. »Wir danken Ihnen von ganzem Herzen.«

»Das ist nicht allein mein Verdienst.« Er und Annegret waren übereingekommen, dass ihr Name oder ihre Beteiligung nicht erwähnt werden sollten – um den Schein zu wahren. Alles, was sie zum Wohle der Zwangsarbeiter tat, geschah angeblich ausschließlich zu ihrem eigenen finanziellen Vorteil, denn falls jemand sie verdächtigte, ein Judenfreund zu sein, hätte das schwerwiegende Folgen für alle Beteiligten. »Frau Landgrebe, wir wissen beide, dass ich die Gesinnung unserer Regierung nicht ändern kann, aber ich kann zumindest das Leben für die mir unterstellten Menschen erträglich machen.«

»Und das tun Sie. Allein die Decken haben einen großen Unterschied gemacht, und dann haben wir Strohmatratzen bekommen, Schutzkleidung für die gefährliche Arbeit, regelmäßigen Zugang zu Duschen, ausreichend frisches Trinkwasser und besseres Essen.«

Oliver wusste, dass das Essen ein wunder Punkt war. Annegret beschwerte sich immer darüber, dass die Rationen für die Häftlinge lächerlich waren, und sie gab Unsummen aus, um auf dem Schwarzmarkt mehr Lebensmittel zu kaufen, doch sie musste dabei vorsichtig agieren, um keinen Verdacht zu erregen.

»Nochmals vielen Dank, Herr Gundelmann, Sie sind ein Heiliger und Gott wird Sie eines Tages belohnen.«

»Ich bin wahrlich kein Heiliger.« Tatsächlich hatte er von den Missständen in der Fabrik gewusst, aber nichts unternommen, bis Annegret ihn quasi dazu gezwungen hatte.

36

Sechs Monate später, Sommer 1943

Margarete saß auf der Terrasse mit Blick auf den Garten und genoss das herrliche Wetter. Zum ersten Mal seit einer Ewigkeit fühlte sie sich völlig im Reinen mit sich selbst. Das Geschäft florierte aufgrund des Kriegs. Sie forderte regelmäßig weitere Häftlinge an, nicht nur für die Fabrik, sondern auch als Stall- und Landarbeiter, um die zur Wehrmacht eingezogenen Männer zu ersetzen.

Mittlerweile hatte sie die Zahl der von ihr betreuten Häftlinge verdoppelt, so dass fast tausend Juden und andere unerwünschte Personen für das Gut arbeiteten. Sie waren so gut ernährt und gekleidet, wie es die Rationierung zuließ, und vor allem sicher vor körperlicher Misshandlung, Demütigung und willkürlichen Grausamkeiten.

Sie nahm einen Schluck ihres Kaffees, und biss dazu in eines von Frau Mertens' himmlischen, frisch gebackenen warmen Brötchen, während ihre Gedanken zu Lena schweiften, wie sie es so oft taten. Der gequälte Blick in ihren großen braunen Augen hatte sich tief in Margaretes Seele eingebrannt. Sie würde sich nie verzeihen, dass sie Lena nicht vor Gustavs Grausamkeit hatte bewahren können. Wenn sie ihn nur früher durchschaut hätte. Im Nachhinein waren die Warnzeichen unübersehbar, und sie schüttelte den Kopf über ihre Leichtgläubigkeit und Dummheit.

Es war eine Bürde, mit der sie für den Rest ihres Lebens klarkommen musste. Einmal hatte sie Oliver ihre Schuldgefühle anvertraut. Aber anstatt ihr vorzuwerfen, wie naiv, dumm und vertrauensselig sie gewesen war, hatte er ihr gesagt, dass keiner von ihnen, nicht einmal Oliver selbst, ihn durchschaut hatte. Und das obwohl er Gustav wegen seines reservierten Umgangs mit Pferden argwöhnisch betrachtet hatte.

»Annegret, du darfst nicht vergessen, dass Gustav ein sehr geschickter Manipulator war, und du eine junge und unerfahrene Frau. Du warst ihm nicht gewachsen.« Oliver hatte einen Moment gezögert, bevor er weitergeredet hatte: »Wir alle machen uns gerne vor, dass wir uns niemals täuschen lassen, aber leider ist das Gegenteil der Fall. Hitler hat ein ganzes Volk dazu gebracht, die Juden zu hassen und uns glauben gemacht, sie seien die Wurzel allen Übels.«

»Das ist etwas anderes«, hatte sie protestiert.

»Ganz und gar nicht. Gustav hat dasselbe getan, nur in einem kleineren Umfang. Er ließ jeden in der Stadt glauben, er sei ein aufrichtiger Mann. Selbst die SS-Männer, die seinen Hang zur Grausamkeit teilen, ließen sich von seiner charmanten Art täuschen und wären nie auf die Idee gekommen, dass er ein Lügner und Betrüger ist.«

»Trotzdem hätte ich ihn durchschauen müssen.«

»Wie denn? Eine Jüdin, die ihr ganzes Leben lang verfolgt wurde und unter einer falschen Identität lebt, wie solltest du da ausgerechnet den Mann verdächtigen, der so wohlwollend zu dir war?«

»Vielleicht hast du recht. Aber ich fühle mich trotzdem schuldig.«

»Es ist nicht deine Schuld, sondern seine. Wenn überhaupt, solltest du dir die Lektion zu Herzen nehmen, und in Zukunft immer die Motive eines Menschen hinterfragen, bevor du ihm vertraust.«

»Weise Worte«, hatte sie geantwortet, obwohl sie immer noch den quälenden Schmerz verspürte, dass sie Lenas Tod hätte verhindern können, wenn sie nur ... oder vielleicht auch nicht. Es war ein schmaler Grat den sie wanderte, zwischen der Fürsorge für die Häftlinge und nach außen den Prinzipien der Partei treu zu bleiben.

Niemals durfte sie auch nur das geringste Mitleid mit den Zwangsarbeitern äußern, und sie war stets darauf bedacht, deren bessere Behandlung mit erhöhter Produktivität zu begründen. Das Gleiche galt, wenn sie Ausnahmeregelungen für Juden forderte, die von der Deportation bedroht waren.

Sie schmunzelte ob der immensen Zahl an unentbehrlichen Chemie- und Metallarbeitern, die für die Waffenproduktion benötigt wurden, und sie hoffte inständig, dass keiner der Entscheidungsträger in der SS genauer hinschaute, solange sowohl die SS als auch die Kriegsanstrengungen vom Verleih der Häftlinge an Gut Plaun profitierten.

Sogar Horst Richter hatte die vorgenommenen Änderungen gebilligt, mit der Maßgabe, dass sie eine höhere oder qualitativ bessere Produktion zur Folge hatten. Allerdings hatte er mehrmals angemerkt, dass sie es ein wenig übertrieb und die Kosten für den Unterhalt der Zwangsarbeiter zu hoch waren. Doch solange die Fabrik ihre Produktionsziele übererfüllte, war das im Grunde alles, was die Nazis wirklich interessierte.

Nils war auf der Terrasse erschienen und fragte: »Fräulein Annegret, konnten Sie die Liste schon durchgehen?«

»Ja. Es ist so gut wie unmöglich, das alles zu bekommen.« Sie schob ihm die Liste mit dem Material, das für die Reparatur des Bootshauses am See benötigt wurde, entgegen. Sie war mit Fragezeichen und durchgestrichenen Zeilen übersät. Bei so vielen hungrigen Mündern, die es zu füttern galt, war sie immer auf der Suche nach zusätzlichen Lebensmitteln. Nils hatte vorgeschlagen, ein richtiges Fischerboot zu kaufen, um das klapprige Ruderboot zu ersetzen, das nicht mehr benutzt worden war, seit Annegret und ihre Brüder ihre Ferien nicht mehr auf Gut Plaun verbracht hatten.

»Ich weiß, Fräulein Annegret, aber sie haben mich gebeten, alles aufzulisten, was ich brauche. Vielleicht kann ich das eine oder andere improvisieren.« Nils war ein wahrer Magier. Er konnte alles auf dem Gutshof reparieren, wenn man ihm ein paar Holzbretter, Nägel und Draht zur Verfügung stellte.

»Bitte Oliver, das angekreuzte Material zu bestellen, für den Rest müssen wir eine andere Lösung finden.«

»Wird gemacht.«

Sie sah ihm nach, als er ging, und ein Lächeln erschien auf ihren Lippen. Das Leben auf Gut Plaun kam dem Paradies so nahe, wie es unter diesen Umständen sein konnte. Mittlerweile fand sie sogar Freude an ihrer Inkarnation der boshaften Erbin. Obwohl die echte Annegret sich vermutlich im Grab umdrehte, wenn sie wüsste, wie viel Gutes in ihrem Namen getan wurde.

»Fräulein Annegret, ein Brief und eine Postkarte für Sie«, rief der Postbote und stellte sein Fahrrad vor der Veranda ab.

»Danke schön. Möchten Sie ein Brötchen? Die sind noch warm.« Sie hatte sich vorgenommen, freundlich zu jedem zu sein, sogar zu dem alten Postboten, der jede Karte las, bevor er sie aushändigte und unverzüglich den Inhalt weitertratschte.

»Sehr gerne. Die Postkarte ist von einer Freundin aus Leipzig«, fügte er hinzu, während er ihr das Brötchen aus der Hand nahm. »Haben Sie dort viele Bekannte?«

Margarete konnte vor lauter Aufregung kaum eine gelassene Miene bewahren. »Drei oder vier vielleicht.«

Als sie keine weiteren Informationen preisgab, zuckte er mit den Schultern und sagte kauend: »Dann gehe ich wieder, ich habe noch viel zu tun.«

»Bitte grüßen Sie Ihre Frau von mir.«

Erst als er weg war, warf Margarete einen Blick auf den Brief mit einem offiziellen Behördenstempel, und legte ihn beiseite. Ehrfürchtig berührte sie die Postkarte. Es gab nur einen Menschen in Leipzig, der ihr schrieb.

Meine liebe Annegret,

unsere Regierung sagt, dass unsere tapfere Wehrmacht diesen Krieg bald gewonnen haben wird, deshalb hoffe ich, dass wir uns noch dieses Jahr besuchen können. Aber sag mir, hast Du einen guten Mann kennengelernt, der Dir nach dem schrecklichen Verlust deiner Familie Trost spendet? Ich denke oft an meinen geliebten Dieter und wie sehr ich für seine sichere Rückkehr bete.

Immer Deine Freundin,

Die Unterschrift war in unleserlichen Buchstaben gekritzelt. Margarete wurde warm ums Herz. Kein Zweifel, die Postkarte war von Tante Heidi, die sich nach Onkel Ernsts Wohlbefinden erkundigte. Es wäre ihr eine große Freude, die beiden wieder zu vereinen, aber das würde bis nach dem Krieg warten müssen.

Manchmal sah sie Onkel Ernst aus der Ferne, wenn er zum Gutshaus kam, um Vorräte für die Fabrikküche zu holen, aber sie sprach nur selten mit ihm. So sehr sie sich auch danach sehnte, ihn in die Arme zu schließen, es war einfach zu gefährlich – für sie beide.

Nach der verheerenden Niederlage in Stalingrad Anfang des Jahres sah es schlecht aus für die Deutschen. Sie drückte den Alliierten die Daumen und betete jeden Tag, dass der

Krieg bald vorbei war und sie wieder sie selbst sein konnte. Dann könnte sie endlich ihre wahre Identität preisgeben und die Menschen um sie herum würden verstehen, warum sie sich so sehr um das Wohlergehen der Juden sorgte. Doch bis es soweit war, würde sie ihre Rolle als Annegret Huber spielen. Die Fabrik war auf dem besten Weg, ein sicherer Hafen für die angeforderten Häftlinge zu werden.

Nun hatte Margarete wieder einmal Zeit, zu überlegen, was sie mit all dem geerbten Geld, sonst noch tun könnte. Denn inzwischen hatte sie sich damit abgefunden, dass es ihre Mission war, das unerwartete Vermögen nicht etwa für sich selbst zu behalten, sondern für diejenigen auszugeben, die es am nötigsten brauchten.

MEHR VON BOOKOUTURE DEUTSCHLAND

Für mehr Infos rund um Bookouture Deutschland und unsere Bücher melde dich für unseren Newsletter an:

www.bookouture.com/bookouture-deutschland-sign-up

Oder folge uns auf Social Media:

 facebook.com/bookouturedeutschland

 twitter.com/bookouturede

 instagram.com/bookouturedeutschland

EIN BRIEF VON MARION

Liebe Leserin, lieber Leser,

ich möchte mich ganz herzlich dafür bedanken, dass ihr euch entschieden habt, *Am Ende dunkler Tage* zu lesen. Wenn euch das Buch gefallen hat und ihr über alle meine Neuerscheinungen auf dem Laufenden bleiben wollt, meldet euch einfach unter folgendem Link an. Eure E-Mail-Adresse wird niemals weitergegeben und ihr könnt euch jederzeit wieder abmelden.

www.bookouture.com/bookouture-deutschland-sign-up

Im ersten Buch über Margarete, *Ein Licht der Hoffnung*, habe ich die Geschichte erzählt, wie sie zu Annegret wurde. Doch beim Schreiben wuchs sie mir immer mehr ans Herz und deshalb wollte ich noch ein wenig Zeit mit ihr verbringen und erfahren, wie sie sich entwickelt und vor allem was sie mit dem geerbten Vermögen macht.

Ursprünglich hatte ich geplant, dass sie in Paris bleibt und sich der Résistance anschließt, habe mich dann aber dagegen entschieden, weil ich so viel mehr über Deutschland weiß als über Frankreich. Berlin war zu gefährlich, weil dort zu viele Leute entweder Margarete oder Annegret kannten, also suchte ich nach einem Ort in der Nähe, wo sie sich niederlassen konnte, und fand Plau am See.

Wie immer, wenn ich ein Buch schreibe, kommen mir währenddessen weitere Ideen, und so entstand die Handlung um die Waffenfabrik. Vielleicht können Sie erraten, woher ich die Inspiration dafür hatte? Von niemand geringerem als dem berühmten Oskar Schindler. Abgesehen der Idee, die Juden in seiner Fabrik zu beschützen, ist alles andere an meiner Geschichte fiktiv, inklusive der Protagonisten. Das bedeutet aber nicht, dass ich nicht versuche die Personen so zu beschreiben, wie sich echte Menschen damals verhalten hätten.

Dora zum Beispiel ist eine typische Ostarbeiterin, die auf der Suche nach Arbeit nach Deutschland kam. Die Beziehungen zwischen der Ukraine und Deutschland waren wechselhaft, und je nach dem genauen Datum galten sie als Verbündete oder Feinde.

Zu Beginn des Krieges gegen die Sowjetunion begrüßten die Ukrainer die Deutschen als Befreier vom russischen Joch. Die meisten von ihnen hassten ihre sowjetischen Unterdrücker und hofften, dass sich die Lage unter deutscher Herrschaft verbessern würde. Das tat sie auch, für viele, eine Zeit lang — bis es nicht mehr so war. Die Einzelheiten sind viel zu kompliziert, um sie in einem Absatz zu erklären. Wenn Sie sich für die ukrainische Geschichte während des Zweiten Weltkriegs interessieren, empfehle ich Ihnen das Buch (leider nur auf Englisch) *The Woman at the Gates* von meiner Bekannten Chrystyna Lucyk-Berger, eine Amerikanerin ukrainischer Abstammung, die seit vielen Jahren in Österreich lebt.

Um ein Gefühl für die Gegend bei Gut Plaun zu bekommen, habe ich eine viertägige Rechercherreise nach Plau am See, Malchow und Waren unternommen. Zunächst einmal: Die Waffenfabrik gab es wirklich, allerdings nicht in Plau am See, sondern in Malchow, auf der anderen Seite des Plauer Sees. Sie trug den Codenamen Albion und war einst der größte Arbeitgeber in der kleinen Stadt Malchow.

Ich habe mit der Entscheidung gerungen, das Buch umzuschreiben und Gut Plaun auf der anderen Seite des Sees anzusiedeln, habe mich aber schließlich dagegen entschieden.

Hauptsächlich, damit ich mehr Freiheiten bei der Darstellung habe. Zwar habe ich ausführlich über die Fabrik und das dazugehörige Lager (und das ist schon der erste Unterschied, weil im Buch der Einfachheit halber die Häftlinge auf dem Gelände der Fabrik wohnen) recherchiert, um das Setting historisch korrekt zu gestalten, vereinfachte aber dennoch viele Details, so dass ich es für besser hielt, die Fabrik woanders anzusiedeln.

Ich hatte Glück, weil die sehr netten Gastgeber meiner Ferienwohnung in Malchow, die ihr ganzes Leben dort gelebt haben, mich mit vielen Anekdoten über die Geschichte des Ortes verwöhnten. Eine davon war, dass die Mutter meines Gastgebers während des Kriegs als Zivilarbeiterin in besagter Rüstungsfabrik angestellt war.

Anscheinend waren von den bis zu fünftausend Arbeitern mehrere hundert Zivilarbeiter aus den umliegenden Städten, der Rest bestand hauptsächlich aus polnischen und sowjetischen Fremdarbeitern (sowohl Zwangsarbeiter als auch Freiwillige), sowie etwa zwölfhundert Lagerinsassinnen aus dem Frauen-KZ Ravensbrück, die unter entsetzlichen Bedingungen die mühsamsten und gefährlichsten Arbeiten verrichten mussten.

Wenn Sie sich für meinen Besuch in den Überresten des Lagers und der Fabrik interessieren, können Sie hier darüber lesen: https://kummerow.info/munitions-factory-in-malchow

Was die Pferde anbelangt, so griff die Wehrmacht in der russischen Kampagne tatsächlich auf Pferdestärken zurück. Nach dem Ersten Weltkrieg hatte man die Tiere für altmodisch gehalten, aber als die modernen Fahrzeuge im Schlamm oder wegen der Kälte stecken blieben, waren Pferde plötzlich wieder sehr gefragt.

Und zum Schluss: Es wird ein drittes Buch über Margarete und ihre Abenteuer geben, und ich kann versprechen, dass es wieder spannend wird. Unter anderem muss sie nach

Schweden fliegen, um Stahl für die Produktion zu besorgen und ihr Schwindel ist mehrmals kurz davor, aufgedeckt zu werden.

Vielen Dank

Marion Kummerow

www.marionkummerow.de

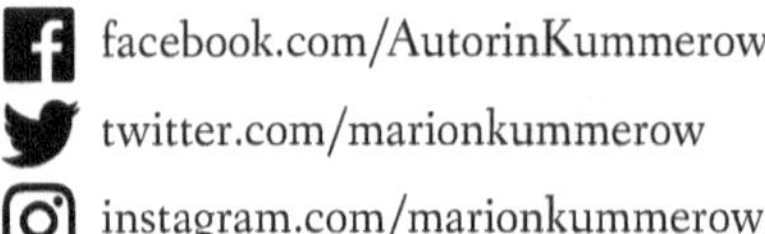